中國語言文字研究輯刊

十 一 編

許錟輝 主編

第 14 冊

《通鑑音註》語音研究（資料篇）（第三冊）

馬 君 花 著

花木蘭文化出版社

國家圖書館出版品預行編目資料

《通鑑音註》語音研究（資料篇）（第三冊）／馬君花 著 --
初版 -- 新北市：花木蘭文化出版社，2016〔民 105〕
目 2+176 面；21×29.7 公分
（中國語言文字研究輯刊 十一編；第 14 冊）
ISBN 978-986-404-741-3（精裝）
1. 資治通鑑音注 2. 語音 3. 研究考訂
802.08   105013770

ISBN-978-986-404-741-3

中國語言文字研究輯刊
十一編　　第十四冊　　　　ISBN：978-986-404-741-3

《通鑑音註》語音研究（資料篇）（第三冊）

作　　者　馬君花
主　　編　許錟輝
總 編 輯　杜潔祥
副總編輯　楊嘉樂
編　　輯　許郁翎、王筑　美術編輯　陳逸婷
出　　版　花木蘭文化出版社
社　　長　高小娟
聯絡地址　235 新北市中和區中安街七二號十三樓
　　　　　電話：02-2923-1455／傳眞：02-2923-1452
網　　址　http://www.huamulan.tw 信箱 hml810518@gmail.com
印　　刷　普羅文化出版廣告事業
初　　版　2016 年 9 月
全書字數　295393 字
定　　價　十一編 17 冊（精裝）　台幣 42,000 元　　　　　版權所有·請勿翻印

《通鑑音註》語音研究（資料篇）（第三冊）

馬君花　著

目次

前　言

近代漢語語音是漢語語音史的重要組成部分。中古音的範圍是從六朝到五代，前面的晉代是上古到中古的過渡階段，後面的宋代是中古到近代的過渡階段。《資治通鑑》，宋司馬光編著、胡三省音註，共 294 卷。胡三省《通鑑音註》始撰於 1256 年，成書於 1285 年，處在宋代音系（960～1279）和元代音系（1279～1368）之間，記錄和反映的是宋末元初的語音系統。從漢語語音的發展歷程看，宋末元初時期的語音應當既有宋代漢語音系的特點，也應當具有元代漢語語音的特點，處於過渡階段。研究《通鑑音註》所反映的語音特點及其演變規律，對漢語語音史的研究有著重要的意義，對近代語音的研究有很大的價值。

《通鑑音註》不同於《廣韻》、《集韻》及其同時代的《蒙古字韻》、《古今韻會舉要》以及其後出現的《中原音韻》等韻書，也不同於《經典釋文》、《慧琳一切經音義》等音義書，它是爲《資治通鑑》而作的註釋書。它不是專門的韻書，也不是專門研究語音的著作，它和顏師古《漢書註》一樣，通訓詁、辨史實、講名物制度等，屬於訓詁學範疇的著作。胡三省的《音註》散列於《資治通鑑》294 卷正文之下，其內容有許多註音材料，以及與註音有關的材料，可以作爲研究漢語語音史的文獻資料。這項材料對於研究宋末元初漢語的語音特點有著重要的學術價值。但這些材料散見於《音註》中，一盤散沙，漫無條貫，且重複率極高，給研究工作帶來了極大的不便。這也是長期以來這項重要

的近代語音資料鮮有人研究的主要原因〔註1〕。筆者不揣愚鈍，從 2005 年開始關注胡三省《資治通鑑音註》這項文獻資料，並做了系統的研究。但這項材料很大，可以作的事情很多，茲將所整理的研究資料公佈出來，以便更多的學者、同行來研究，這樣還可以補正筆者在研究中的不足。

本書是在窮盡整理《資治通鑑》胡三省《音註》中所有語音材料的基礎上彙集而成的。利用上海人民出版社與迪志文化出版有限公司 1999 年合作出版的文淵閣《四庫全書》電子版整理了《資治通鑑》中所有語音方面的音註，並且以中華書局 1956 年版的 20 冊本《資治通鑑》爲底本進行了校對，並給所有語音材料編號並加注頁碼。目前，我們所建立的語料數據庫收錄了《音註》所有的被註音字約 3805 個（不計重複），語音材料約共 75645 條（其中一字有又音的沒有給又音另外編號，有些兩個音節的地名和人名胡三省沒有拆開分別註音，錄入資料庫時我們也沒有分開編號）。從總體上看，被註字的重複註音的次數非常多，且一字往往有多個註音。反映語音的材料有反切、直音、假借、如字、紐四聲法、古某字等。通過運行「音註篩選」查詢，將內容完全相同的注音材料篩選掉了，剩下了約 10625 條。這 10625 條音註材料每一條都不是重複的，但有些內容有些相似的，例如註音的表述有所不同，或者用字不同，或者又音的先後順序的不同等。我們的工作從錄入數據庫、校對、篩選、甄別，到目前爲止，前後耗時近 18 個月。

筆者前期的研究《〈資治通鑑音註〉音系研究》、《〈通鑑音註〉音系與宋元語音的比較研究》以及一些系列論文都是基於這些材料進行的。如今把這項材料公諸於眾，一方面可以讓更多的人來研究它，另一方面可以補正筆者研究中的不足或錯誤。由於時間倉促，過程中難免有挂一漏萬之處，熱誠希望廣大學者、同行提出寶貴意見，使這本書真實地反映胡三省《在整理資料的音註》的全貌。

馬君花

〔註1〕這項材料江灝先生於 1982 年研究過，其研究成果主要是其碩士學位論文及 1985 年發表的《〈資治通鑑音註〉反切考》。此後 20 餘年裏再無人對此進行音韻學方面的研究。

凡　例

1、被註字按照英文字母順序排列。

2、每一條材料先列出被註字，再列出《音註》所給出的反切或直音，或假借、如字、紐四聲法、古某字等，其後排列的是被註字的出處，其後是被註字所出現的頁碼。被註字與胡三省的註語之間用逗號隔開，註語與出處之間用空格隔開。被註字出現在《通鑑》原文中的，不作說明；原文中沒有出現、只出現在《音註》中的，則給出相關正文，其後列出《音註》裏的內容。例如：

敱，魚開翻　太傅長史庾敱等。2761

敱，五才翻，一音五回翻，韋昭音瑰　潁陰令渤海苑康以爲昔高陽氏有才
　　子八人。音註：《左傳》曰：昔高陽氏有才子八人，蒼舒、隤敱、檮戣、
　　大臨、尨降、庭堅、仲容、叔達。1715

3、爲方便系統檢索，對有明確標有某家之說的註音略作了改動。如原註：「師古曰：剽，輕也。悍，勇也。剽，平妙翻，又匹妙翻。悍，胡幹翻，又下罕翻。」爲了突出被註字的地位，方便計算機檢索，本書改動爲「剽，師古曰：剽，輕也，平妙翻，又匹妙翻」、「悍，師古曰：勇也。悍，胡幹翻，又下罕翻」。

胡三省在註音時還有些諸如「衣其，於既翻」、「復復，上音扶又翻；下音方目翻」之類，因爲被註字處在首位，我們沒有做改動，但當被註字不在首位時，則予以改動，如：原註「師古曰：鼙，本騎上之鼓，音步迷翻」，改爲「鼙，

師古曰：鼙，本騎上之鼓，音步迷翻」，這樣做只是爲了突出被註字的首字地位，方便計算機檢索。

4、原文或註有誤者，則依中華書局本所校爲正。例如：「乘金根車，駕六馬，設五時副車」（p.2150）下註云：「駕六馬，象鑣鏤鍚，金鑁、方釳，插翟尾。鑁，亡范（祖叢）翻。」但保留原註。又如：原文「詔遣中郎將段彬。」（p.1415）中華書局於其下引有章鈺的校：「章：十二行本『彬』作『郴』；乙十一行本同。」照錄。中華書局本有明顯訛誤的，則加編者按語。有簡單說明的，也加編者按語。

5、本文的材料適合作音韻研究、還可以作假借字、古今字的研究，但不可以用作詞義研究。因爲我們在整理時偏重於被註字的語音，雖間或抄錄釋義，但只有釋義而無註音的材料沒有收進來。有些字諸家有不同的解釋，但不涉及語音的，我們也沒有收進來。有些字有註音也有釋義的，但釋義有別家與之不同，後者不引。鑒於上述情況，本書所收材料不適合作詞義研究。

6、有個別字字庫沒有，則將處理成圖片貼入文章。

正 文

A

阿，傳讀從安入聲　生夜對侍婢言曰：「阿法兄弟亦不可信。」3164

阿，從安入聲　及敗，岳謝母曰：「負阿母。」2645

阿，讀從安入聲　司馬氏父子兄弟自相殘滅，故使朕得至此；如朕有殺阿鐵理
　　否？音註：阿鐵，邃小字也。3011

阿，今相傳從安入聲　謐走入西鍾下，呼曰：「阿后救我。」2640

阿，相傳從安入聲　寄果阿附魯王，輕爲交搆。遜書與琮曰：「卿不師日磾而宿
　　留阿寄。」2361

阿，烏葛翻　球徐曰：「阿父在，汝亦何憂。」3887

阿，烏葛翻，一讀如字。阿，保也　政事一委令孜，呼爲阿父。8176

唉，烏開翻，又於其翻　亞父受玉斗置之地，拔劍撞而破之，曰：「唉，豎子不
　　足與謀！」304

敳，五哀翻　軍主夏侯明徹殺敳，持勃首降。5163

敳，五才翻，一音五回翻，韋昭音瑰　潁陰令渤海苑康以爲昔高陽氏有才子八
　　人。音註：《左傳》曰：昔高陽氏有才子八人，蒼舒、隤敳、檮戭、大臨、
　　厖降、庭堅、仲容、叔達。1715

敳，魚開翻　太傅長史庾敳等。2761

皚，魚開翻　叔父皚之女芳有德色。2940

毒，烏改翻　乃詐以舍人嫪毐爲宦者，進於太后。213

艾，讀曰乂　又數爲吏卒所寇，懲艾，不便與漢通。771

艾，讀曰刈　不分臧否，不辨去來，悉艾殺之。1817

艾，倪祭翻　懲艾前事，爲禍不測。3474

艾，師古曰：艾，讀曰乂　今平定未久，人民創艾戰鬭。960

艾，師古曰：艾，讀曰刈。刈，絕也。　艾朝鮮之旃。1105

艾，師古曰：艾，讀曰乂　故世平主聖，俊艾將自至。842

艾，音乂　久之，懲艾霍氏欲害皇太子。827

艾，與刈同　其視殺人若艾草菅然。475

隘，烏介翻　南薄山，北阻河，隘道七十里。6968

隘，烏戒翻　伏兵於隘。9294

隘，烏懈翻　馬陵道陜而旁多阻隘，可伏兵。59

嗌，師古曰：嗌，喉咽也，音益　王曰：「我嗌痛，不能哭。」780

曖，烏代翻　甲午，以上女昇平公主嫁郭子儀之子曖。7176

曖，音愛　茲事曖昧。7276

騃，古駭翻　蕭臨川雖騃，其下有良將韋、裴之屬。4565

騃，五駭翻　及今明應幼騃可代，宜徵爲金吾將軍。7517

騃，五駭翻，癡也　永吉從父道貴，性尤頑騃。5447

騃，五駭翻，所謂誘之也　且爾童騃，若爲人所教，亦聽悔異。4534

騃，語駭翻　衍童騃荒縱，不親政務，斥遠故老，昵比小人。8921

騃，語駭翻，癡也　帝爲人戇騃。2629

騃，語駭翻，癡愚也　師範童騃，不堪重任。8412

导，與礙同　九月，丙午，設無导大會於太極殿。5457

菴，烏含翻　伐柏爲菴以立營。5355

諳，烏含翻　西楚府舍，略所諳究。3805

諳，烏含翻，悉也，記也　刁協久宦中朝，諳練舊事。2844

諳，烏南翻　諸賢不諳北土情僞，必墮其計。3819

闇，讀如陰　主上諒闇。3434

闇，讀與陰同　王吉奏書戒王曰：「臣聞高宗諒闇，三年不言。」779

闇，音暗　彰武節度使周密，闇而貪。9345

闇，音陰　國家新遭大憂，陛下方在諒闇。1519

晻，讀與暗同　今子獨壞容貌，蒙恥辱爲狂癡，光曜晻而不宣。836

晻，古暗字　故聖人莫不以晻致明。553

晻，師古曰：晻，烏感翻　當拜之日，晻然日食。1113

晻，師古曰：晻，與暗同，又音烏感翻　人君之表也，君不修道，則日失其度，
　　晻昧亡光。1063

晻，與暗同　一朝以晻昧語言見廢。876

晻，與暗同，又音一感翻　忽天地之明戒，聽晻昧之瞽說。963

犴，音岸　於是吏民各以愛憎互相告訐，獄犴盈溢。2548

犴，魚旰翻。野獄曰犴　事同議異，獄犴不平。2631

按，毛晃曰：按，於旰翻，抑也，止也，據也。康曰：按，音遏。此義亦通。
　　但按字無遏音　以按據上黨民。167

柳，魚剛翻　其門牆階級，窗檽楣柱，柳棁枅栱。6358

柳，魚浪翻，繫馬柱也，又五剛翻　逢縛之馬柳。3566

敖，讀曰傲　從官更持節引內昌邑從官、騶宰、官奴二百餘人，常與居禁闥內
　　敖戲。785

嗷，五刀翻　呼聲嗷嗷。3943

熬，五刀翻　有遇之者，若以焦熬投石焉。192

磝，牛交翻，杜佑曰：磝，音敖　會謝玄遣龍驤將軍劉牢之等據碻磝。3336

磝、敖同音　承之緣道收兵，得千人，進據磝頭。音註：《水經註》：漢水逕黃
　　金南，東流歷敖頭。3851

謷，師古曰：謷謷，眾口愁聲，音敖　吏緣爲姦，天下謷謷，陷刑者眾。1198

媼，女老稱，音烏老翻　更王后曰皇后，太子曰皇太子，追尊先媼曰昭靈夫人。
　　356

媼，師古曰：媼，女老稱也，音烏老翻　是歲，求得外祖母王媼。816

媼，烏浩翻　老臣竊以爲媼之愛燕后賢於長安君。164

媼，烏皓翻　子夫母衛媼，平陽公主家僮也。559

媼，烏老翻　斑乃遺陸媼弟儀同三司悉達書曰。5283

襖，烏浩翻　又私作錦袍、絳襖，欲以餌蠻，交易器仗。4293

襖，烏浩翻，袂衣也　朕入城，見車上婦人猶戴帽、著小襖。4434

襖，烏浩翻，袍襖　迴別統萬人，皆綠巾、錦襖，「號黃龍兵」。5424

傲，五到翻　「生而富者驕，生而貴者傲。」1513

奧，師古曰：奧，音郁　奧鞬貴人共立故奧鞬王子為王。863

奧，音郁　右奧鞬王聞之，即自立為車犁單于。868

澳，烏到翻　澳，貫之之子也。8033

澳，音奧　上召翰林學士韋澳。8055

澳，於到翻，又乙六翻　愷以粨澳金。2578

懊，於報翻　仲雄於御前鼓琴作《懊憹歌》。4425

驁，五到翻　信陵君率五國之師敗蒙驁於河外。201

驁，五到翻，又五刀翻　蒙驁伐韓。199

驁，五告翻　又不先與之議相見之儀，使彼得肆其桀驁。7503

鏊，五高翻，又五到翻　壽州團練使李文通奏敗淮西兵於固始，拔鏊山。7722

B

芭，服虔曰：芭，音葩　鉅鹿侯芭師事焉。1217

羓，邦加翻　國人剖其腹，實鹽數斗，載之北去，晉人謂之「帝羓」。9356

蚆，音葩　古者以龜、貝為貨，今以錢易之。音註：蚆，博而頯，中廣，兩頭銳。蜠大而儉。𧶠小而惰。1078

跋，卜末翻，又蒲末翻　初，帝在藩鎮，用法嚴，將校有戰沒者，所部兵悉斬之，謂之跋隊斬。8687

跋，蒲撥翻　涕泣，跋馬欲西。6975

跋，蒲掇翻　建成、元吉至臨湖殿，覺變，即跋馬東歸宮府。6010

魃，蒲撥翻，旱神也　會天旱有魃。6739

靶，晉灼曰：靶，音霸；謂轡也　王良執靶。840

壩，必駕翻　其眾稍稍歸之，屯於茅壩。8488

罷，讀與疲同　驅罷弊之兵，討堅城之虜，將何以取勝乎。4379

罷，讀曰疲　襄子曰：「民罷力以完之。」11

罷，師古曰：罷，讀曰疲　以誘罷漢兵，徼極而取之。621

罷，爲罷，讀曰疲　公孫弘數諫，以爲罷敝中國以奉無用之地，願罷之。610

罷，與疲同　王太子德曰：「漢兵還，臣觀之，已罷，可襲，願收王餘兵擊之。」
　　527

敗，比邁翻　以此敗彼曰敗　大敗智伯之衆。13

敗，必邁翻　敗官軍於伊北。2737

敗，捕邁翻　若敗其前鋒。3311

敗，補賣翻　會暮，樓船攻敗越人，縱火燒城。670

敗，補邁翻　秦敗魏師、韓師於洛陽。42

敗，補邁翻，屈也　姦臣作朋，撓敗國政。7801

敗，補內翻　然敗俗傷化，必此人也。2529

敗，摧敗，補賣翻　身雖陷敗，然其所摧敗亦足暴於天下。716

敗，將敗，補邁翻　宜急還，不然，將敗。2359

敗，擊敗，補邁翻　眞度引兵寇南陽，太守房伯玉擊敗之。4412

敗，蒲賣翻　魏人追擊敗之，遂取碻磝。3963

敗，補邁翻　爽聞，即遣所善白嬴之長安上書，言「孝作輣車、鍛矢，與王御
　　者姦」，欲以敗孝。626

稗，旁卦翻　流民採菰稗、捕魚以給食。9519

稗，蒲賣翻　範糧乏，采芪稗、菱藕以自給。5024

䡇，平義翻，《說文》曰：車駕具　河間王熙、勃海王朗、博陵王鑒皆幼，不能
　　出城，隆還入迎之，自爲䡇乘。3445

般，《釋典》音鉢　龜茲、疏勒、烏孫、悅般、渴槃陀、鄯善、焉耆、車師、粟
　　持九國入貢於魏。3857

般，音鉢　西域般悅國去平城萬有餘里。3934

般，北末翻　上幸同泰寺，講《般若經》，七日而罷。4816

般，蒲末翻　遣其臣曹般陀來，言世讓與可汗通謀，欲爲亂。5972

般，音註：般陽縣，漢屬濟南郡。應劭曰：在般水之陽。師古曰：般，音盤。
　　劉昫曰：唐淄州淄川縣，漢盤陽縣也　不若先取歷城，克盤陽。4135

般，《水經》：大河……分派東入般縣，爲般河。余據賢註：般，音卜滿翻。
　　此作「磐」，讀當如字。　遂出軍屯磐河。1926

般,音班　臣光曰:《春秋》書楚子虔誘蔡侯般殺之于申。7772

瘢,薄官翻　因解衣投地,出其瘢痍。6144

瘢,蒲官翻　歲賜救杖者數四,背瘢甚厚,將雨則沈悶。6845

瘢,蒲官翻,痕也　吳王好劍客,百姓多創瘢。1480

阪,音反　茂懼,輒伐魏蒲阪,亡去。106

坂,音反　南陽王模使牙門趙染戍蒲坂。2767

岅,與坂同,音反　尚書僕射爾朱世隆鎮虎牢,侍中爾朱世承鎮崿岅。4758

伴,蒲旱翻　時人謂之伴死。5389

絆,博慢翻　或以物絆其腰,引枷向前,謂之驢駒拔橛。6439

絆,博漫翻　今絆姜維於沓中。2465

辦,賢曰:辦,猶成也,音蒲莧翻　所向無前,聖公不能辦也。1268

榜,比朗翻,木片也　後堂儲數百具榜。4507

榜,補曩翻,木片也　仲玉至南陵,載米三十萬斛,錢布數十舫,豎榜為城。
　　4119

榜,音彭　司寇小吏罵黑而搒笞之。478

榜,音彭,笞擊也　趙高治斯,榜掠千餘。278

蚄,步項翻　常膳不過數品,私宴用瓦器、蚄盤。5188

傍,步浪翻　從鄯善傍南山北,循河西行至莎車,為南道。658

傍,蒲浪翻　當倚傍先代。3249

棒,部項翻　帝姊壽陽公主行犯清路,赤棒卒呵之,不止。4767

棒,蒲項翻　以棒棒之而已。4751

棓,步項翻　會已作大坑,白棓數千。2481

棓,蒲項翻　悉令棓殺之。5122

蜯,步項翻　令飢者盡得魚菜螺蜯之饒。2550

胞,師古曰:胞,謂胎之衣也;音苞　善臧我兒胞。1072

齙,步交翻,露齒也　蜀太子元膺,猴喙齙齒。8773

保,與堡同　諸營保附岑者皆來降。1313

堡,音保　山南西道節度使嚴震奏敗吐蕃於芳州及黑水堡。7538

堡,音保,小城也　命子幹勒民為堡。5473

葆，師古曰：葆，與保同　秋，罷西夷，獨置南夷、夜郎兩縣、一都尉，稍令犍爲自葆就。612

褓，博抱翻　子孫雖在襁褓，悉拜儀同。5437

褓，音保　太后以帝在襁褓。1563

緥，博抱翻　大將軍抱持幼君襁緥之中。779

鴇，補抱翻　遣內參詣晉陽取皇后服御褘翟等。音註：采桑，則鴇衣，黃色。5359

豹，補教翻　前廷尉正顧榮及順陽王豹爲主簿。2663

麃，蒲交翻，又蒲剝翻　帝乃更以麃箭射，正中其齊。4195

暴，《史記正義》曰：暴，蒲北翻，又如字　然身被堅執銳首事，暴露於野三年。304

暴，白報翻，姓也。　秦相國穰侯伐魏。韓暴鳶救魏。147

暴，薄木翻，又薄報翻　暴卓尸於市。1934

暴，步卜翻　數年之間，北邊虛空，野有暴骨矣。1193

暴，步卜翻，顯示也；又如字，顯露也　不臣之迹，暴於行路。5414

暴，步卜翻，又薄報翻　今山東連兵，暴骨如莽。7346

暴，步卜翻，又如字　玄令斲棺斬首，暴尸於市。3541

暴，步木翻　夏則爲大暑之所暴炙。776

暴，步木翻，日曬也　以一兩綿絮漬酒中暴乾。1748

暴，步木翻，又如字。凡暴露之暴皆同　父子暴骸骨於中野，不可勝數。346

暴，步木翻，又音如字，露也　韓人暴其尸於市。25

暴，步木翻。毛晃曰：顯示也；又如字，義同　此皆近事暴著。1329

暴，讀如字；劉伯莊音僕　暴師於外十餘年。243

暴，讀曰曝　或盛夏日中暴身。5147

暴者，發露其罪，音如字　溫始暴顯弒君之罪。8699

撲，弼角翻，又匹角翻，擊也　上大怒，令左右撲殺之。5584

撲，蒲角翻，擊也，又匹角翻　上怒，命左右撲於殿庭。6827

鮑，白卯翻　會暑，輼車臭，乃詔從官令車載一石鮑魚以亂之。250

褒，音如褒衣下寬大之褒　吳主封太子霸及其三弟皆爲王。音註：覇弟名奮。次名鉅。次名褒。2489

陂，孔穎達曰：陂者曰坂。陂，彼寄翻，又普羅翻。李巡曰：陂者，謂高峯山坡。　操將精騎五千急追之一日一夜行三百餘里及於當陽之長坂。2084

陂，普何翻　今所制地不過二三頃，無山陵陂池，裁令流水而已。1415

卑，音鼻　昔者舜之弟象，日以殺舜為事，及舜立為天子，封之於有卑。537

貝，博蓋翻　古者以龜、貝為貨，今以錢易之。1078

邶，蒲昧翻　采葑采菲，無以下體。音註：《詩·邶·谷風》之辭。毛氏《傳》曰：葑，須也。菲，芴也。79

背，蒲妹翻　假道於兩周，背韓、魏而攻楚，不可。211

背，布內翻　剛所言僻經妄說，違背大義。1133

背，陸德明曰：背，音佩。按今讀從去聲，亦通　突厥背誕。5490

背，蒲妹翻　惠公立而背河外之賂，又閉秦糴。44

背，蒲昧翻　夫以白起、韓信、項藉之勇，猶發梁焚舟，背水而陣。3033

背，蒲妹翻　昔齊桓公不背曹沫之盟，晉文公不貪伐原之利，魏文侯不棄虞人之期。49

背，蒲內翻　彼背主降陛下。539

背，如字　與人共計議，如何旋背即賣惡於人邪。3769

背，音輩　監司項背相望，與同疾疢。1658

萯，楊正衡曰：萯，音背　胡部大張萯督、馮莫突等。2731

倍，步賄翻　東平王雲及后謁自之石所祭治石象瓠山立石束倍草并祠之。1094

倍，讀曰背　願伯具言臣之不敢倍德也。301

倍，蒲妹翻　魏王乃倍從約。84

倍，與背同，蒲妹翻　兵法：「右倍山陵，前左水澤。」327

倍，與背同，蒲昧翻　蔡澤曰：「然則君之主惇厚舊故，不倍功臣，孰與孝公、楚王、越王？」188

倍，與背同，音蒲妹翻，鄉倍之倍也　即有軍役，未嘗倍泰山、絕清河、涉渤海者也。70

悖，蒲沒翻，又蒲妹翻　知訓使酒悖慢，王懼而泣。8828

悖，蒲沒翻，又蒲內翻　有司劾奏程等干亂悖逆。1644

悖，蒲妹翻　上乃言曰：「朕即位以來，所為狂悖。」738

悖，蒲妹翻，又蒲沒翻　茅焦曰：「陛下有狂悖之行。」214

悖，蒲昧翻，又蒲沒翻　汝曹不欲南行，任自歸北，何用喧悖。7324

悖，蒲妹翻，又蒲沒翻　人臣反，賜鐵券；懷光不反，今賜鐵券，是使之反也！辭氣甚悖。7406

悖，蒲內翻　欲令寡人以國聽衞鞅也！既又勸寡人殺之，豈不悖哉？45

悖，蒲內翻，又蒲沒翻　不請於天子而自立，則爲悖逆之臣。6

悖，師古曰：悖，乖也，音布內翻　通人道之正，使不悖於其本性者也。953

悖，師古曰：悖，心惡惑也，音布內翻　義年老，頗悖。865

狽，《集韻》：狽，音貝　李密知其狼狽。5726

狽，博蓋翻　艾在困地，狼狽失據。2531

被，彼義翻　今希蕚長而被黜，必不免禍。9465

被，加也，音皮義翻　今猥被以大罪。1198

被，李奇曰：被，音被馬之被。師古曰：被，猶帶也，皮義翻　信上書曰：「國被邊，匈奴數入寇；晉陽去塞遠，請治馬邑。」369

被，皮義翻　燕之所以不犯寇被甲兵者，以趙之爲蔽其南也。66

被，師古曰：被，加也，音皮義翻　忬恨睚眦，輒被以危法。897

被，師古曰：被，皮義翻　郎中雷被獲罪於太子遷。618

被，韋昭曰：被之以書，音光被之被，皮義翻　故召公告之，即被佗書。394

鄁，蒲對翻　昔晏平仲辭鄁殿以守其富。1685

琲，部浼翻，又蒲昧翻　鍾傳欲討吉州刺史襄陽周琲，琲帥其眾奔廣陵。8507

誖，音布內翻，師古曰：誖，惑也　寶對曰：「年七十，誖眊，恩衰共養，營妻子，如章。」1134

誖，蒲內翻　驅馳東西，所爲誖道。781

誖，師古曰：誖，乖也；音布內翻。　此誖德之臣也。1169

誖，師古曰：誖，乖也；音布內翻　自京師有誖逆不順之子孫。1050

誖，師古曰：誖，惑也，音布內翻　廣曰：「吾豈老誖不念子孫哉！」833

憊，音蒲拜翻　軍士冒暑困憊。7431

憊，蒲拜翻，疲極也。　今天下已定，又何憊也。397

糒，平秘翻，乾飯也　揚州民感悅，軍還，或負糧糒以送之。9558

糒，乾飯也；音備　及載糒給貳師。705

糒，師古曰：糒，乾飯也，音備　詔忠等留衛單于，助誅不服，又轉邊穀米糒。888

糒，音備　令軍士人持二升糒，一片冰。716

糒，音備，乾飯也　計一人三百日食，用糒十八斛。1192

糒，音備，糗也　又轉河東米糒二萬五千斛，牛羊三萬六千頭以贍給之。1415

鞴，平祕翻　思明聞有變，踰垣至廄中，自鞴馬乘之。7107

鞴，蒲拜翻，韋囊也，鼓以吹火。　夜命甲士六百，皆持巨斧，載冶者，具鞴炭，乘流而下。8886

奔，甫門翻　建康男女，奔走宮門，號泣道路。4807

奔，史炤曰：奔，姓也。古有賁姓，音奔，又音肥，後遂爲奔　弓箭庫使沙守榮、奔洪。9114

賁，扶分翻　堅引司武上士盧賁置左右。5411

賁，師古曰：賁，姓也。麗，名也。賁，音肥　會郎賁麗善爲星。1051

賁，賢曰：《前書》賁赫，音肥。今姓作賁，音奔　董憲將賁休以蘭陵降。1318

賁，音奔　夫戰孟賁、烏獲之士以攻不服之弱國。95

賁，音肥　輔以襄賁令上書言得失，召見，擢諫大夫。襄賁，東海縣也。1000

賁，音肥，姓也；赫，其名也。《姓譜》有賁姓，以爲縣賁父之後。《風俗通》：魯有賁浦；皆音奔　醫家與中大夫賁赫對門。397

賁，應劭曰：賁，音肥　乙酉，以太尉劉虞爲大司馬，封襄賁侯。1905

畚，布忖翻　體備三木，輿於竹畚。7977

畚，布袞翻，所以盛土　太子、宣城王已下，皆親負土，執畚鍤。4990

畚，布袞翻，織竹爲器　來日脩都統宅，各具畚鍤。7120

坌，蒲頓翻　己酉，吐蕃相坌達延遺宰相書。6699

笨，部本翻，竹裏也；一曰，不精也　常乘羸牛笨車。4029

琫，音布孔翻　瑒琫、瑒珌。1151

迸，北孟翻　蘇文迸走，得亡歸甘泉，說太子無狀。730

迸，北諍翻　而子弟波迸，良可怪歎。3995

迸，比孟翻　百姓擾擾，皆迸山澤，不可禁制。2472

迸，比諍翻　時有迸漏者，皆潛伏溝瀆中耳。3113

蚌，蒲幸翻　明州歲貢蚶、蛤、淡菜。音註：淡菜，狀如蚌而小。7737

偪，古逼字　親者或亡分地以安天下，疏者或制大權以偪天子。472

偪，音逼　申錫請漸除其偪。7872

愊，音孚逼翻。　安靜之吏，愊愊無華。音註：愊，《說文》曰：愊愊，至誠也。
　　1501

匕，卑履翻　丁丑，帝至其所，見役徒有削梜爲匕，瓦中噉飯者。9568

匕，音比　乃詐爲刑人，挾匕首，入襄子宮中塗廁。15

比，必利翻　比及冬初，城守相接，虜馬過河，即成擒也。3945

比，必利翻，及也　比明，大獲而還。3386

比，必寐翻　行收兵；比至陳。255

比，必寐翻，及也　眾皆憤泣爭奮，比至氏池。3522

比，必寐翻。「北」乃「比」字之誤　毌丘儉走，北至慎縣。2424

比，並也，毗至翻　比當別敘在心。4297

比，薄必翻，又毗至翻　廣拓土田，郡內比室殷足。1355

比，部必翻，又毗寐翻，連次也　小人姦蠹，比屋可誅。1743

比，簿計翻　截脛、拉脅、鋸項、刳胎者，比比有之。3151

比，等比也，音毗寐翻　中書監劉放子熙，中書令孫資子密，吏部尚書衛臻子
　　烈三人咸不及比，以其父居勢位，容之爲三豫。2260

比，近也，音毗至翻　共皇寢廟比當作。1110

比，類也，音庇　至是，居延都尉范邠復犯臧罪，朝廷欲依光比。1617

比，毗必翻　仍分遣諸將比屋大索。8142

比，毗必翻，又毗至翻　古之方伯、諸侯，皆跨有千里之土，兼軍武之任，或
　　比國數人，或兄弟並據。2357

比，毗寐翻　凡中國所以爲通厚蠻夷，愜快其求者，爲壤比而爲寇。979

比，毗寐翻，近也　比來天下奢靡，轉相倣傚。2385

比，毗寐翻，謂當爲之論敘也　劉湛爲領軍，嘗謂之曰：「卿在省歲久，比當相
　　論。」3886

比，毗義翻，次也　車不得方軌，騎不得比行。71

比，毗至翻　間者，數年歲比不登，民待賣爵、贅子以接衣食。570

比，比近之比，毗至翻　比起就會。4458

比，毗至翻，比例也　宜於河表七州人中，擢其門才，引令赴闕，依中州官比，隨能序之。4283

比，毗至翻，黨也　上遊幸無常，昵比羣小。7842

比，毗至翻，近也　既而謂珣曰：「比來視君一似胡廣。」3433

比，毗至翻，近也，並也，聯也；又簿必翻，相次也　祕書令郤正久在內職，與皓比屋。2458

比，毗至翻，例也　欲借振武一城，前代未有此比。7958

比，毗至翻，頻也　比表求還。3907

比，毗至翻，又毗必翻　漢興，承秦兵革之後，大愚之世，比屋可刑。919

比，毗至翻，又音毗　興於閨門，著於朝廷，被於鄉遂比隣。6052

比，毗至翻。阿黨爲比　李克曰：「子言克於子之君者，豈將比周以求大官哉？」20

比，毗至翻。《周禮》：五家爲比。取其相連比而居也。又毗必翻，次也　積尸牀下而寢其上，比屋皆滿。4493

比，毗志翻　陛下比來遊獵稍頻。7968

比，毗志翻，並也，總也　臣等參議，以爲沙門接見，比當盡虔。4062

比，毗志翻，近也　郢奏：「臣比欲以奇兵擣其腹心。」8795

比，毘寐翻　今慕容鎮軍屢摧賊鋒，威震秦、隴，虎比遣重使。3044

比，毘至翻　陛下所謂「比見奏對論事皆是雷同道聽塗說者。」7383

比，頻寐翻　南陽、漢中以往郡，各以地比，給初郡吏卒奉食、幣物、傳車、馬被具。686

比，音頻寐翻，接連也　諸侯比境，周匝三垂，外接胡、越。1179

比，頻寐翻，言近者也　衣食之費日數百金，比穀雖賤而戶有饑色。1854

比，賢曰：比，頻寐翻，音毗，和也　臣聞之：氣同則從，聲比則應。594

比，頻也，音毗至翻　適所以害之也。伏見大將軍憲，始遭大憂，公卿比奏。1523

比，師古曰：比，必寐翻。余謂當音毗寐翻　即封奉世，開後奉使者利以奉世爲比。826

比，師古曰：比，音必寐翻；余謂當音毗至翻　子莽幼孤，不及等比。1001

比，師古曰：比，音必寐翻。余謂讀如字，義自通。言丹經行無比。1078

比，師古曰：比，接近也，音頻二翻　延年素輕黃霸爲人，及比郡爲守。865

比，師古曰：比，近也。比，頻寐翻　上使黯往視之；還，報曰：「家人失火，
　　屋比延燒。」575

比，師古曰：比，類也；音必寐翻。當如字　宜寵異之；益求其比，以輔聖德！
　　1013

比，師古曰：比，例也，音必寐翻。當音毗寐翻。　因謂羣臣曰：「吾用野王爲
　　三公，後世必謂我私後宮親屬，以野王爲比。」945

比，師古曰：比，例也，音頻寐翻　太后欲以田蚡爲比而封之。972

比，師古曰：比，音頻寐翻，又頻脂翻　吏及比伍知而不舉告，與同罪。1223

比，師古曰：比，頻也。比，毗至翻　詔書比下，變動政事，卒暴無漸。1069

比，師古曰：比，頻也，毗寐翻　時朝廷多事，督責大臣，自公孫弘後，丞相
　　比坐事死。701

比，師古曰：比，頻也。比，毗至翻。　比再冠軍。621

比，師古曰：比，音必寐翻；余謂當如字讀　以尙書盤庚殷之及王爲比，兄終
　　弟及。1041

比，賢曰：相鄰比也，音毗至翻，又音毗　又欲殺宣，宣家與中常侍袁赦相比。
　　1745

比，音毗　行臺考功郎中房玄齡謂比部郎中長孫無忌曰。6005

比，音毗。不比，言不和也　文侯與田子方飮，文侯曰：「鐘聲不比乎？」18

比，音毗，又毗至翻　皆由以逃戶稅攤於比隣。7771

比，則例也，讀如字，又頻寐翻　自是之後，有腹誹之法比，而公卿大夫多諂
　　諛取容矣。652

沘，音比　貴人母，即東海恭王女沘陽公主也。1482

秕，卑履翻　耆以上衰老，朝多秕政。4941

粃，音比　於是遣弘嗣監納倉粟，颭得一糠一粃，皆嚚之。5599

粃，與秕同　徒竊禮之糠粃，以依世、諧俗、取寵而已。376

佖，毗必翻　李晟遣其將王佖將驍勇三千伏於汧城。7472

佖，蒲必翻　使李演及牙前兵馬使王佖將騎兵。7435

佖，支筆翻，又頻筆翻　虜知朔方、靈鹽節度使王佖貪。7701

邲，毗必翻　丁酉，遣鴻臚少卿劉善因立咄陸爲奚利邲咄陸可汗。6097

畀，師古曰：畀，與也，音必寐翻。　得漢使節二及谷吉等所齎帛書；諸鹵獲以畀得者。939

苾，毗必翻　蜀郡太守李苾。2654

苾，毗必翻，又蒲結翻　斛薛、結、阿跌、契苾、白霫等十五部，皆居磧北。6045

苾，毘必翻　乙亥，突厥候利苾可汗始帥部落濟河。6165

苾，蒲必翻，又蒲蔑翻　遣侍御史李苾持節慰勞。2622

毖，兵媚翻　尙書武威周毖。1906

毖，音祕　王浚以妻舅崔毖爲東夷校尉。2774

玜，音必　瑒璙、瑒玜。1151

疕，文穎曰：疕，音庇蔭之庇。師古曰：疕，匹履翻　封其裨王呼毒尼等四人皆爲列侯。音註：呼毒尼爲下摩侯，雁疕爲煇渠侯，禽黎爲河綦侯，大當戶調雖爲常樂侯。633

狴，邊迷翻，又部禮翻　彼既氣奪算窮，是乃狴牢之類。7465

庳，皮靡翻　初，閩王審知性節儉，府舍皆庳陋。9084

庳，師古曰：庳，下也，音婢　及徙昌陵，增庳爲高。1004

萆，如淳曰：萆，音蔽，依山以自覆蔽也。杜佑曰：卑山，音蔽，今名抱犢山。從間道萆山而望趙軍。326

愎，弼力翻　將軍愚愎以取敗，乃復忌前害勝。2816

愎，弼力翻，很也。　駿爲政，嚴碎專愎。2602

愎，弼力翻，狠也　段規曰：「智伯好利而愎，不與，將伐我；不如與之。彼狃於得地。」9

愎，弼力翻，戾也　獨歡恥失寶泰，愎諫而來，所謂忿兵。4884

愎，符逼翻　因與左司馬鄭頲共說密曰：「讓貪愎不仁。」5764

愎，符逼翻，很也　恥聞過，騁辯給，眩聰明，厲威嚴，恣強愎。7383

愎，平逼翻　且援剛愎好勝，必易吾軍。2046

愎，平逼翻；戾也，狠也。　喜怒不形於色，而性矜愎自高。2037

愎，蒲逼翻　太宰亮、太保瓘以楚王瑋剛愎好殺，惡之。2609

詖，彼義翻　放遠佞邪之黨，壞散險詖之聚。915

熅，蒲北翻　會暑，轀車臭，乃詔從官令車載一石鮑魚以亂之。音註：鄭康成以鮑於熅室乾之，亦非也。熅室乾之，即鮑耳。250

痹，必至翻　遂稱風痹，不復出戰。8229

痹，必至翻，腳冷濕病也　緒少病風痹。8030

痹，必至翻，腳冷濕病也　興陽爲風痹，灸灼滿身。7692

痹，必至翻，濕病也　操聞而辟之，懿辭以風痹。2080

痹，必至翻，又毗至翻　帝自入秋得風痹疾。9496

趡，與蹉同　道上稱趡。761

裨，彼迷翻　使其子御史大夫瑒將萬人屯榆次，裨將李光逸等屯祈縣。7147

裨，賓彌翻　別命偏裨帥精兵數千出麥積崖以襲其後。4683

裨，頻眉翻　懷恩本臣偏裨。7166

裨，頻彌翻　止一裨將、四尉。168

裨，頻移翻　得右賢裨王十餘人。616

裨，音卑　是歲，吐谷渾裨王拓跋木彌請以千餘家降隋。5502

辟，必亦翻　又使辟陽侯審食其。405

辟，必亦翻，一說，辟，讀曰闢　詔先立趙幽王少子辟彊爲河間王。453

辟，師古曰：辟，讀曰壁　去五原西部塞八十里。音註：《地理志》，五原西部都尉治田辟。1415

辟，讀曰避　申子乃辟舍請罪曰：「君眞其人也！」55

辟，讀曰闢　然吾使人視即墨，田野辟。39

辟，讀曰闢，開也　朕親率天下農，十年於今，而野不加辟。494

辟，讀曰僻　無幽閒辟陋之國，莫不趨使而安樂之。194

辟，毗亦翻　雖其陷於刑辟。606

辟，毘至翻　自今孟春訖於夏首，大辟事已款者。5210

辟，匹亦翻　齊高陽王湜，以滑稽便辟有寵於顯祖。5194

辟，頻亦翻　辟戟而前曰。592

辟，頻益翻　項王瞋目而叱之，喜人馬俱驚，辟易數里。352

辟，師古曰：辟，讀曰避　朕日夜惟思議者之言，羞威不行，則欲誅之；狐疑辟難，則守屯田。906

辟，師古曰：辟，讀曰闢　章每召見，上輒辟左右。983

辟，師古曰：辟，謂屏去之，音闢　衍如言報顯，顯因心生，辟左右。798

辟，師古曰：辟，音壁　遣水衡都尉呂辟胡將益州兵擊之。755

辟，師古曰：辟，音闢。闢，開也　動靜辟翕，萬物生焉。1207

辟，音壁　乃以臨為皇太子，安為新嘉辟。音註：師古曰：辟，君也。1170

辟，音闢　臣痛社稷危也！願賜清閒，竭愚！王辟左右。777

辟，音闢，除也；屏除左右也　豨過辭淮陰侯。淮陰侯挈其手，辟左右。388

辟，音闢，刑辟　若不推鞫，遽加重辟，駭動不細。7542

閟，兵媚翻　宮女眾多，幽閟可愍，宜簡出之，各歸親戚，任其適人。6018

嬖，卑義翻，陸德明必計翻　河西王牧犍通於其嫂李氏，兄弟三人傳嬖之。3870

嬖，卑義翻，又必計翻　疾姦臣狡猾而不能誅，惡嬖女傾亂而不能禁。1630

嬖，卑義翻，又必計翻，愛也，幸也　希崇以楊氏遺令坤，令坤嬖之。9553

嬖，卑義翻，又博計翻　今君之見也，因嬖人景監以為主。63

嬖，卑義翻，又博義翻　秀以嬖人萬智光為武通行軍司馬。5591（按：此條音註有誤。卑、博皆幫母字，卑義翻與博義翻同音，沒有必要作為又音處理。疑乃傳抄之誤。考察整個《音註》，「嬖」字注音共 70 次，其中：「卑義翻，又博計翻」54 次，「卑義翻，又必計翻」9 次，「卑義翻，又匹計翻」1 次，「匹計翻，又卑義翻」2 次，「皮義翻，又必計翻」1 次，「必計翻，又卑義翻」1 次，「博計翻，又卑義翻」1 次，此等反切皆有韻母的不同或者聲母的不同。唯「卑義翻，又博義翻」，聲母與韻母沒有區別。）

嬖，卑義翻，又匹計翻　左右嬖臣因共贊和之。5329

嬖，博計翻，又卑義翻　衞鞅既至秦，因嬖臣景監以求見孝公。45

嬖，皮義翻，又必計翻　陳后，本閩太祖侍婢金鳳也，陋而淫，閩主嬖之。9128

嬖，匹計翻，又卑義翻　且臣善其嬖臣靳尚。94

嬖，師古曰：嬖，愛也，音必計翻，又卑義翻　賢聖之君皆名臣在側，三代末主乃有嬖妾。996

觱，壁吉翻　及師古疾篤，師道時知密州事，好畫及觱篥。7634

濞，匹備翻　漢文帝時，吳王濞富埒天子，鑄錢所致也。6806

濞，普懿翻　是故代相陳豨從車千乘，而吳濞、淮南皆招賓客以千數。606

濞，服虔曰：濞，音帔，普懿翻　辛丑立兄仲之子濞爲吳王。403

蹕，壁吉翻　帝以朝太后於長樂宮及間往，數蹕煩民。415

鞞，部迷翻　鞞鼓之聲，震動天地。3949

鞞，孟康曰：音髀；師古曰：音必爾翻　夜，由牛鞞水東走。2691

鞞，脾，當作「鞞」。孟康曰：鞞，音髀，師古曰：音必爾翻　譙縱大將譙撫之屯牛脾。3661

鞞，頻迷翻　裁入閤，即於內奏胡伎，鞞鐸之聲，響震內外。4339

鞞，與鼙同　朝廷禮樂，多違正典。大明中即以宮縣合和鞞拂。4220

鞞，與鼙同，音駢迷翻　鼓鞞在宮，聲聞於外。3764

髀，部禮翻　牙將館陶張瓊遽以身蔽之，矢中瓊髀。9545

髀，音陛　唐對曰：「尚不如廉頗、李牧之爲將也。」上搏髀曰。498

畀，平祕翻　辛未，殺代畀王達、滕聞王逌及其子。5431

襒，《類篇》：襒，毗祭翻。弊，或從「衣」　難可輕襒衣裾。4337

鼊，孟康音鼊　五月，平夷太守雷炤。音註：立平夷郡，即漢平夷、鼊二縣之地。2831

韠，音畢　莽稽首再拜，受綠韍，袞冕，衣裳。1151

躄，俾亦翻，跛之甚者也　孝德使數十人從行，秀實盡辭去，選老躄者一人。7170

鷩，必列翻　遣內參詣晉陽取皇后服御褘翟等。音註：祭羣小祀、受獻璽，則鷩衣。5359

鷩，音鼈　背負鷩鳥之毛，服飾甚偉。1176

弼，音弼　內史上士宇文弼曰。5345

篦，郭璞《三蒼註》云：篦，甒土器，音鞭　上使泄公持節往問之篦輿前。384

篦，音編　雒陽有囚，實不殺人而被考自誣，羸困輿見。音註：輿，篦輿也。1575

扁，補辨翻　命乃在天，雖扁鵲何益。406

扁，補典翻　隆以山路陜隘，乃作扁箱車。2559

扁，補典翻，又音篇　陸遜遣親人韓扁奉表詣吳主，邏者得之。2294

扁，楊正衡曰：扁，芳連翻　中謁者令申扁，以慧悟辯給有寵於虎。3040

扁，音篇　王崩，弟扁立。39

窆，必驗翻　鄭葬簡公，司墓之室當路，毀之則朝而窆，不毀則日中而窆。6167

貶，悲檢翻　衞更貶號曰侯，服屬三晉。58

褊，補辨翻　懼禍及身，不得無言；其終不能遣諸胸中，是吾褊也。2572

褊，補典翻　麿性褊急殘忍，不為士民所附。3471

褊，方緬翻　性褊傲，不遵法度。3765

卞，杜預曰：卞，躁疾也，音皮彥翻　訥，遜之弟子也，性卞急。8057

卞，音盤　《小卞》之作，可為寒心。959

汴，皮變翻　暴鳶走開封。音註：賢曰：開封故城在今汴城南。147

汴，皮面翻　朝義至汴州。7135

汴，音卞　自洛入河，開汴渠而歸。3714

晉，與辯同　帝謂祕書監柳晉曰。5630

便，毗連翻　上顧羣臣曰：「黯自言為便辟則不可，⋯⋯」638

便，毘連翻　趙襄子漆智伯之頭，以為飲器。音註：虎子，褻器，所以溲便者。
　　15

便，毘連翻，溲也　翰乃陽狂酣飲，或臥自便利。3036

便，頻連翻　今賢等便僻弄臣。1099

便，如字　夏，四月，壬子，高園便殿火，上素服五日。568

便，師古曰：便，安也，音頻面翻　賜告養病而私自便。984

便，師古曰：便利，大、小便，音毗連翻　玄成深知其非賢雅意，即陽為病狂，
　　臥便利，妄笑語，昏亂。836

昪，皮變翻　玄暐弟司刑少卿昪，處以大辟。6576

玤，皮變翻　眾推都將趙文玤知留後事。8374

徧，與遍同　公子引侯生坐上坐，徧贊賓客，賓客皆驚。180

緶，步千翻　遣使徵昌邑王典喪，服斬衰。音註：斬衰，謂縗裳下不緶，直斬
　　割之而已。784

辨，音步見翻，又步莧翻　乃率諸將進兵漢中，遣張飛、馬超、吳蘭等屯下辨。
　　2153

辨，步莧翻　稚長驅至下辨。2916

辨，讀曰辦　牙將嚴礪，震之從祖弟也，震使掌轉餉，事甚修辨。7419

辨，皮莧翻　大破之，遂克下辨。1367

辨，師古曰：辨，皮莧翻。劉昫曰：辨，步莧翻　難敵號左賢王，屯下辨；堅頭號右賢王，屯河池。2852

辨，師古曰：辨，音皮莧翻　還軍河池、下辨。1300

辨，與辦同，蜀本作「辦」。　即具官備禮，一日皆辨。2177

辮，補典翻，交結也　以五色綵辮其髻。5064

辯，《漢書》作「下辨」，並，音皮莧翻　裴方明等至漢中，與劉真道等分兵攻武興、下辯、白水，皆取之。3896

辯，兵免翻　精加訊辯，依事議奏。4509

辯，皮莧翻　魏梁州刺史楊椿將步騎五千出頓下辯。4480

標，師古曰：標，音必遙翻　當陽數之標季孟康曰：陽九之末季也。1026

熛，必遙翻　時東北風急，因縱火焚之，煙炎熛天。3564

麃，《索隱》曰：麃，邑名，麃公，史失其姓名。麃，悲驕翻。將，即亮翻，又音如字。卷，逵員翻，邑名。　麃公將卒攻卷。204

瘭，必燒翻　夫邊垂之患，手足之疥搔；中國之困，胸背之瘭疽。1842

賥，音標　古者以龜、貝爲貨，今以錢易之。音註：貝，博蓋翻，海介蟲也。居陸名賥，在水名蜬。1078

鏢，甫招翻　吳越王鏐遣牙內指揮使錢鏢。8708

鏢，紕招翻；《說文》：刀削末銅也　六月，癸未，隋詔郊廟冕服必依禮經。音註：火珠鏢首。5442

鏢，匹燒翻　錢鏐使其弟鏢將兵救之。8642

飆，扶搖風也。釋曰：疾風自下而上曰飆，音卑遙翻　譬如養鷹，飢則附人，每聞風飆之起，常有陵霄之志，正宜謹其條籠，豈可解縱。3315

驃，毗召翻　驃王摩羅思那遣其子悉利移入貢。7599

驃，匹妙翻　又詔驃騎將軍置長史，掾史員四十人，位在三公上。1430

驃，頻召翻，今匹妙翻　道子以牙爲魏郡太守，千秋爲驃騎諮議參軍。3420

鑣，悲驕翻　弘肇即上馬去，邠與之聯鑣，送至其第而還。9424

褾，彼小翻　太子法服設樂以待之，可乎！音註：黼領青褾、襈裾。5573

標，彼小翻，袖耑　后退，具朝服，立于庭。音註：素紗中單，黼領，朱羅縠標襈，蔽膝隨裳色，以繝領爲緣。6096

標，波小翻　六月，癸未，隋詔郊廟冕服必依禮經。音註：衣，標領，織成升龍。5442

標，方小翻，卷端也　書皆裝翦華淨，寶軸錦標。5694

勡，與標同　徐世勡等以叔業在邊。4459

勡，與標同，音卑遙翻　又趙郡范勡條列敷兄弟事狀凡三十餘條。4154

瞟，匹妙翻　上遣交州刺史楊瞟討李賁。4928

勡，與標同　魏建州刺史楊勡鎮車廂。4943

憋，音芳列翻　羌、胡憋腸狗態。1897

別，彼列翻　名以命之，器以別之。4

別，宋祁《國語補音》：別，彼列翻；又如字　智果別族於太史，爲輔氏。7

別，彼列翻，分也　陳言兵狀，即日引軍分行，別爲六校。936

別，彼列翻，分也，異也　便見主者內諸營兵名籍，立差別之。2144

別，分也，依宋祁《國語補音》：彼列翻　初，冀州刺史崔頤、武城男崔模，與浩同宗而別族。3944

別，如字，分別，猶分離也　常日非苦，今日分別始是苦。4020

邠，卑巾翻　邠、涇、鳳翔之兵足以當之矣。7173

邠，卑旻翻　邠寧留後韓遊瓌，慶州刺史論惟明。7363

邠，悲巾翻　臣生長邠岐，年五十有九。1760

邠，悲頻翻　高暉與吐蕃大將馬重英等立故邠王守禮之孫承宏爲帝。7152

邠，彼巾翻　並北山，東注洛。音註：沮水自邠州東北來。204

邠，彌頻翻　以邠州刺史河西臧希讓爲山南西道節度使。7121

彬，丑林翻　詔遣中郎將段彬。【章：十二行本「彬」作「郴」；乙十一行本同。】1415

斌，悲巾翻　孔斌曰。173

斌，音彬　護軍蔣斌守漢城。2451

斌，與彬同　種故吏孫斌知種必死。1753

儐，必刃翻　公下輿答拜，儐者請曰：「儀不拜。」2418

濱，師古曰：濱，水厓也，音賓　犍爲郡於水濱得古磬十六枚。1049

濱，音賓　魏築長城，自鄭濱洛以北有上郡。43

彪，逋閑翻　朱熹與安西長史江彪。3066

彪，甫斤翻，又方閑翻　十二月，太子長子彪病。2635

豳，彼貧翻　扶風栒邑有豳鄉，公劉所都。122

瀕，師古曰：瀕，涯也，音頻，又音賓　海瀕遐遠。822

瀕，音頻，又音賓　趙、魏瀕山。1065

蠙，部田翻　以京兆尹李蠙爲昭義節度使。8107

擯，必刃翻　擯斥之，不得與中國之會盟。43

臏，音頻忍翻　犯者象刑。音註：犯劓者以赭著其衣。犯髕者以墨蒙其髕，象
　　而畫之。1153

臏，頻忍翻，又毗賓翻　孫臏。58

臏，頻忍翻，刖刑也，去膝蓋骨。……《類篇》：毗賓切　初，孫臏與龐涓俱學
　　兵法。51

栟，卑盈翻　挾守沔口，以栟閭大絙繫石爲矴。2078

邴，姓也；與丙同　光祿大夫楚國龔勝、太中大夫琅邪邴漢。1135

邴，音丙，又彼病翻　昔懿公刑邴鄡之父。1779

昞，音丙　將軍蕭昞將兵擊魏徐州，圍淮陽。4557

昞，音炳　近日王氏之禍，昞然可見。1506

昺，兵永翻　己亥以寧朔將軍蕭昺監南兗州諸軍事。4512

昺，音丙　及吳平侯昺在職峻切，官曹肅然。4581

稟，筆錦翻　胤恃全忠之勢，專權自恣，天子動靜皆稟之。8603

稟，必錦翻，稟令也　進退無所稟。7068

并，卑經翻　復遣北山稽胡，絕其并、晉之路。5341

并，卑名翻　以洺、荊、交、并、幽五州爲大總管府。5953

并，卑盈翻　助并州總管齊王元吉守晉陽。5846

并，必經翻　以長廣王湛爲大司馬，并省錄尙書事。5196

并，音必姓翻　今天心未得，隔并屢臻。音註：賢曰：隔并，謂水旱不節也。
　　1621

并，必正翻　使公孫慶使齊，欲與之并力俱進。270

並，步浪翻　並北山，東注洛。204

並，讀曰傍，步浪翻　李懷光自蒲城引兵趣涇陽，並北山而西。7375

並，蒲浪翻　中郎將袁盎騎，並車擥轡。450

並，師古曰：並，依也，音步浪翻　貪吏並公，受取不已，三亡也。1100

並，師古曰：並，音步浪翻　散騎、諫大夫劉更生給事中。音註：《百官表》
　　曰：散騎加官；騎並乘輿車。896

並，師古曰：並且，讀如本字，又音步浪翻　居民得並田作。852

並，賢曰：並，蒲浪翻　因並河，揚威武。1349

併，《字林》曰：併，音卑正翻　更欲低頭與小兒曹共槽櫪而食，併肩側身於怨
　　家之朝乎！1351

併，步頂翻　與其弟併肩而事主。359

併，步鼎翻　抱哺其子，與公併倨。473

併，車併讀曰並　車併行為方軌。71

弁，《姓譜》：弁，府盈翻　同郡有弁韶者，富於詞藻。4909

弁，必正翻　將二國弁力合謀，以因乎齊、趙而求解乎楚、魏。86

麷，必邳翻　太倉有麴數十麷。2834

麷，必邳翻，麵餈也　十一月，己巳，夜，帝食麷中毒。2723

波，鄭氏曰：波，音陂澤之陂。師古曰：波漢之陽者，循漢水而往也。水北曰
　　陽。波，音彼皮翻，又音彼義翻　波漢之陽，亙九嶷，為長沙。1179

剝，與駮同　矯枉變常，政之所重，而不訪台司，不謀卿士；若事下之後，議
　　者剝異。1660

祓，師古曰：祓者，除惡之祭。祓，音廢，又敷勿翻。　三月，太后祓，還，
　　過軹道。429

祓，音廢，又音拂　上祓霸上。559

磻，薄官翻　遣周磻等聘於隋。5486

磻，蒲官翻　曜追敗允於磻石谷。2832

伯，讀曰霸　雖在僻陋之國，威動天下，五伯是也。128

伯，如字　以河為界，西霸戎翟，廣地千里，天子致伯，諸侯畢賀。44

伯，師古曰：仟，謂千錢；伯，謂百錢也。伯，莫白翻，今俗猶謂百錢爲一
　　伯　無農夫之苦，有仟伯之得。493

孛，蒲內翻　彗星見。音註：孛星，彗之屬也。107

孛，蒲內翻，又蒲沒翻　秋，七月，有星孛于大角。338

勃，與悖同　比敕公千條萬端，何意臨事勃亂。1373

亳，旁各翻　壬戌，以亳州總管楊堅爲上柱國、大司馬。5390

亳，蒲博翻　王世充許、亳等十一州皆請降。5897

浡，音勃　天油然作雲，沛然下雨，則苗浡然興之矣。82

舶，薄陌翻，大舟也　廣州市舶寶貨所聚。8215

舶，莫百翻　進金鏁以纜駮船。5642

舶，旁陌翻，大舟曰舶　俄而景至，信帥眾開桁，始除一舶。4986

舶，音白　有商舶至。6420

搏，伯各翻　愚者雖欲爲不善，智不能周，力不能勝，譬如乳狗搏人，人得而
　　制之。15

搏，音博　宋義曰：「不然。夫搏牛之蝱，不可以破蟣蝨。」283

鈸，蒲撥翻　自非縣官法物、軍器及寺觀鐘磬鈸鐸之類聽留外。9529

僰，蒲北翻　發巴、蜀卒治道，自僰道指牂柯江。589

僰，蒲墨翻　出駹，出冉，出徙，出邛、僰，指求身毒國。629

箔，白各翻　南漢人已拔賀州，鑿大窐於城外，覆以竹箔，加土。9404

敆，蒲撥翻　振威將軍代人伊敆言於帝。3872

駮，北角翻　其羣臣駮議者不敢復言。1448

駮，比角翻　恐爲有司所駮故也。7217

駁，北角翻　胡廣、郭虔、史敞上書駁之曰。1660

駁，比角翻　且有司封駁，豈復稟宰相意邪。7898

踣，蒲北翻　裕黨俄至，射敷中額而踣。3563

踣，蒲北翻，仆也　上愈不悅，乃罷叔玉尚主，而踣所撰碑。6203

踣，蒲墨翻；僵也，斃也　頓踣呼嗟。1622

薄，伯各翻　下馬地鬭，劍戟相接，去就相薄。486

薄，普各翻　長孫嵩帥三萬騎助之，四面肉薄攻營。3703

鎛，補各翻　先是，宮懸止有四鎛鍾，雜以編鍾、編磬、衡鍾凡十六廣。4526

餺，音博　玄策與其副蔣師仁帥二國之兵進至中天竺所居茶餺和羅城。6257

髆，音博　夏，四月，立皇子髆爲昌邑王。721

跛，補火翻　見道路民有跛眇者，停駕慰勞。4338

跛，普我翻　南過小城，人登陴詬之曰：「跛奴。」4971

擘，博厄翻，分擘也　玦猶在手，拳不可開；其父光自擘之，乃開。5242

譒，補過翻　景以安北將軍夏侯夔之子譒爲長史。4979

晡，奔謨翻　漢悉兵迎戰，自旦至晡。1374

誧，滂古翻，又匹布翻　曹操遣議郎王誧。1999

餔，奔謨翻　入未央宮門，見產廷中，日餔時。434

哺，音步　子母相哺，呴呴焉相樂也。173

不，讀曰否　因問：「張王果有計謀不？」384

不，讀曰否　王今病，且暮薨，薨而君相幼主，因而當國，王長而反政，不即遂南面稱孤。215

不，讀曰否，又讀如字　上疏復求段秀實爲帥，不則朱泚。7278

不，俯九翻　死老魅！復能損我曹員數、奪我曹稟假不。1811

不，濟不，讀曰否　濬未得勁信，不知事之濟不。3990

不，然不，讀曰否　將致不安，亦未知其果然不耳。8557

不，死不，讀曰否　卿知所以得不死不？4592

不，奏不，讀曰否　云「欲自奏之」，不知嘗奏不？7814

怖，蒲布翻　於是內外恐怖。5397

怖，蒲故翻　終不相害，勿怖也。5364

怖，普布翻　自是之後，匈奴震怖，益求和親，然而未肯稱臣也。1103

怖，普故翻　彊得書惶怖。1429

怖，普故翻，惶懼也　東偏少卻，淑妃怖曰：「軍敗矣。」5358

沛，音布　上聞唐戰艦數百艘泊東沛州。9580

簿，師古曰：簿，計簿也，音步戶翻　因與郡縣通姦，多張空簿。1214

簿，師古曰：簿，謂伐閱也。簿，音主簿之簿。　初，少府陳咸，衞尉逢信，官簿皆在翟方進之右。1015

簿，師古曰：簿者，獄辭之文書，簿，步戶翻　三月，臨江王榮坐侵太宗廟壖
　　垣爲宮，徵詣中尉府對簿。534

舿，蒲故翻　景召石頭津主張賓，使引淮中舣舿及海艫。5080

C

偲，新茲翻，又倉才翻　郡人侯安都、張偲等各帥眾千餘人歸之。5032

偲，音思　於是江州司馬黃偲棄城走。5513

財，與裁同　唯陛下哀憐財幸。934

財，與纔同　郅支人眾中寒道死，餘財三千人。909

財，與纔同，少也，僅也　太僕見馬遺財足，餘皆以給傳置。448

裁，才代翻　愔風表鑒裁，爲朝野所重，少歷屯阨。5150

裁，賢曰：裁，音才代翻　而膺獨持風裁。1785

裁，賢曰：音才代翻。裁，制也言其清而有制也　零仰曰：「范滂清裁。」1788

裁，與纔同　陛下大恩，裁止於身，天下幸甚。1456

采，倉代翻　又晉大夫楊食我食采於楊氏，子孫以邑爲氏。212

采，陸德明曰：采，音七在翻，擇也　尚書令平晏納采見女。1139

采，音七在翻，又音七代翻　自施政教於宮家國采。1158

采，與綵同　堂詔賜以軍器、衣被、雜采、糧畜，事事優厚。4663

宷，倉宰翻　渾瑊遣兵馬使李朝宷將兵戍定平。7595

宷，此宰翻　戎爲三公，與時浮沈，無所匡救，委事僚宷。2618

蔡，服虔曰：蔡，音楚言蔡。師古曰：蔡，音千曷翻　而立宛貴人之故時遇漢
　　善者名眛蔡爲宛王。706

參，所簪翻　滇零自稱天子，於北地招集武都參狼、上郡、西河諸雜種羌斷隴
　　道。1577

參，倉含翻，間厠也　所募北兵已得千五百人，與土兵參居。7878

參，初今翻　每數萬人止頓，越自騎馬行前，使軍人隨其後，馬止營合，未嘗
　　參差。4049

參，楚簪翻　所奉書詔，多有參差。7801

參，陸德明曰：參，所金翻，一音七南翻　或譖之魯侯曰：「起始事曾參，
　　……」21

參，疏簪翻　臣聞天有二十八宿。音註：二十八宿：角、亢、氐、房、心、尾、箕、斗、牛、女、虛、危、室、壁、奎、婁、胃、昴、畢、觜、參、井、鬼、柳、星、張、翼、軫，天之經星也。213

參，所今翻　夏，四月，有星孛於參。907

參，所今翻，列宿星名也。　輅車乘馬，後屬百兩。音註：熊旂六斿，五仞、齊肩以象參伐。138

參，所今翻，人參也　凡為家者，必有儲蓄，脯醢以適口，參朮以攻疾。6532

參，所金翻，一音七南翻　魯人有與曾參同姓名者殺人，人告其母，其母織自若也。102

參，猶三也　顧其勢初定，未敢參分而王。263

傪，昌含翻，又七感翻　獨兵部侍郎袁傪官以兵進。7264

傪，七感翻，又倉含翻　光弼在徐州，惟軍旅之事自決之，其餘眾務，悉委判官張傪。7128

餐，千安翻　令其裨將傳餐。326

餐，師古曰：餐，音千安翻　諸生、小民旦夕會哭，為設餐粥。1248

驂，讀曰參　君之出也，後車載甲，多力而駢脅者為驂乘。63

驂，七含翻　二世夢白虎齧其左驂馬，殺之。293

驂，與參同，參者，三也　魏桓子御，韓康子驂乘。12

憯，七感翻　內外憯憯。5150

憯，七感翻，痛也　今之誅夷，無異禽獸，觀訖情反，能不憯然。2410

璨，倉按翻　用太學博士史璨議，禘後三年而祫，祫後二年而禘。6381

倉，古倉、蒼字通用　使弟威遠將軍據入倉龍門宿衛。2445

傖，助庚翻　楊、阮微聞其事，遣傖人周天賜偽投景素。4190

傖，助庚翻，吳人謂中州人為傖。　殺我者諸傖子也。2797

滄，則亮翻，寒也　臣聞揚湯止沸，莫若去薪。音註：欲湯之滄，一人炊之，百人揚之，無益也，不如絕薪止火而已。1898

藏，才浪翻　奇器珍怪，徙藏滿之。250

藏，徂浪翻　孝王未死時，財以巨萬計，及死，藏府餘黃金尚四十餘萬斤。541

藏，物之所藏曰藏，音徂浪翻　客有善為狗盜者，入秦藏中。113

藏，祖浪翻　民食不足，而帑藏殷積。1495

操，七刀翻　使人操十金，卜於市。60

操，七到翻　兩人志操如此。644

操，七高翻　太子與元昌各統其一，被氈甲，操竹矟布陳。6190

操，千刀翻　閔左操兩刃矛，右執鉤戟以擊燕兵。3126

操，千高翻　令賈人毋得衣錦、繡、綺、縠、絺、紵、罽，操兵、乘、騎馬。382

操，師古曰：操，音千高翻　天子以爲相等皆見上體不平外內顧望操持兩心。1117

糙，七到翻　今江、淮斗米直百五十錢，運至東渭橋，傭直又約二百，米糙且陳。7536

嘈，昨勞翻　惡聲徒嘈嘈於天下耳。7670

漕，在到翻　漕關東及汾、晉之粟以給長安。5469

艚，昨遭翻　又有平乘、青龍、艨艟、艚䑦、八櫂、艇舸等數千艘。5621

鏨，千歷翻　可須夜鼓聲而發。音註：《周禮》：軍旅夜鼓鏨。《註》云：鏨，夜戒守也。1511

冊，與策同　不戰而自破之冊也。853

奰，察色翻　交州刺史李奰斬交州反者阮宗孝，傳首建康。4628

奰，初力翻　壬辰，交州刺史李凱據州反，長史李奰討平之。4548

柵，《類篇》云：色責翻，糝也；又側革翻，粽也　高皇帝：肉膾、菹羹；昭皇后：茗、柵、炙魚。4305

廁，初吏翻　乃詐爲刑人，挾匕首入襄子宮中塗廁。15

廁，初利翻，圊也，溷也　騈走匿於廁間。8178

剚，士力翻　初，契丹舍利剚剌與惕隱皆爲趙德鈞所擒。9067

岑，師古曰：岑，仕林翻　岑娶胡婦子泥靡尚小，岑娶且死。797

岑，士林翻　昆莫曰：「我老。」欲使其孫岑娶尚公主。695

涔，鋤針翻　蹄涔不容尺鯉。9382

涔，鉏簪翻　令賢於江南據險要，置十城，遠結涔陽蠻爲聲援。5258

涔，鋤針翻　九月，雷彥恭攻涔陽、公安。8684

函，康曰：函，測洽切。余按《字書》，測洽之函，從「干」、從「臼」，與今函
　　字不同。《漢書》作「根垂地中」。意函即「垂」字也　其梓柱生枝葉，扶
　　疏上出屋，根函地中。987

鍤，側洽翻，鍫也　攜一壺酒，使人荷鍤隨之。2464

鍤，側洽翻，所以鍫土　太子、宣城王已下，皆親負土，執畚鍤。4990

鍤，測洽翻，鍫也　來日脩都統宅，各具畚鍤。7120

鍤，楚洽翻，鍫也　百姓擔篙荷鍤隨之者十餘萬眾。4427

鍤，則洽翻　立則仗鍤。145

鍤，則洽翻，鍫也　田單知士卒之可用，乃身操版、鍤，與士卒分功。140

查，鉏加翻　招討副使、都監楊復光奏尚君長弟讓據查牙山。8187

查，鉏加翻　慧景至查硎。4463

查，鋤加翻，水中浮木也　胡以囊盛米，繫流查及船腹。4110

查，裴松之曰：查，音祖加翻　查瀆南去此數十里，宜從彼據其內。1986

查，莊加翻　脩治越城，築查浦、藥園、廷尉三壘。3634

嵖，鋤加翻　山河十將馬少良下嵖岈山。7733

槎，鉏加翻　令左右縛之，曳於竹槎之上。6605

槎，士下翻，逆斫木也　李崇槎山分道，出氐不意，表裏襲之。4414

槎，仕下翻　以慕容恪鮮於亮為前驅，命慕輿埿槎山通道。3103

槎，仕下翻，邪斫木也　儀等令槎山通道。2998

詧，與察同　曲阿公詧為岳陽王。4810

衩，差賣翻　嘗衩衣見彥昭。8171

汊，楚嫁翻　又戍德州之南三汊城，以通田緒之路。7538

差，又宜翻，又初佳翻　每數萬人止頓，越自騎馬行前，使軍人隨其後，馬止
　　營合，未嘗參差。4049

差，叱駕翻　陛下若用為冀州刺史，病當自差。5184

差，初加翻　夫差弗是也，賜之鴟夷而浮之江。141

差，初佳翻　泰慰勞將士，前後遣還，更差軍守。音註：差，擇也。2428

差，初佳翻，擇也　外白差督督萬人往討之。2169

差，初皆翻　而主者循常，未肯差赴。2537

差，初皆翻，擇也　　當差留新兵之溫厚者千人，鎮守關中。2144

差，初皆翻，擇也；又初加翻　　便見主者內諸營兵名籍，立差別之。2144

差，楚懈翻　　賈妃年少，妬者婦人常情，長自當差。2604

差，楚懈翻，病瘳也　　病瘳也，當還。2392

差，楚懈翻，疾瘳也　　爲流矢所中，臥病積時不出，後漸差。3059

差，楚懈翻；本作「瘥」。疾稍愈謂之差。　　癥勢小差未？4959

差，楚宜翻　　所奉書詔，多有參差。7801

詫，丑亞翻　　甘言詫方伯，襲之以輕兵。3674

詫，丑亞翻，誇也　　李嗣源性謹重廉儉，諸將相會，各自詫勇畧。8405

犳，徂齋翻　　以秦攻之，譬如使犳狼逐羣羊。85

儕，士皆翻　　雖有王侯之號而儕於匹夫。2201

蠆，丑邁翻　　蝎蟻蜂蠆皆能害人。9

汕，裴松之曰：汕，敕連翻　　特原毓子峻、汕，官爵如故。2483

覘，昌占翻，又丑豔翻　　覘者言濛營寨褊小，纔容二千人，頵易之。8618

覘，癡廉翻，又丑豔翻　　石勒欲襲之，未知虛實，將遣使覘之。2804

覘，丑廉翻　　云角等竊入京師，覘視朝政。1865

覘，丑廉翻，窺也　　全公主使人覘視。2362

覘，丑廉翻，又敕豔翻，窺偵也　　使人覘匈奴。377

覘，丑廉翻，又丑塹翻　　至來日午時方漸出外四遠覘偵。5677

覘，丑廉翻，又丑豔翻　　覽密覘，無復疑意。2059

覘，丑簾翻，又丑豔翻　　使尚書郎韋宗往覘之。3606

覘，丑鹽翻，又丑豔翻　　涼州刺史史寧覘知其還，襲之於赤泉。5099

襜，昌占翻　　斬桑榆爲兵，裂襜裳爲旗。3321

襜，蚩占翻　　敕行部去襜帷。1441

襜，都甘翻　　殺匈奴十餘萬騎，滅襜襤。207

攙，初銜翻　　延大怒，攙儀未發。2998

孱，鉏山翻　　太后有異母弟在閩中，孱弱不能自達。7926

孱，孟康曰：孱，音潺湲之潺，冀州謂儒弱者爲孱。師古音士連翻　　趙相貫高、
　　趙午等皆怒曰：「吾王，孱王也。」379

孱，士連翻　權以呂蒙爲南郡太守，封孱陵侯。2170

孱，士山翻　諸子不肖，悅亦孱弱。7233

孱，士顏翻　劉表又辟之，遂遁居孱陵。2086

孱，士顏翻，又士眼翻　武平孱弱。5362

孱，應劭音踐，師古士連翻　備自住孱陵。2136

孱，應劭曰：孱，音踐。師古音士連翻　澄懼使其將杜蕤守江陵徙治孱陵。2788

誗，直廉翻　隴右節度使皇甫惟明與吐蕃戰於石堡城爲虜所敗副將褚誗戰死。
　　6868

誗，直嚴翻　初，王守澄惡宦者田全操、劉行深、周元積、薛士幹、似先義逸、
　　劉英誗等。7918

鋋，上延翻　兵法：步兵、車騎、弓弩、長戟、矛鋋、劍楯之地。485

鋋，音蟬　遣鴻臚少卿庾鋋冊回鶻奉誠可汗。7523

鋋，音蟬，又以前翻，小矛也　從者並執鋋矛。4193

潺，仕山翻　三月，魏荊州刺史元志將兵七萬寇潺溝。4592

禪，時連翻　大營塔寺，沙門坐禪者常以千數。3579

禪，時戰翻　甲午，禪祭地於梁陰。1425

禪，市連翻　隋南陽公主有子曰禪師。5919

禪，音蟬　妻父烏禪幕。859

禪，音墠　受禪之初。5602

禫，賢曰：禫，古禪字　舞陰公主子梁扈遣從兄禫奏記三府。1546

灖，音塵　衛文昇以步騎二萬渡灖水。5679

灖，直連翻　歸至灖澗。4613

蟬，服虔音提　右十二軍出黏蟬。5660

儳，《廣雅》曰：儳，疾也；仕鑒翻　碩司馬潘隱與進早舊，迎而目之。進驚，
　　馳從儳道歸營。1894

巉，助銜翻　北抵巉岩。4609

瀺，士咸翻　襄州兵敗之於瀺港。8694

纏，直彥翻　其甥韋欣慶執鐵纏稍以翼之。4500

鑱，士衫翻，又士懺翻，刺也，錐也　魏主大怒，作鐵牀，於其上施鐵鑱。3965

饞，七咸翻　譬如饞人自噉其肉，肉盡而斃。6110

剗，初限翻，削也　血流於地，剗之，迹終不滅。5309

剗，楚限翻　今以一臣之言，剗戾舊章，便利未明，眾心不厭。1660

劗，《字書》無「劗」字，今以類求之，音楚限翻　於是府兵內劗，邊兵外作。7888

滻，音產　即與僕固懷恩引回紇、西域之兵自城南過，營於滻水之東。7034

滻，音產　丁丑，上迎氣於滻水之東。6831

繵，齒善翻　翼王繵蔑。8101

繵，充善翻　繵為翼王。7614

鏟，初限翻　但鏟其闕室，削封樹而已。8902

闡，昌善翻　戊午周主至洛陽，立魯王闡為皇太子。5394

諂，古謟字　左右阿諛甚眾，不待臣音復諂而足。993

諂，師古曰，諂，古謟字　信既歸，漢又使王烏往，而單于復諂以甘言。691

諂，師古曰諂，古謟字　今二府奏佞諂不當在位。914

懺，楚鑒翻　乃追懺既往之罪。6001

韂，昌豔翻　道生性清儉，一熊皮鄣泥，數十年不易。音註：《類篇》：馬障泥曰韂。3834

顫，之賤翻　我見此物肉顫。9159

顫，之膳翻　浚等惶怖且悲，不覺聲顫。5181

俍，丑羊翻　九江朱俍。1632

俍，褚羊翻，狂也　號為「俍子」。4469

猖，齒良翻　齊丘奏熙載嗜酒猖狂。9356

閶，齒良翻　隲弟黃門侍郎悝為虎賁中郎將，宏、閶皆侍中。1564

閶，音昌　太后弟悝、閶皆卒，封悝子廣宗為葉侯，閶子忠為西華侯。1601

長，長孫，知兩翻　囚韋節、楊續、長孫安世等十餘人送長安。5917

長，長一，互亮翻　隋興已後，晝日漸長，開皇元年，冬至之景長一丈二尺七寸二分。5587

長，長幼，知兩翻　頵長跪曰：「長幼有序，其可廢乎。」5565

長，長者之長　持節夜入未央宮殿長秋門，因長御倚華具白皇后。729

長，尺亮翻　長二百丈。5621

長，丁丈翻　賜滇王王印，復長其民。686

長，丁丈翻，今知兩翻　昭以爲外相毀傷，內長尤恨。2532

長，丁丈翻，今知兩翻，增也，又音直亮翻，多也　格外可長四百許萬。4281

長，丁丈翻，又知兩翻　今強寇在近，眾心危逼，君腹心之佐，而生長異端。
　　2962

長，丁丈翻。今知兩翻　吾立此軍，欲與之俱長。2435

長，讀如字　乃留恂長社。1358

長，讀曰萇　東自高麗，西至波斯、烏長諸國。6345

長，汎長，知兩翻　須乘夏水汎長，列舟長淮。4505

長，陸德明曰：長子之長，丁丈翻。顏師古曰：長讀爲短長之長；今讀爲長幼
　　之長，非也　從者曰：「長子近且城厚完。」11

長，如字　爲其後母弟趙何齊取廣陵王女爲妻，因使何齊奉書遺廣陵王曰：「願
　　長耳目。」804

長，師古曰：長，讀如長短之長，陸德明讀如長幼之長　淵遣劉曜寇太原，取
　　汯氏、屯留、長子、中都。2706

長，謂年長，音展兩翻　請於帝曰：「琅邪王年少，腸肥腦滿，輕爲舉措，稍長
　　自不復然。」　5296

長，兄長，知兩翻　安養尉顏師古及世民婦兄長孫無忌謁見淵於長春宮。5756

長，眞亮翻　籍長八尺餘，力能扛鼎。261

長，之兩翻　龍驤府長史宋維，弁之子也。4657

長，知兩翻　是故以微子而代紂則成湯配天矣。音註：《史記》：商帝乙生三子，
　　長曰微子啓，次曰中衍，季曰紂。3

長，知兩翻　貫高、趙午等皆相謂曰：「乃吾等非也。吾王長者，不倍德。」379

長，知亮翻　有道士云：「此地不利長子。」4808

長，知丈翻　以衞鞅爲左庶長。47

長，直兩翻　東行入太微長十丈餘。8413

長，直亮翻　乃詐爲刑人，挾匕首，入襄子宮中塗廁。音註：《鹽鐵論》曰：匕
　　首長尺八寸；頭類匕，故云匕首。15

長，直亮翻，多而有餘也　名號不同、員限盈長者，別更詳議。4225

長，陟丈翻　吾年爲一日之長，屬有平亂之功，膺此樂推，事歸當璧。5102

長，竹兩翻　況皇太子生長深宮，不更外事。6132

長，竹兩翻　直長趙道德以車一乘候於東閣。5044

長，竹丈翻　勃海文襄王澄以其弟太原公洋次長，意常忌之。5025

長，最長，知兩翻　初燕王嫡妃王氏生長樂公崇，崇於兄弟爲最長。3841

長七之長，直亮翻　初，趙主曜長子儉，次子胤，胤年十歲，長七尺五寸。2916

長子之長，知兩翻　初，趙主曜長子儉，次子胤。胤年十歲，長七尺五寸。2916

徜，常羊翻　又党項萬餘騎徜徉四野，抄掠糧餉。9085

萇，音長　後秦主萇寢疾。3404

萇，仲良翻　子萇爲太子，靚爲平原公。3111

償，辰羊翻　相如至秦，秦王無意償趙城。相如乃以詐紿秦王，復取璧。132

償，辰羊翻，報也　不如因賂之以一名都，與之并力而攻齊，是我亡地於秦取
　　償於齊也。91

昶，丑兩翻　司馬懿以兗州刺史太原王昶應選。2317

昶，知兩翻　劉昶、王肅攻義陽。4374

氂，昌兩翻　禽獸有堪氂耗之用者，殆無遺類。5623

氂，齒兩翻　訂出雉頭、鶴氂、白鷺縗。4471

鋹，丑兩翻　長子繼興即帝位，更名鋹。9586

倡，尺良翻，優也　帝納倡婦薛氏於後宮。5137

倡，齒良翻　黃門名倡丙強、景武之屬富顯於世。1057

倡，齒羊翻，又音唱　又遣其弟仔倡據信州。8272

倡，師古曰：倡，音先向翻　願爲宗室倡始。1159

倡，音昌　發樂府樂器，引內昌邑樂人擊鼓，歌吹，作俳倡。785

倡，音昌，妓女也。　其母，倡也。218

倡，音昌，又尺亮翻　淮南兵攻信州，刺史危仔倡求救於吳越。8687

悵，丑亮翻　昶悵然久之而起。3559

悵，丑亮翻，怨也　然李晟移軍，懷光不免悵望。7405

瑒，師古曰：瑒，音蕩　瑒琫、瑒珌。1151

瑒，徒杏翻，又音暢　於是以賀瑒及平原明山賓、吳興沈峻、建平嚴植之補博
　　士。4546

瑒，雄杏翻，又音暢　乃以少府卿吳郡孫瑒爲郢州刺史，總留任。5191（編者
　　按：此「雄杏翻」之上字疑爲「雉」之誤）

瑒，音暢，又雉杏翻　僕固懷恩及其子開府儀同三司瑒戰小卻。7087

瑒，杖梗翻，又音暢　高陽王友李瑒上言。4629

瑒，雉杏翻，又音暢　琛，瑒之弟子也。4902

暘，徐廣音場，《索隱》音暢，類篇又直亮翻、仲郎翻　春，蒙驁伐魏，取暘、
　　有詭。209

抄，初交翻　及過淮，民多竄匿，抄掠無所得，人馬飢乏。3959

抄，楚交翻　臣察鮮卑侵伐匈奴，正是利其抄掠。1516

抄，楚交翻，錄也　舊學士一人，令自舉學古一人相助抄撰。4603

抄，楚交翻，謄寫也　中書侍郎范陽張華請抄新律死罪條目。2505

抄，楚交翻　眾雖在長城之內，猶被雍虞閭抄掠，不得寧居。5569

抄，禁交翻　外抄胡賊之牛羊。2838（編者按：此處「禁交翻」之上字疑爲「楚」
　　之誤）

焯，之若翻　以傅仁均《戊寅曆》推步浸疏，乃增損劉焯《皇極曆》。6344

焯，職略翻　冀州秀才劉焯。5545

焯，職略翻，明也　爲人上者至公至明，則羣下之能否焯然形於目中，無所復
　　逃矣。2329

鈔，楚交翻　丁令比三歲鈔盜匈奴。854

晁，馳遙翻　袁晁陷信州。7132

晁，直遙翻　太史郎晁崇等留之。3424

巢，裴松之曰：巢，祖了翻。今巢湖與焦湖通。焦、勦音近，故有勦音，今讀
　　如字　五月吳主入居巢湖口。2292

朝，《漢書音義》音潮　高麗本箕子所封之地，漢晉皆爲郡。音註：周武王封箕
　　子於朝鮮。5653

朝，《索隱》按，音潮，直驕翻。鮮，音仙，以有汕水故也。汕，一音訕　初，
　　全燕之世，嘗畧屬眞番、朝鮮。684

朝，丁度《集韻》音與邨同　豐州都督崔智辯將兵邀之於朝那山北。6414

朝，人君昕旦親政貴早，聲轉爲朝，猶朝，陟遙翻　《周禮・大宗伯》註云：朝，猶朝也，欲其來之早也。85

朝，如字　帝撫掌歡笑，詰朝召羣臣。2559

朝，如字，音陟遙翻　丁未，輦西宮朝臨。7778

朝，音潮　艾朝鮮之旃。1105

朝，早也，陟遙翻　此最當今之大弊，朝來主上已有斯言。7449

朝，直遙翻　則楚人不敢爲寇，泗上十二諸侯皆來朝。50

朝，直遙翻，朝見也　多稱病，不朝從。366

朝，直遙翻，謂舉朝之臣也　一朝羣臣如河中木耳。1809

朝，直遙反　安子容貌端正，誠因長主時得入爲后，以臣父子在朝而有椒房之重。754

朝，陟遙翻，旦也　夜作浮梁，詰朝，俱濟。8172

朝，陟遙翻，旦日；又直遙翻，朝羣臣之日也　王朝日宜召田單而揖之於庭，口勞之。142

朝朝，下直遙翻　天子始郊拜泰一，朝朝日，夕夕月則揖。665

鄻，晉灼曰：鄻，音勸絕之勸，師古音巢。　居鄻人范增，年七十。273

鄻，上交翻　初封大長秋鄭眾爲鄻鄉侯。1558

潨，音巢，又子小翻　琳引合肥、潨湖之眾，舳艫相次而下。5194

嘲，陟交翻　易之及弟秘書監昌宗飲博嘲謔。6546

朝，古朝字　四年，庶長朝圍懷公，公自殺，乃立靈公。44

朝，古朝字，音直遙翻　左長史趙朝、右長史郭倖爲尚書左、右僕射。3609

朝，音朝，直遙翻　中大夫朝錯爲左內史。仁始爲太子舍人。512

朝，與朝同　太子家令潁川朝錯上言兵事。485

朝，直遙翻　朝錯數上書言吳過，可削；文帝寬，不忍罰，以此吳日益橫。517

車，《釋名》曰：車，居也。韋昭曰，古唯尺遮翻，自漢以來始有「居」音　子擊出，遭田子方於道，下車伏謁。19

車，昌遮翻　北匈奴大人車利涿兵等。1502

車，尺奢翻　平北每舉動自專，甚失輔車之理，豈所望也。3134

車，尺遮翻　匈奴搜諧單于將入朝，未入塞，病死，弟且莫車立爲車牙若鞮單
　　于，以囊知牙斯爲左賢王。1034

坼，斥格翻，《說文》：裂也　臺居牆垣太半壞，地坼東西百三十步。222

掣，昌列翻　叔孫俊覺其舉止有異，引手掣之，索懷中，得匕首。3625

掣，尺列翻　掣下牀，搏其耳，毆其背。3903

徹，敕列翻　箭貫寶髀，徹鞍。2959

徹，敕列翻，通也　陛下不察，遽加極刑，痛徹天地。2829

撤，直列翻　齊之東山、南園、三臺，並可毀撤。5372

澈，敕列翻　吳主立兄廬江公濛爲常山王，弟鄱陽公澈爲平原王。9011

絎，充夜翻　生擒將校三百人，以練絎之。8459

絎，充夜翻，繫縛之也　壬子，晉王以練絎劉仁恭父子，凱歌入於晉陽。8781

絎，充夜翻，維縶之也　存孝械揆及歸範，絎以素練。8402

郴，丑林翻　乃徙義帝於江南，都郴。304

郴，尹林翻　劉言盡復馬氏嶺北故地，惟郴、連入於南漢。9484（編者按：「尹
　　林翻」之上字疑爲「丑」之誤）

梣，所林翻　相威將軍李梣、鎮遠將軍李翁出西河。1187

琛，丑林翻　以護參軍廣平梁琛爲中書著作郎。3186

嗔，昌眞翻　上笑曰：「初實有此心畏卿嗔故中輟耳」。6059

嗔，昌眞翻，恚怒也　霸先曰：「安都嗔我！」5132

嗔，昌眞翻，怒也　羆見先帝大嗔。4491

綝，丑林翻　河南太守潁川丁綝獨求封本鄉。1294

瞋，昌眞翻　瞋目視項羽。302

瞋，昌眞翻，怒目也　若有所瞋。2145

瞋，七人翻　玄瞋目呼曰。1850

忱，時壬翻　更名忱。8023

忱，氏壬翻　諮議參軍柳忱。4475

忱，是壬翻　以驃騎長史王忱爲荊州刺史，都督荊、益、寧三州諸軍。3388

沉，持林翻　風波艱阻，沉溺相係。1495

陳，讀與陣同　魏主之圍和龍也，宿衛之士多在戰陳。3840

陳，讀曰陣　將軍必厚集其陳以待之。156

陳，如字　車爲壁壘，重設鈎陳。5631

陳，如字，陳，列也，又塗也　及諸蠻夷君長、王、侯數萬，咸迎於渭橋下，夾道陳。887

陳，音陣　兆等大敗，賀拔勝與徐州刺史杜德於陳降歡。4819

陳，於陳，讀曰陣　高弟、姪、子、孫，臨水陳兵，連鎖列於陳前。4998

陳，與陣同　大將軍出塞千餘里，度幕見單于兵陳而待。641

諶，時壬翻　盧諶《征艱賦》曰：訪梁榆之虛郭，乃闞與之舊平。155

諶，氏壬翻　使更始將軍史諶將之。1249

諶，世壬翻　以沛郡王欣爲太師，趙郡王諶爲太保。4825

諶，是壬翻　盧諶爲中書侍郎。3020

疢，丑刃翻　疾疢多作。572

疢，丑刃翻，病也　積疢未復。7619

疢，丑刃翻，疾也　帝曰：「恪雖寡昧，忝承寶曆。比纏尩疢。」4483

稱，康曰：稱，去聲；不稱，不愜意也。余謂康說非也。始皇初幷天下，自稱曰朕，至此不稱朕耳。　自謂「眞人」，不稱「朕」。245

稱，昌孕翻　所在有名稱。2390

稱，昌孕翻，名譽也　寶初爲太子，有美稱。3427

稱，昌孕翻，愜也；後凡稱愜之稱皆同音　寡人憂勞百姓而單亦憂，稱寡人之意。142

稱，蚩陵翻，舉也　又令判官李沼稱貸於民，復滿百萬斛，來春糶之。9258

稱，尺澄翻　時刺史多任武將，類不稱職。5469

稱，尺孕翻　或用重錢，平稱不受。464

稱，尺正翻　多所縱捨，以奉使不稱免。718

稱，尺證翻　王曰：「叟，不遠千里而來，亦有以利吾國乎？」音註：叟者，尊老之稱。64

稱，尺證翻，名稱也　太子仁厚之稱著於遠近。3410

稱，敕陵翻，稱其輕重也　湘東王彧、建安王休仁、山陽王休佑，皆肥壯，帝爲竹籠，盛而稱之。4085

稱，師古曰：稱，副也，言與所遣書意相副。稱，尺證翻　前時，皇帝言和親事，稱書意，合歡。467

稱，師古曰：稱，副也。稱，尺證翻。　其盡力有效必加厚賞，懷詐不稱誅罰輒行。1016

稱，之稱，尺證翻　皇帝稱天皇，皇后稱天后。以避先帝、先后之稱。6372

𡩋，初覬翻　朕選市女子以賜諸王耳，憐孝本女髻𡩋孤露。7926

櫬，初覬翻　大司農京兆朱寵痛隲無罪遇禍，乃肉袒輿櫬。1613

櫬，初覬翻，空棺　於是樂運輿櫬詣朝堂，陳帝八失。5393

讖，楚讚翻　納以沙門寶誌詩讖有「十八子」，以爲李氏當王。5097

讖，楚譖翻　少公頗學圖讖，言劉秀當爲天子。1234

讖，七譖翻　且妄述圖讖，云劉氏當王。4801

偁，齒繩翻　鉷子準偁流嶺南。6912

掁，師古曰：掁，謂支拄也，音人庚翻，又丑庚翻　遵與相掁拒。1271

樘，抽庚翻，斜柱也　中有巨木十圍，上下通貫，柵櫨樘榵藉以爲本。6454

檉，丑貞翻，《說文》：河柳也　敏中歸，置檉函於佛前，焚香事之。8046

鐺，楚耕翻　況家有鐺釜，野有鏵犁，犯法必多。9313

丞，時證翻　憲招誘五校餘賊，與之拒守建陽。1331

承，師古曰：承，音烝　皆授四輔之職侍中奉車都尉邯封承陽侯。1130

承，承陽之承，音烝　以太保、後承、承陽侯甄邯爲大將軍。1162

乘，成正翻　而主上以萬乘之重，不能度河決戰。4850

乘，承正翻　子儀恐吐蕃逼乘輿，留軍七盤。7152

乘，如字　溫有足疾，詔乘輿入殿。3250

乘，繩正翻　輅車乘馬，後屬百兩。138

乘，繩證翻　惠王曰：「寡人國雖小，尙有徑寸之珠，照車前後各十二乘者十枚。」50

乘，萬乘，繩證翻　楊彪以爲河道險難，非萬乘所宜乘。1968

乘，石證翻　魏桓子御，韓康子驂乘。12

乘，食證翻　及至駕齧膝、驂乘旦。840

乘，四馬曰乘，乘，食證翻　鸞路、乘馬。1151

乘，衛乘，繩證翻　宜以牙兵往衛乘輿，且附奏陛下，願乘間早幸臣營。9437

乘，謂車也，繩證翻　初，上聞魏將入寇，命廣陵太守劉懷之逆燒城府、船乘。
3963

乘，音承　至榆次，瑒責其遲，胡人曰：「我乘馬，乃漢卒不行耳。」7162

騬，食陵翻，犗馬也　大王他日得天下，騬馬亦不可乘。8951

裎，馳成翻　甚者至於裸裎褻慢，無所不至。2620

塍，石陵翻　其匿於叢薄溝塍得免者什無一二。9004

憕，時陵翻　李憕、盧奕、顏杲卿、袁履謙、許遠、張巡、張介然、蔣清龐堅
等皆加贈官。7045

憕，署陵翻　使長史沈佚之、諮議柳憕分部軍眾。4462

憕，直陵翻　行臺郎中薛憕私謂所親曰。4837

澂，與澄同　陛下不加清澂。音註：范《書》〈黃瓊傳〉「徵」作「澂」。1752

橙，都鄧翻，床屬　其母，劉牢之姊也，登橙密窺之。3559

庱，丑拯翻，又恥陵翻　法興遣其僕射蔣元超拒之，戰於庱亭。5898

庱，丁度曰：庱亭，在吳興。庱，丑升翻。裴松之曰：庱，攄陵翻　立大業、
曲阿、庱亭三壘以分峻之兵勢。2959

騁，丑郢翻　然地勢陸通，驍騎所騁。2164

騁，丑郢翻，馳騖也　黃金橫帶而騁乎淄、澠之間。145

吃，居乞翻，言蹇也　魏明帝天姿秀出，立髮垂地，口吃少言。2345

吃，音訖　帝素吃訥。5200

吃，音訖，言之難也　御史大夫周昌廷爭之強，上問其說。昌為人吃。387

笞，丑之翻　荊所以笞，故負之以請罪。136

笞，丑之翻，擊也　欲霸之甌成，故射天笞地。124

嗤，充之翻　豈徒苟免嗤嫌而已哉。4299

嗤，丑之翻　見者嗤之。4601

嗤，丑之翻，笑也　豪猾聞彥光再來，皆嗤之。5448

摛，抽知翻　宋故建平王景素主簿何昌宇、記室王摛及所舉秀才劉璡。4251

摛，丑之翻　遣其將杜弘、張彥殺臨川內史謝摛。2819

摛，丑知翻　陵，摛之子也。4978

絺，充知翻　令賈人毋得衣錦、繡、綺、縠、絺、紵、罽，操兵、乘、騎馬。382

郗，抽遲翻，姓也。康曰：「郗」當作「郗」，姓譜諸書未有從絲者，疑借字　郗疵請使於齊。13

絺，丑之翻　委賤糴於軍城，取高價於京邑，又多支絺紵充直。7535

螭，丑知翻　皇后乘翔螭舟。5621

鴟，丑之翻　趙王伐中山。音註：「爽陽、鴻之塞」《史記》作「華陽、鴟之塞」。107

魑，丑知翻　魑魅乘夜爭出，見日自消。9411

魑，音螭　敢有非井田聖制、無法惑眾者，投諸四裔，以禦魑魅。1176

弛，式爾翻　其有中罪者，聞命而自弛，上不使人頸盭而加也。479

弛，式氏翻　臣恐朝廷之解弛，百官之墮於事也。449

池，徒河翻　今所制地不過二三頃，無山陵陂池，裁令流水而已。1415

泜，師古曰：泜，音祇，又丁計翻，又丁禮翻　於是漢兵夾擊，大破趙軍，斬成安君泜水上。327

茌，師古曰：茌，士疑翻。應劭音淄。裴松之音仕貍翻　春，正月，壬辰，山茌縣言黃龍見。2318

茌，師古曰：茌，音仕疑翻　勒亦被掠，賣為茌平人師懽奴。2709

茌，仕疑翻　燕泰山太守賈堅屯山茌山。3171

蚳，音遲　魏、韓、趙伐齊，至靈丘。音註：此即孟子謂蚳䜭辭靈丘請士師之地。33

蚳，音治　古者以龜、貝為貨，今以錢易之。音註：玄貝，胎貝黑色者。餘蚳，黃白文，餘泉，白黃文，白質黃文也。1078

褫，似甾翻　昔褒神蚖變化為人，實生褒姒，亂周國。音註：夏后請其褫而藏之1122

遲，變為去聲，音丈二翻　遲明，圍宛城三匝。289

遲，賢曰：猶希望也，持二翻　朕思遲直士，側席異聞。1486

遲，直二翻　遲明，行二百餘里，不得單于。642

遲，直二翻，待也　鯤近日入覲，主上側席，遲得見公。2905

遲，直吏翻，待也　仲文許便道修謁，無忌喜，欽遲之。3595

遲，直利翻　遲明，使右武候大將軍龐玉陳於淺水原。5821

遲，直利翻，待也　問部曰：「遲將軍到。」2250

箎，音池　未嘗吹箎。4193

豉，是義翻　妻以豉為藥，摘以示氾曰。1960

襯，敕夛翻　剖林甫棺，抉取含珠，襯金紫。6918

襯，丑夛翻　命左右襯其衣坐之，將撻其背。8027

叱，昌栗翻　項王喑噁叱咤。311

叱，尺栗翻　鹿頭戍將叱干遂等討之。7378

赤，《史記正義》音赫　成侯董赤、內史欒布皆為將軍。498

扶，丑栗翻　太宗觀《明堂圖》，禁扶人背。7683

扶，丑栗翻，打也　都督李穆下馬，以策扶泰背，罵曰。4894

扶，丑栗翻，擊也　以鞭扶王使前。8380

扶，升栗翻，擊也　道德扶之。5149

敕，與飭同　今欲與君敕裝共趨魏州。7322

飭，師古曰：飭，讀與敕同　宜令貴臣明飭長史、守丞。874

飭，師古曰：飭，與敕同　律飭胡巫言：「先單于怒曰：『胡故時祠兵，常言得貳師以社。』」742

熾，昌志翻　晏為吳王，熾為豫章王。2595

熾，尺志翻　夫如是，則國家安如磐石，熾如焱火。231

鶒，恥力翻　上嘗遣宦官詣江南取鸂鶒、鸂鶒等。6716

褋，丑例翻，又敕列翻　六月，癸未，隋詔郊廟冕服必依禮經。5442

充，昌容翻　從充則塗夷而運遠。音註：賢曰：充，縣名，屬武陵郡。1410

充，音衝　武陵蠻二萬人圍充城，八千人寇夷道。1679

忡，丑中翻，憂也　臣不勝忡悵之情。2474

沖，與狆同　裴子野論曰：夫有逸羣之才，必思沖天之據。3920

琉，昌中翻　辛巳，北京留守李德琉遣牙校以吐谷渾酋長白承福入朝。9221

琉，昌終翻　徙建雄節度使李德琉為北都留守。9212

惷，書容翻，愚也，又陟降翻　隱性惷直。8648

惷，與蠢同，陟降翻，愚也　策年十一，素惷弱。3430

艟，尺庸翻　景召石頭津主張賓，使引淮中舸艘及海艟。5080

潨，杜佑曰：潨，音崇。水所沖音潨。《考異》曰：《太清紀》作「潼頭」　乃
　　選騎二千銜枚夜進，敗仲禮於潨頭。5035

蚛，音鍾　夏，四月，大旱，蝗。音註：師古曰：蝗即螽也，食苗爲災，今俗
　　呼爲簸蚛。說文曰一曰螽，一曰蝗。蝗，戶光翻。蚛，音鍾。507

寵，楊正衡《晉書音義》曰：寵，力董翻　元琰奔寵洲。4214

紬，除留翻　於是自占爲紬繭羅縠戶者甚眾。3790

瘳，丑留翻　明日，上果瘳。1557

瘳，且留翻　會興疾瘳。3665

犨，昌牛翻　六月，與南陽守齮戰犨東，破之。289

犨，師古曰：犨，昌牛翻　上遣岑彭擊荊州羣賊，下犨、葉等十餘城。1287

惆，丑鳩翻　天下惆悵。1855

惆，丑留翻　惆悵。8559

稠，師古曰：稠，多也，直流翻　初元以來六年矣，按春秋六年之中，災異未
　　有稠如今者也。912

稠，直留翻　密至稠桑。5830

裯，除留翻　湟河太守張裯。3481

綢，除留翻　綢繆往來，情深義重。2955

綢，與紬同，直由翻　九月，戊寅，周制：「庶人已上，唯聽衣綢、綿綢、絲
　　布……」5380

綢，直留翻　吾少與綢繆。4440

幬，徒到翻，今之葛罩紗罩是也，又直由翻　瑾有所愛馬冬貯於幄夏貯於幬。
　　8828

躊，直留翻　令疑之，躊躇終日。3228

躊，直由翻　且躊躇，當共取富貴。5435

酬，時流翻　酬功而報德者，士君子之心也。391

讎，是周翻，償也　云臣私報諸羌，讎以錢貨。1764

樗，丑於翻　秦初置丞相，以樗里疾爲右丞相。101

貙，去于翻　欲以立秋日貙膢時共劫更始。1280

滁，音除　嶠爲滁州別駕。6699

蒢，陳如翻　吳鈴下卒引冰入船，以蓬蒢覆之，吟嘯鼓枻，沂流而去。2952

躇，陳如翻　令疑之，躊躇終日。3228

褚，丁呂翻　子產相鄭一年，與人誦之曰：取我衣冠而褚之。174

漺，音楚　九月，乙巳，相州軍亂，殺刺史邢漺。7799

鄏，左傳作「歜」，昌欲翻　昔懿公刑邴鄏之父。1779

忧，尺律翻　忧惕之念，未離於心。1665

忧，敕律翻　念其痛毒，忧然動心。1497

忧，先律翻，又音黜，誘也　善人忧而爲姦邪，愿民陷而之刑戮。465

俶，昌六翻　吳主以會稽張俶多所譖白。2548

俶，昌六翻，始也　乃百堵皆興、俶載南畝之時。4372

俶，尺六翻　自王仙芝俶擾。8193

絀，敕律翻　王若能保功守威，絀攻取之心。150

絀，敕律翻，貶下也　故絀其功。457

絀，丑律翻　都虞候張鍇、郭呡署狀絀卲。8218

絀，讀曰黜　德宗初立，頗振綱紀，宦官稍絀。8597

絀，敕律翻，《說文》曰：絀，貶下也，又讀與屈同　公孫龍由是遂絀。115

絀，與黜同，黜退也　始皇以其難施用，由此絀儒生。239

處，昌呂翻　又處戰攻之世，天下趨於詐力，猶且不敢忘信，以畜其民。49

處，昌汝翻　王何處？須以從事。527

處，康曰敕呂翻。余謂處，昌據翻，於世俗常言，音義爲長。　今夫韓、魏，
　　中國之處而天下之樞也。159

處，直呂翻　下重內侍處之。5621

琡，昌六翻　行臺尙書薛琡曰。4757

琡，齒育翻　歡右長史薛琡言於歡曰。4883

琡，之六翻，又音俶　洛陽令代人薛琡。4644

揣，初委翻　多張墾田，不揣流亡。1565

揣，初委翻，度也　陸生曰：「何念之深也。」陳平曰：「生揣我何念。」428

揣，初委翻。揣，度也，量也　二家賓客，互相譏揣。1787

啜，步劣翻　自號沙鉢羅可汗，咄陸五啜、弩失畢五俟斤皆歸之。6274

啜，昌悅翻　上復曰：「啜羹者熱則置之。」5555

啜，叱列翻　癸未，突厥默啜盡殺所掠趙定等州男女萬餘人 6535

啜，叱劣翻　三月，以宋王成器女為金山公主許嫁突厥默啜。6664

啜，樞悅翻　可汗兄弟嘔沒斯等及其相赤心、僕固、特勒那頡啜，各帥其眾抵
　　天德塞下。7947

啜，樞悅翻，飲也　既啜茶。7919

啜，張劣翻。啜者，泣而多不止也，讀如輟　啜其泣矣，何嗟及矣。5012

啜，陟劣翻　又分左、右廂，左廂號五咄陸，置五大啜，居碎葉以東。6142

奠，丑略翻　知運與同縣右衛副率王君奠。6747

穿，尺絹翻　吐蕃伏精騎數萬於壇西，遊騎貫穿唐軍。7487

穿，如字，又樞絹翻　營署巷陌無不貫穿。4193

傳，逮也。傳，株戀翻　遂傳下獄。1876

傳，客舍也，音知戀翻　從事坐傳舍責曰。1800

傳，殊戀翻　乘傳至黎陽，遺徐世勣書。5823

傳，賢曰：傳，知戀翻，驛舍也　抱詔書閉傳舍。1819

傳，張戀翻　沛公至高陽傳舍。288

傳，張戀翻，驛傳也　四方屯、傳、邸治。4931

傳，張戀翻，驛馬也　乘傳至汾州。7162

傳，知戀翻　吉即迎其妻子，傳送長安。816

傳，知戀翻，又直戀翻　冬月，傳屬縣囚會論府上。865

傳，直戀翻　《左傳》：有鐘鼓曰伐，無曰侵。88

傳，直專翻　今子欲誅殘天下之共主，居三代之傳器，器南，則兵至矣。134

傳，株戀翻　二人既受詔，馳傳，未至軍。408

傳，株戀翻，符傳也　執鞭詣閤下啟事，自稱領都督，策乃授傳。1973

傳，株戀翻，又直戀翻　乞傳尚詣廷尉。1782

傳，柱戀翻　諸生傳相告引。246

傳，柱戀翻，遞也　載檻車傳詣長安。408

椽，重緣翻　始就洛邑，居無一椽之室。4371

喘，昌兗翻　乘城者不滿四千人，率皆羸喘，橫尸滿路，不可瘞埋。5008

喘，尺兗翻　且以喘息須臾間耳。1694

釧，尺絹翻，臂環也　丈夫遺以弓，婦人遺以環釧。3939

剏，與創同，初亮翻　十二月，丙戌，禁剏造佛寺。9209

創，初良翻　漢王病創臥。343

創，初良翻，傷也　今傍郡戶口單少，數爲羌所創毒。1807

創，初向翻　連禍結三十餘年，中國罷耗，匈奴亦創艾。1191

創，師古曰：創，懲艾也，初亮翻　壹大治則終身創矣。490

創，師古曰：創，初亮翻　今平定未久，人民創艾戰鬬。960

愴，丑亮翻　爲詩及文數百篇，辭甚悽愴。5073

愴，初亮翻　太皇太后愴然曰。5200

愴，楚亮翻　上遺人密賜崔胤御札，言皆悽愴。8559

愴，七亮翻　操爲之愴然。2085

愴，傷也，初亮翻　大小悽愴。2059

吹，昌瑞翻　其餘所受虎賁、官騎及諸工技、鼓吹、倉頭、奴婢、兵弩、廐馬，皆上還本署。1539

吹，尺瑞翻　執羽儀，鳴鼓吹。3008

吹，尺睡翻　今日何不奏鼓吹？4224

吹，尺僞翻　梓宮在殯，鼓吹日喧。7834

倕，是爲翻　步兵校尉沈約，揚州秀才吳郡陸倕。4258

倕，音垂　東都留守王倕知其詐，按問，果首服。6853

陲，音垂　自朔方至雲中邊陲數千里。6864

捶，比藥翻　雖被捶擊，終不離主耳。7822

捶，止蕊翻　又加以捶撲。1665

捶，止蘂翻　促提下捶之。1456

捶，止橤翻　光祿勳王彬等皆被捶撻。2951

捶，止藥翻　捶之於庭。4709

菙，時髓翻　灼龜卜降兆中坼。音註：《周禮》菙氏：凡卜，以明火爇燋，又吹其焌，契以授卜師。1316

搥，傳追翻　搥車壁歎曰。4332

棰，止藥翻　生曰：「性耐刀槊，不堪鞭棰。」3146

棰，止藥翻　誚責笞棰。3011

腄，直睡翻，又音誰　又使天下蜚芻、輓粟，起于東腄、琅邪負海之郡。600

槌，傳追翻　將吏迎謁，行思取鍛槌擊璦，殺之。8727

槌，直追翻　其外又以繒周圍，施鈴柱、槌磬以知所警。5638

箠，止垂翻　明公不施箠撻，何以示威。6746

箠，止蕊翻　乃更減笞三百曰二百，笞二百曰一百。又定箠令。541

箠，止藥翻　民無箠楚之憂。862

箠，止藥翻　又《令丙》，箠長短有數。1497

箠，止藥翻，馬檛也　夫武臣、張耳、陳餘，杖馬箠。263

錘，傳追翻　錘鉗鋸鑿，可以害人之具。3151

鎚，傳爲翻　時超石別齎大鎚及矟千餘張。3703

鎚，直追翻　圓淨時年八十餘，捕者既得之，奮鎚擊其脛，不能折。7717

輴，敕倫翻　如有不虞，雖越紼無嫌。音註：紼，輴車索。4301

純，之尹翻　雙大綬，四采赤、白、縹、紺，純朱質，長一丈八尺。5573

純，之尹翻，緣也　衣不用錦繡，茵蓐不飾緣。音註：觀《書‧顧命》，敷席有
　　黼純、綴純、畫純、玄粉純之別。2324

純，之允翻　方進智能有餘，兼通文法吏事，以儒雅緣飾。1047

淳，之純翻　羅八珍於前。音註：《周禮》膳夫，珍用八物。《註》云：珍，謂
　　淳熬、淳毋、炮豚、炮牂、擣珍、漬、熬、肝膋也。6028

滑，船倫翻　西逼河滑。4735

蓴，殊倫翻　翰因秋風起，思菰菜、蓴羹、鱸魚鱠。2672

鶉，如倫翻　仙客本鶉觚小吏。6780

鶉，殊倫翻　夏主還走，登鶉觚原。3823

蠢，尺允翻　帝以天下用律者多蠢駁。5537

辵，音綽　大宗伯趙煚奉皇帝璽紱禪位於隋。音註：隋主本襲封隨公故國號曰
　　「隋」，以周齊不遑寧處故去「辵」作「隋」，以「辵」訓走故也。5433

娖，側角翻　河中軍士自相驚曰：「西城擐甲矣！」又曰：「東城娖隊矣！」7461

娖，則角翻　詔將士討賊有功及娖隊者，官爵賜賚各有差。7919

惙，丑捩翻　吾氣息惙然。5178

惙，積雪翻，疲乏也　比出，飢乏，氣息惙然。4253

惙，陟劣翻，《類篇》丑例翻，困劣也；言其氣息惙然，僅相屬也　乃詐言其母
　　杜后哀過危惙。3082

逴，敕角翻，又敕略翻　姚信、樓玄、賀邵、張悌、郭逴。2511

逴，賢曰：逴，音丁角翻，又音卓　遣侍御史任逴督州郡兵討之。1596

綽，昌約翻　東郡公崔君綽。5582

歠，昌悅翻　檀石槐立庭於彈汗山、歠仇水上。1734

龊，敕角翻　延己嘗笑烈祖戢兵爲齷龊。9584

龊，初角翻　諸侯將過高陽者數十人，吾問其將皆握龊，好苛禮。287

玼，疾移翻　小有玼纇。8441

玼，且禮翻，又音此　可突干寇平盧，先鋒使張掖烏承玼破之於捺祿山。6790

玼，賢曰：玼，音此。說文曰：鮮色也。據此文當爲「疵」，作「玼」者，古字
　　通也。　去玼吝。1624

玼，音此，且禮翻　以鎭將郝玼爲刺史。7656

玼，音此，又且禮翻　丁卯，義王玼薨。7426

疵，才斯翻　務摧抑諸侯，王數奏暴其過惡，吹毛求疵。560

疵，才支翻　洗刷疵垢。7390

疵，疾移翻　未至，長史臨深將軍牟穆帥眾一萬叛歸劉演，固隨疵而西。2781

茈，才支翻　水北出茈邱山，南入於泚水。110

磁，疾之翻　徵至磁州。6017

磁，牆之翻　以史朝義降將薛嵩爲相、衛、邢、洺、貝、磁六州節度使。7141

磁，祥之翻　劉昫曰：磁州治滏陽縣。156

磁，詳之翻　令坤，磁州武安人也。9532

泚，且禮翻　泚又使中使劉海廣許皋鳳翔節度使，皋斬之。7369

泚，且禮翻，音此　朱泚更國號曰漢。7392

泚，且禮翻，又音此　懷光自以數千里竭誠赴難，破朱泚，解重圍。7377

泚，且禮翻，又音如字　朱滔昔事李懷仙，爲牙將，與兄泚及朱希彩共殺懷仙
　　而立希彩。7386

次，孟康曰：次，音咨　　會黃龍見嘉泉。音註：據《駿傳》，嘉泉在武威揖次縣。「揖次」《前漢》作「揟次」。2932

次，孟康曰：次，音恣　　思復輾送魏安。音註：《五代志》：武威郡昌松縣，後魏置昌松郡；後周廢郡，以揟次縣入焉。3359

佽，七四翻　　給事中鄭肅、韓佽封還敕書。7897

佽，日四翻　　趙王倫孫秀將討賈后，告右衛佽飛督閭和。2639

佽，音次　　少府佽飛外池。899

佽，音次，亦助也　　內藏虛竭，無所佽助。8203

刺，客刺，七亦翻　　使刺客刺歂，未殊。1367

刺，七賜翻　　每夜刺閨取外事分判者，前後相續。5256

刺，七賜翻，又七迹翻　　酒酣，招以佩刀刺瓜連啗堅，欲因而刺之。5419

刺，七逆翻，又七四翻　　羌胡或以刀自割，又刺殺其犬馬牛羊。1536

刺，七亦翻　　擊起之徒因射刺起，并中王尸。32

刺，七亦翻，探也　　以問禮儀為名，陰刺候朝廷事。750

刺，七亦翻，又七賜翻　　諸侯名士可下以財者厚遺結之，不肯者利劍刺之。218

刺，七亦翻，又如字　　及母卒，仲子乃使政刺俠累。25

刺，師古曰：刺，采取也，七賜翻　　賜累千金，而使博士、諸生刺《六經》中作〈王制〉。501

刺，以刺，七亦翻　　春輒伏刺客以刺安，安被創馳還隴城。2818

刺殺之刺，七亦翻　　公孫述使刺客詐為亡奴降岑彭，夜刺殺彭。1370

刺之，七亦翻　　囚襄諸弟，屢遣刺客刺之。3133

忽，倉紅翻　　奈何無故忽忽先自猖獗乎。3120

從，才用翻　　從者曰：「長子近且城厚完。」10

從，才用翻，從遊也　　多稱病，不朝從。366

從，才用翻；羣從之從同　　申子嘗請仕其從兄。55

從，從用翻　　元景在從公之上。4056

從，即容翻　　破遊說之言從橫者。30

從，絕從之從，讀曰蹤，謂自絕其蹤跡。或曰從讀如字，謂絕其從坐之罪也　　以妾尚在之，故重自刑以絕從。25

從，僕從，才用翻　其僕從皆乘牛車而從列騎。1756

從，七容翻　槃旋偃仰，從容治步。1702

從，千容翻　騎士從容言，如酈生所誡者。287

從，人從，才用翻　冀從貴人從子林慮侯承求貴人珍玩。1744

從，如字　誠若先生之言，謹奉社稷以從。177

從，師古曰：從，音子用翻　驕其親屬，假之威權，從橫亂政。1009

從，子容翻　秦王欲伐齊，患齊、楚之從親。90

從，子用翻，又子容翻　王不可以不強，不強則宰牧從橫。1532

從子，才用翻　季興從子雲猛指揮使從嗣單騎造楚壁。9020

從子之從，才用翻　嗣源從子從璋自鎮州引兵而南。8970

樅，七容翻　鄱陽王範自樅陽遣信告江州刺史尋陽王大心。5028

樅，千容翻　令韓王信與周苛、魏豹、樅公守滎陽。336

樅，師古曰：七容翻　軍於樅陽。5025

鏦，初江翻，短矛也　即鏦殺郢王。574

鏦，楚江翻　太后怒，欲鏦嘉以矛。666

鏦，蘇林曰：鏦，音從容之從。師古曰：鏦謂以矛戟撞殺之。鏦，楚江翻　使人鏦殺吳王。　527

悰，藏宗翻　尚書左丞韋悰句司農木橦價貴於民間。6158

悰，徂宗翻　長史虞悰等咸請殺之。4264

淙，藏宗翻，又士江翻　戊寅，還神都。作三陽宮於告成之石淙。6545

琮，藏宗翻　太子琮嗣位。5482

琮，徂宗翻　漢人韓琮隨匈奴南單于入朝。1578

琮，祖宗翻　令東郡賈琮爲交阯刺史。1871

漎，徂聰翻，又徂宗翻，又將容翻，又之戎翻　立皇子沔爲信王，泚爲義王，漼爲陳王，澄爲豐王，溰爲恆王，漎爲梁王，滔爲汴王。6802

賨，藏宗翻　餘戶乃歲入賨錢。1591

賨，徂宗翻　羲輒召漢昌賨民爲兵。2040

賨，臧宗翻　九月，巴、賨夷帥朴胡、杜濩、任約，各舉其眾來附。2142

藂，與叢同　守光囚之別室，栫以藂棘。8710

粗，倉乎翻　器械精粗。5077

粗，讀與麤同　又密謀殺泚不果而止李懷光性粗疏。7377

粗，讀與麤同，倉乎翻　靖獨教臣以其粗而匿其精。6194

粗，讀曰麤　其中弦粗細。4653

粗，與麤同　經日不食，左右進粗飯。3564

粗，與麤同　成德節度使安重榮出於行伍，性粗率。9203

粗，坐五翻　今州域粗定。1970

粗，坐五翻，今讀從去聲　若常得嚴明主帥能制諸將之死命者以臨之，則粗能
　　自固矣。7693

粗，坐五翻，今人多從去聲　今資糧粗足，意欲還向瓦崗。5711

粗，坐五翻，略也　陸生乃粗述存亡之徵。396

粗，坐伍翻　由是鄭覃、李石粗能秉政。7924

殂，祚乎翻　遂殂於士開之手。5276

殂，祚于翻　癸酉，上殂。5256

酢，倉故翻　簞食壺漿以迎王師。音註：漿，水也，酢漿也。89

酢，與醋同，倉故翻　浩善占天文，常置銅鋌於酢器中。3813

踧，昌六翻　一朝頓欲拔之，驅踧於窮荒之地。3190

踧，與蹙同，子六翻　公私窮踧，米石萬錢。2690

蹵，與蹙同　時連旱蝗飢荒，而驅蹵劫掠，流離分散，隨道死亡。1587

蹵，子六翻　紹漸相攻逼，瓚眾日蹵。2011

踧，子六翻　黃門從官騄蹋踧蕃日。1811

蹴，千六翻　禮：不敢齒君之路馬，蹴其芻者有罰。477

蹴，子六翻　陛下顯而用之，銜至尊之命以迫蹴皇太子。732

蹴，子六翻，躡也　將渠引王之綬，王以足蹴之。197

蹵，子六翻，躡也　與劉琨俱為司州主簿，同寢，中夜聞雞鳴，蹵琨覺曰。2801

鑹，七亂翻，小矟也　又發江淮以南水手一萬人，弩手三萬人，嶺南排鑹手三
　　萬人。5654

欑，徂官翻。叢木為柱曰欑柱。又作管翻　橫江水起浮橋、關樓，立欑柱以絕
　　水道。1361

籑，孟康曰：籑，音撰　獨置孝元廟故殿以爲文母籑食堂。音註：晉灼曰：籑，具也。1199

籑，蘇管翻　內史謝籑奔豫章。4490

篡，初患翻，奪也　或言王庭湊欲以奇兵篡同捷。7863

爨，七亂翻　唯南寧州酋帥爨震恃遠不服。5551

爨，取亂翻　崔覺、崔恭祖將前鋒，皆荒傖善戰，又輕行不爨食。4463

爨，取亂翻，夷人姓也　朱提審炤、建寧爨量皆歸之。2811

榱，所追翻　棟折榱崩，誰之咎也。2950

縗，倉回翻　爲功顯君總縗弁而加麻環絰。1165

漼，七罪翻　上下漼等獄，命監察御史裴漼按之。6635

漼，取猥翻　辛酉，左衛將軍王興與尙書廣陵公漼。2659

璀，七罪翻　請罷其都統之權成義至奉天告懷光子璀。7407

倅，七內翻　騎督成倅弟太子舍人濟問充曰。2454

脆，此芮翻　人生危脆，必當遠慮。3689

脆，師古曰：音此芮翻　數以奊脆之玉體。776

悴，秦醉翻　后於是盡心撫育，勞悴過於所生。1437

淬，取內翻　有公孫龍者，善爲堅白同異之辯。音註：汝南西平縣有龍淵，水可用淬刀劍，極堅利。114

毳，充芮翻　契丹乘勝進圍幽州，聲言有眾百萬，氈車毳幕彌漫山澤。8814

毳，與脆同音，此芮翻　是事小敵毳，則偷可用也。190

焠，忽潰翻　太子豫求天下之利匕首，使工以藥焠之。226

瘁，秦醉翻　勉而爲之，必有疲瘁。2100

瘁，秦醉翻，病勞也　祥隱居三十餘年，不應州郡之命。母終，毀瘁，杖而後起。2435

瘁，似醉翻　詩云：「人之云亡，邦國殄瘁。」1820

綷，子內翻　應劭曰：纂，今五採屬，綷是也。組，今綬紛條是也。544

顇，與悴同，秦醉翻　于禁鬚髮皓白，形容憔顇。2192

皴，七倫翻，皮細起也　執筆觸寒，手爲皴裂。4933

刌，千本翻　分刌節度，窮極幼眇。952

忖，寸本翻　益州別駕張松與正善，自負其才，忖璋不足與有爲。2109

瑳，倉何翻　散騎常侍王瑳。5478

瑳，七何翻，又七可翻　遣僕射王克、上甲侯韶、吏部郎蕭瑳與于子悅、任約、
　　王偉登壇共盟。5004

磋，倉何翻　徐磋屯好時。3108

撮，倉括翻　安吐根曰：「一撮許賊，馬上刺取，擲著汾水中耳。」5358

撮，師古曰：撮，總取也，音千括翻　每一書已，向輒條其篇目，撮其指意，
　　錄而奏之。976

蹉，倉何翻　由此言之，本朝號令，豈可蹉跌。1668

蹉，昌何翻　宮順、素不和，將軍一出，宮、順必不同心共城守也，如有蹉跌。
　　2005

蹉，七何翻　決勝負於一朝，定成敗於呼吸，萬一蹉跌。2927

嵯，才何翻　南詔自嵯顛謀大舉入寇。7867

嵯，昨何翻　弄棟節度王嵯巔弒之，立其弟勸利。7722

痤，才戈翻　事魏相公叔痤，痤知其賢。45

痤，才何翻　獲魏公孫痤。42

齹，才何翻　雜以齹務，實非所宜。7816

脞，倉果翻　臣聞上古聖帝，莫過唐、虞，不爲叢脞，是謂欽明。5470

脞，陸德明曰：脞，倉果翻，徐音鎖　夫人君聽納之失，在於叢脞。音註：叢
　　脞，細碎無大畧。4934

剉，寸臥翻　梁兵疑有伏，愈不敢出，剉屋茅坐席以飼馬。8735

厝，士故翻　若使官盡王伽之儔，民皆李參之輩，刑厝不用，其何遠哉。5587
　　（編者按：「士故翻」上字文淵閣本作「七」）

厝，千故翻，置也　夫抱火厝之積薪之下而寢其上。469

莝，寸臥翻　坐須賈於堂下，置莝、豆於前而馬食之。162

錯，倉故翻　可詔昶遵等擇地居險，審所錯置。2398

錯，倉故翻，音錯，雜之錯者非　太子家令潁川鼂錯上言兵事。485

錯，倉故翻，置也　此爲錯兵無用之地。2421

錯，七各翻，又倉故翻　又使司馬錯發隴西兵。134

錯，七各翻，又七故翻　司馬錯請伐蜀。84

錯，七各翻，又千故翻　秦司馬錯擊魏河內。123

錯，七故翻　夫下之化上，疾於景響，舉錯不可不審也。459

錯，千故翻　鼂錯為申、商刑名之學，言人主不可不知術數。220

錯，師古曰：錯，置也，千故翻　俱陷於辜，刑用不錯。1175

錯，師古曰：錯，置也，音千故翻　舉錯各以其意，多與郡縣事。956

錯，賢曰：七故翻　而二人錯愕不能對。音註：賢曰：錯愕，猶倉卒也。1456

錯，置也。錯，千故翻　雖歲赦之，刑猶難使錯而不用也。918

D

搭，多臘翻　己丑，制民間鐵叉、搭鉤、橫刃之類皆禁之。5643

噠，當割翻，又陁葛翻，又宅軋翻　初，高車侯倍窮奇為嚈噠所殺。4588

噠，當割翻，又宅軋翻　後數年，嚈噠遣彌俄突弟伊匐帥餘眾還國。4667

妲，當割翻　晝紂醉踞妲己，作長夜之樂。1012

怛，當割翻　上遣文泰之臣厭怛紇干往迎之。6083

怛，當割翻，驚也，懼也，悼也，不安也　怛然傷心。1005

沓，遼東郡有沓氏縣，西南臨海渚。應劭曰：沓，長答翻。　且沓渚去淵，道里尚遠。2288

沓，他合翻。沓，冒其頭也　切皆銅沓，黃金塗。1002

炟，當割翻，一作「烜」，況遠翻　二人相挾，朝夕計議，所言於上無不從，聲勢炟赫。7903

炟，賢曰：炟，音丁達翻　立貴人馬氏為皇后，皇子炟為太子。1437

靼，當割翻　既而承福降知遠，達靼、契苾亦莫之赴，重榮勢大沮。9229

靼，當葛翻　及吐谷渾、達靼、契苾酋長各帥其眾以自隨。8131

大，讀曰太　項羽使使至漢，陳平使為大牢具。335

大，唐佐翻　築第及造儲偫賜物，常戒之曰：「胡眼大，勿令笑我。」6903

玳，徒耐翻　帝使人以馬易珠璣、翡翠、玳瑁於吳。2314

軑，孟康曰：軑，音汰，師古曰：軑，又音徒系翻　詔江州刺史武陵王駿統諸軍討西陽蠻軍於五洲。音註：《水經註》：江水東逕江夏軑縣故城南。3985

埭，徒蓋翻　述進至奉公埭。5514

埭，徒耐翻　西陵牛埭稅，官格日三千五百。4281

埭，音代　又決破崗、方山埭以絕東軍。4002

紿，待亥翻　乾歸使人紿延云。3439

紿，蕩亥翻　欲逼取翊妻徐氏。徐氏紿之曰。2058

紿，蕩亥翻，欺誑也。　迷失道，問一田父，田父紿曰：「左。」352

紿，蕩亥翻，欺也，誑也　相如乃以詐紿秦王，復取璧。132

紿，誑也，蕩亥翻　推其至誠，吏民不忍欺紿。863

紿，湯亥翻　窣干紿曰：「我，唐之和親使也。」6817

紿，徒亥翻　紿言有賜，為遼東所劫奪。2290

紿，待多翻　先遣書紿田英、郭駱曰。4988（編者按：對比「紿」字的其他音
　　註的反切下字，此處疑「待多翻」之下字為「亥」之誤）

紿，言欺誑也，音殆　傳吏疑其僞，乃椎鼓數十通，紿言邯鄲將軍至。1260

逮，徒戴翻　將作大匠蒙鄉侯逯並為橫埜將軍，屯武關。音註：師古曰：逯，
　　姓也，並名也。逯，音錄，又音鹿。今東郡有逯姓二音並得書。本「逯」
　　字，或作「逮」。今河朔有逮姓，自呼音徒戴翻。其義兩通。1162

貸，來戴翻　敘朔方將士忠順功名，猶以懷光舊勳，曲加容貸。7421

貸，惕德翻，又敵德翻，又他代翻，假借也　倉猝上下無齎，中黃門被囊中齎
　　私錢三千，詔貸之。2700

貸，師古曰：貸，土帶翻。宥罪曰貸　舜本臣敞素所厚吏，數蒙恩貸。880

貸，師古曰：貸，音吐戴翻　流民還歸者，假公田，貸種食。810

貸，他代翻　吾不以王法貸人。2731

貸，他代翻，借也　嶠軍食盡，貸於陶侃。2961

貸，他代翻，又土得翻　京官不能自給，常從外官乞貸。7243

貸，土戴翻　莽乃下詔曰：「《周禮》有賒貸。」1181

貸，吐戴翻　詔振貸鰥、寡、孤、獨、窮困之人。442

貸，與貣同，吐得翻，從人求物也。　或曰：「將軍之乞貸亦已甚矣！」230

瑇，音代　又非獨珠厓有珠、犀、瑇瑁也。905

蹛，音帶　思結別部為蹛林州，白霫為寘顏州。6245

靆，師古曰：音帶，又音徒蓋翻　張邯逢兵見殺王邑王林王巡靆惲等分將兵距
　　擊北闕下。1249

眈，丁含翻　晉陵太守卞眈踰城奔曲阿。3256

耼，乃甘翻　周公、康叔、耼季，皆入爲三公。2583

耼，他甘翻　老耼習禮，仲尼所師。3761

耼，他酣翻　署文安爲柱國，與柱國紇單貴、王耼等直指京師。5608

耼，他含翻　中書監何充建議立皇子耼。3061

耽，都含翻　義成節度使賈耽爲右僕射。7543

酖，直禁翻　文信侯飲酖死。219

單，常演翻　同郡單雄信，驍健，善用馬矟。5707

單，慈淺翻　密與讓、弘、裴仁基、郝孝德共坐，單雄信等皆立侍。5764

單，多寒翻，又達演翻　署文安爲柱國，與柱國紇單貴、王耼等直指京師。5608

單，上演翻　上郡鮮卑陸逐延、氐酋單徵並降於漢。2738

單，上演翻，姓也；又都寒翻，亦姓也　幽州將單可及引騎兵至。8508

單，音襌　及其弱也，以元、成之微而單于入朝。2624

單，音蟬　單于聞之。207

單，音丹　復姓拓跋氏，九十九姓改爲單者，皆復其舊。5111

單，音善　單父人呂公，好相人，見季狀貌，奇之，以女妻之。260

單，音善，姓也　單經爲兗州刺史。1926

單，於單，音丹　攻破軍臣單于太子於單，於單亡降漢。610610

單，與殫同　天下五合六聚而不敢捄，王之威亦單矣。150

單，與殫同，盡也　曠日持久，糧食單竭。328

單關，上音丹，又特連翻；下音烏葛翻，又於連翻　周紀一。音註：在卯曰單
　　關。1

單父，音善甫　雍弟翟爲單父侯。1547

鄲，多寒翻　甲辰以太常卿崔鄲同中書門下平章事。鄲，鄖之弟也。7940

鄲，音丹　魏惠王伐趙，圍邯鄲。楚王使景舍救趙。51

鄲，音丹，康多寒翻　從者曰：「邯鄲之倉庫實。」11

鄲，音單　別將楊朝光將五千人柵於邯鄲西北，以斷昭義救兵。7300

儋，丁甘翻　遂以其地爲南海、蒼梧、鬱林、合浦、交趾、九眞、日南、珠厓、
　　儋耳九郡。670

儋，丁濫翻　今大下彫敝，民無儋石之儲。2324

儋，都甘翻　如淳曰：林胡，即儋林。106

儋，服虔曰：儋，音負擔之擔。師古曰：儋，音丁甘翻　狄人田儋起兵於齊。
259

儋，徒甘翻　流儋州而卒。6446

擔，丁濫翻　建康震懼，民皆荷擔而立。3959

擔，都甘翻　負水擔糧，送迎漢使。771

擔，都甘翻，荷也　縛其手足，貫之以杖，使人擔付太官。4086

擔，都藍翻，又徒濫翻　令負擔登蔣山。2951

擔，都濫翻　若臣以私財，則家無擔石。1764

擔，他甘翻　又使數人擔米。2882

擔，亦負也，都甘翻　蘭成亦與其徒負擔蔬米、燒器。5819

擔，亦作「儋」，齊人名小罌爲儋，音都濫翻　穿窬也者，吾見擔石矣。219

殫，師古曰：殫，盡也，音單　是故王莽知漢中外殫微。1181

癉，當但翻　詩云「上帝板板，下民卒癉」。1667

癉，丁但翻　開悖逆之原非所以彰善癉惡也。6657

癉，師古曰：癉，黃病也，丁幹翻　南方暑濕，近夏癉熱。572

簞，音丹　以萬乘之國伐萬乘之國，簞食壺漿以迎王師。89

鄲，與憚同　秦人取其寶器遷西周公於鄲狐之聚。195

紞，丁感翻　荀勗、馮紞、楊珧及充華趙粲共營救之。2604

紞，都感翻　越騎校尉安平馮紞。2516

紞，吐感翻　賈充、荀勗、馮紞固爭之。2558

揑，師古曰：揑，音塵　其子先賢揑不得代，更以爲日逐王。722

揑，音纏，又音田　秋七月，匈奴屠耆單于使先賢揑兄右奧鞬王與烏藉都尉各
二萬騎屯東方，以備呼韓邪單于。868

揑，鄭氏曰：揑，音纏束之纏。晉灼曰：音田。師古曰：晉音是也　日逐王先
賢揑。859

揑，音檀　十二月，永昌徼外揑國王雍曲調遣使者獻樂及幻人。1607

但，平音，或上　都護但欽不以時救助。1137

啖，余按《周禮·卝人註》：物地占其形色，知鹹啖也。《釋文》：啖，直覽翻；
《疏》作「鹹淡」，則知啖、淡古字通用　呂后與陛下攻苦食啖。404

啖，氏姓也。毛晃曰：音徒覽翻　秦以擢爲尚書以上將軍啖鐵爲秦州刺史。3144

啖，徒敢翻，姓也　即日遣中使啖庭瑤入蜀奏上皇。7035

啖，徒敢翻，又徒濫翻　上並命絕食於獄，至齕臂啖之。5103

啖，徒覽翻　朱光輝及內常侍啖庭瑤、山人李唐等二十餘人皆流黔中。7125

啖，徒覽翻，氏姓也　秦州刺史啖鐵討平之。3174

啖，徒覽翻，噍也，食也，又徒濫翻　選舉莫取有名，名如畫地作餅，不可啖也。2327

啖，徒覽翻，姓也　氏啖青謂諸將曰。3366

啖，徒覽翻，又徒濫翻　遣文德伐啖提氏，不克。3957

啖，徒濫翻　盡劃吳、越、荊、楚之饒以啖兵戎。7889

啖，吐濫翻　時馬希萼已遣閒使以厚利啖許可瓊。9444

啗，師古曰：啗，徒濫翻　王及貴人先飲食已，乃飲啗都尉史。1037

啗，師古曰：啗者本爲食啗耳，音徒敢翻；以食餧人，令其啗食，音則改變爲徒濫翻　使酈食其、陸賈往說秦將，啗以利。295

啗，徒敢翻，又徒濫翻　韶幽於地牢，絕食，啗衣袖而死。5185

啗，徒敢翻，又徒陷翻　先遣繇見嗣，啗以甘言。3510

啗，徒監翻　欲爲偷安之計，皆啗以厚利。8508

啗，徒覽翻，餌也　今若以重利啗玄及佺期。3479

啗，徒覽翻，餌之也；又徒濫翻，噍也，食也　漢使人以利啗東越。526

啗，徒覽翻，又徒濫翻　莫離支使靺鞨說眞珠，啗以厚利，眞珠懾服，不敢動。6227

啗，徒濫翻　二人唯利是從，若啗以顯職，無有不來。4344

啗，徒濫翻，又徒覽翻　絕甘以同卒伍，輟食以啗功勞。7396

啗，土濫翻，又土覽翻　今伐人之君，啗人以利，眞可謂「處懷期物，自有由來者」乎。3674

蜑，徒旱翻　素遣巴蜑千人。5512

誕，徒旱翻　將沒，爲詩曰：「夷甫任散誕，平叔坐論空。」4872

誕，徒旱翻，誇大也　恐熱氣色驕倨，言語荒誕。8047

誕，陸德明曰：誕，音但。按今讀從去聲，亦通　突厥背誕。5490

啗，徒覽翻，又徒濫翻　諸將臠其肉，生啗之。4003

啗，徒濫翻　所啗食不至數升。2295

啗，徒濫翻，又徒覽翻　掇蓮實啗之。4019

啗，徒濫翻，又徒覽翻　秦大蝗，百草無遺，牛馬相啗毛。3145

啗，吐濫翻　啗豬腸兒何能爲！4961

啗，與啖同，徒濫翻　佞者或啗之至飽。5692

彈，唐干翻　辛亥，御史中丞盧坦奏彈前山南西道節度使柳晟。7649

彈，唐干翻，劾也，抨也　當委監司隨而彈之。2506

彈，徒案翻　四角作高樓，令人在樓上察視爽兄弟舉動。爽挾彈到後園中。2378

彈，徒案翻，又徒丹翻　好登樓彈射人以爲樂。8064

彈，徒丹翻　隗性剛訐，當時名士多被彈劾。2840

彈，上徒旦翻，下徒丹翻　又嘗泛舟濁河，王先起，知訓以彈彈之。8828

彈，徒旦翻　綝望塵拜伏，準挾彈命中於綝冠，折其玉簪，以爲戲笑。6910

彈，徒干翻　俶表置彈曲二十人，專糾司不灋。2548

彈，引彈，徒旦翻　或引彈彈人，或埋人雪中以戲笑。6274

憺，杜覽翻　性恬憺，不慕當世。1672

憺，徒敢翻，又徒覽翻　秀與弟始興王憺尤相友愛。4634

憺，徒敢翻，又徒濫翻　有弟九人：敷、衍、暢、融、宏、偉、秀、憺、恢。4472

憺，徒覽翻，又徒濫翻　憺爲衢王，惋爲澶王。7789

憺，徒濫翻　中郎外兵參軍憺至襄陽。4445

憺，徒濫翻，又徒敢翻　淮寧都虞候周曾、鎭遏兵馬使王玢、押牙姚憺、韋清密輸款於李勉。7342

澹，丁甘翻　是以北逐單于，破東胡，滅澹林。499

澹，杜覽翻　導能任眞推分，澹如也。2885

澹，徒敢翻　后澹然，未嘗有所忌怨。5497

澹，徒覽翻　惟湘東太守鄭澹不從。2895

澹，徒覽翻，又徒濫翻　琅邪王覲弟澹爲東武公。2595

澹，徒濫翻，又徒覽翻　奏免河南尹澹等官，京師肅然。2613

禫，徒感翻　命肅以祥禫之禮除喪。4494

禫，徒感翻，除服之祭也　魏主禫於太和廟。4314

餤，徒濫翻，又弋廉翻，徒甘翻　右拾遺張德生男三日，私殺羊，會同僚補闕
　　杜肅懷一餤。6482

餤，弋廉翻，又徒甘翻　乃相與合謀於餅餤中進毒。6642

餤，于廉翻，又徒甘翻　賜酒百斛，餅餤四十橐駝，以餉体夫。8161

甔，都濫翻　食無甔石之儲。4371

甔，應劭曰：齊人名小甖曰甔，受二斛。晉灼曰：石，斗石也。師古曰：甔，
　　音都濫翻　內無甔石之儲。2504

噉，田濫翻　於是使樂毅約趙，別使使者連楚、魏，且令趙噉秦以伐齊之利。
　　125

當，丁悢翻　苟論難往來，務求至當。6041

當，丁浪翻　言不見用，是吾言之不當也。174

當，者當，丁浪翻　人君之體，當委任而責成功，所委者當，則所用者自精矣。
　　6410

當，都浪翻　公綽謂僚佐曰：「執宜外嚴而內寬，言徐而理當。」7870

當，如字　以劉備而敵曹公，不當也。2083

璫，音當　以漆灌瓦，金璫，銀楹 3008

襠，都郎翻　攸之有素書十數行，常韜在褲襠角。4202

簹，都郎翻　己巳，貶右諫議大夫高湘、比部郎中知制誥楊知至、禮部郎中魏
　　簹等於嶺南。8160

党，底朗翻　甲子，党項羌請降於隋。5485

党，底朗翻，姓也。杜佑《通典》德浪翻　魏揚州小峴戍主党灃宗。4523

党，抵朗翻　隋武勇郎將馮翊党仁弘將兵二千餘人歸高祖於蒲阪。6182

党，孫恓曰：党本去聲，今為上聲，本出西羌。姚秦有將軍党耐虎，自云夏后
　　氏之後，為羌豪。党，底朗翻　初，興徙李閏羌三千戶於安定，興卒，羌
　　酋党容叛。3686

党，他朗翻　帥數千騎客於党項。5645

讜，多朗翻　仍遣侍中梁讜詣鄴諭。3253

讜，多曩翻　公車讜言，日關聽覽。4931

讜，多曩翻，善言也　忠讜之言。2520

讜，師古曰：讜言，善言也。讜，音黨　上乃喟然歎曰：「吾久不見班生，今日復聞讜言。」1012

讜，音黨　書載「予違汝弼」，而云不敢極陳，何得爲忠讜哉。2230

讜，音黨，善言也　忠讜之言。2230

讜，音黨，善言直言也　卿武德中有讜言。6100

宕，師古曰：宕，音徒浪翻　進軍宕渠。2143

宕，師古曰：音徒浪翻　宕渠楊偉等起兵以應歆。1392

宕，徒浪翻　初張魯在漢中，賨人李氏自巴西、宕渠往依之。2621

宕，徒浪翻，過也　數戲侮曹操，發辭偏宕。2081

菪，音蕩　安祿山屢誘奚、契丹，爲設會，飲以莨菪酒。6900

碭，徒郎翻　屠相，至碭。271

碭，徒朗翻　東魏碭郡獲巨象，送鄴。4891

碭，音唐　乃絕迹於梁、碭之間。1823

碭，音唐，又徒浪翻　魏氏將出而攻留、方與、銍、湖陵、碭、蕭、相，故宋必盡。152

碭，音唐。師古：又音宕，是也　劉季亡匿於芒、碭山澤之間。261

蕩，師古曰：蕩，音湯　己未，石超軍奄至，乘輿敗績於蕩陰。2696

蕩，徒浪翻　素弗少豪俠放蕩。3622

蕩，音湯　嵇紹苟無蕩陰之忠。2537

盪，度朗翻，又他浪翻　宮中遣兵出盪，不克。4464

盪，徒朗翻　操遣盪寇將軍張遼討斬之。2098

盪，徒朗翻，又他浪翻　龕身自衝盪。3159

盪，徒朗翻，又吐浪翻　更以盪主王僧志代之。5168

盪，音蕩　求之，盪盪如係風捕景，終不可得。1017

盪，字作「蕩」，音徒朗翻　凡昏制謬賦、淫刑濫役外，可詳檢前原，悉皆除盪。4509

叨，土刀翻　自叨忝以來，雖每存約損，而朝夕所須，微爲過豐。3689

倒，都皓翻　若破堰下船，船必傾倒。5384

島，丁老翻　田橫懼誅，與其徒屬五百餘人入海，居島中。358

島，都老翻　賊若乘船浮海，深入遠島。1585

道，讀爲導，一讀如字　不若置軍江北，獨與腹心輕騎俱進，行襲請爲前道。
　　8317

道，讀曰導　張良素多病，從上入關，即道引，不食穀。362

道，師古曰：道，讀曰導　烏孫發譯道送騫還。657

道，師古曰：道，讀曰導，導，引也　禮畢，使使者道單于先行宿長平。887

道，事故與：道，讀曰導　善輔道太子，毋違我意。951

衟，古道字　陽衟曰。2333

燾，音導　有子八人：儉、緄、靖、燾、汪、爽、肅、專。1715

纛，徒倒翻，又音毒　紀信乃乘王車，黃屋，左纛。336

纛，徒到翻　遣太僕元暉出伊吾道，詣達頭，賜以狼頭纛。5451

纛，徒到翻，又徒沃翻　斬獲數萬人得其鼓纛。6307

璒，都滕翻　陳豫章太守徐璒據南康拒之。5515

等，讀如等級之等，言凡罪之等差　釋之免冠頓首謝曰：「法如是，足也。且罪
　　等，然以逆順爲差。」461

墱，《北史》作隥，音丁鄧翻　丞相歡築長城於肆州北山，西自馬陵，東至土
　　墱。4920

磴，都鄧翻　賊又於城西北隅以土囊積柴爲磴道。7028

鐙，都鄧翻　寄敬兒馬鐙一隻。4202

仾，與低同，音都黎翻　安能俛首仾眉以事閹豎乎。2828

羝，丁奚翻　匈奴以爲神，乃徙武北海上無人處，使牧羝，曰：「羝乳乃得歸。」
　　711

羝，音氐　乾歸誨之，殺周及殺羝。3421

䃅，丁奚翻　休屠王太子日䃅與母閼氏弟倫俱沒入官，輸黃門養馬。634

鞮，當作鞎。賢曰：前鞮、鞎兩字通，今不改亦可。鞎，久言翻。　脅立前單
　　于屯屠何子薁鞮曰逐王逢侯爲單于。1542

鞮，丁兮翻　秦伐趙，圍閼與。《史記正義》曰：閼與在潞州銅鞮縣西北二十里。
　　155

鞮，丁奚翻　上自將擊韓王信破其軍於銅鞮。376

鞮，師古曰：鞮，丁奚翻　漢軍南行，未至鞮汗山，一日五十萬矢皆盡。715

鞮，田黎翻　是歲，匈奴且鞮侯單于死。721

鞮，田黎翻，又丁奚翻　劉衛辰遣子直力鞮帥眾八九萬攻魏南部。3402

鏑，音嫡　冒頓乃作鳴鏑。372

荻，亭歷翻，萑也　歷生說遙光帥城內兵夜攻臺，藋荻燒城門。4449

荻，音狄　正德遣大船數十艘，詐稱載荻，密以濟景。4984

靮，紖也，丁曆翻　據其柵，命士少休，食乾糒，整羈靮。7740

頔，徒歷翻　命押牙馬頔治喪事於內。7240

頔，音迪　九月，丙申，以陝虢觀察使于頔為山南東道節度使。7580

篴，與笛同　則簫篴可去而盤盂盃案當在御矣。6819

糴，他歷翻　命增時價什二三，和糴東、西畿粟各數百萬斛。6830

糴，亭歷翻　每至秋成之時，但令畿內和糴，既易集事，又足勸農。7535

糴，徒歷翻　耀卿曰：「此公家贏縮之利耳，奈何以之市寵乎！」悉奏以為市糴
　　錢。6808

氐，丁尼翻，又音低　眾皆憤泣爭奮，比至氐池。3522

氐，丁奚翻　是歲，蜀湔氐反。414

邸，丁禮翻　趙王至，置邸，不得見。426

邸，師古曰：邸，至也，音丁禮翻　匈奴單于聞漢兵大出，悉徙其輜重北邸郅
　　居水。734

坻，丁禮翻　主十二城門及繞霤、羊頭、肴黽、汧隴之固。音註：隴，謂隴坻
　　也。汧隴相連。1177

坻，丁禮翻，又丁計翻　追奔至壤坻而還。5766

坻，師古曰：坻，丁計翻，又音底　隗囂遂發兵反，使王元據隴坻。1346

坻，音底　願更擇能臣委以山南，使臣得專備隴坻。7216

底，與砥同　底柱崩，偃河，逆流數十里。5654

抵，丁禮翻　殺人者死，傷人及盜抵罪。299

抵，賢曰：抵，投也，音紙　所謂抵金玉於砂礫。1752

抵，諸氏翻，側擊也；《北齊書》作「抵」，丁禮翻　前突厥至并州，孝琬脫兜
　　鍪抵地。5260

柢，典禮翻，又丁計翻　當及其根柢未深而撲取之。2476

柢，都禮翻，又丁計翻　夫三晉者，齊、楚之藩蔽；齊、楚者，三晉之根柢。
　　234

柢，都禮翻，又都計翻　是皆失居重馭輕之權，忘深根固柢之慮。7349

砥，師古曰：砥，細石也，音之履翻，又音祇　故爵祿束帛者，天下之砥石，
　　高祖所以厲世摩鈍也。1020

砥，音指。砥，厲也　尊修身潔己，砥節首公。972

砥，軫氏翻，柔石也　然而不鎔範，不砥礪，則不能以擊強。14

詆，丁禮翻　乃至騎馬入殿，詆訶天子。4469

詆，師古曰：詆，毀也，辱也，音丁禮翻　緣飾文字，巧言醜詆。914

弟，大計翻，但也　世民曰：「汝弟前行，吾自與敬德爲殿。」5910

弟，讀曰第，但也　燧曰：「此皆懷光所爲，汝曹無罪。弟堅守勿出。」7461

弟，讀曰悌　春，正月，舉民孝、弟、力田者，復其身。414

弟，上弟，徒計翻　故仲尼孝子而延陵慈父，舜、禹忠臣，周公弟弟。1003

弟，師古曰：弟音悌　前單于慕化鄉善，稱弟。869

弟，謂曰悌　則孝弟可以通神明。4637

弟，賢曰：弟，但也。《司馬相如傳》曰：弟俱如臨邛。弟，讀如第　弟聽祇上
　　書。1640

弟，與第同　先是，充國以老乞骸骨，賜安車、駟馬、黃金，罷就弟。885

弟，與第同，舍也，宅也　乃車駕至禹弟。1032

弟，與第同。漢書率作「弟」，孟康曰：第，宅也，有甲乙次第也；亦作「弟」
　　皆罷令就弟。987

弟弟，上讀曰悌　夏，四月，詔曰：「潁川太守霸，宣明詔令，百姓鄉化，孝子、
　　弟弟。」864

娣，大計翻　張良娣性巧慧，能得上意。6983

娣，特計翻　女爲太子良娣。6874

娣，音弟　高良娣生安平王嶷、襄成王恪 5574

欽，大計翻　內有以生易死不訾之恩，外無以刖易欽駭耳之聲。2237

欽，師古曰：欽，徒計翻　詔禁民敢私鑄鐵器、煮鹽者欽左趾。639

棣，大計翻　士眞又以詐召棣州刺史李長卿。7321

睇，大計翻，目小視也。南楚曰睇　一旦控告無門，凝睇東南。8271

禘，大計翻　用太學博士史璨議，禘後三年而祫，祫後二年而禘。6381

遞，晉灼曰：遞，音遞送之遞。二十四鍾各有節奏，擊之不常，故曰遞　雖伯
　　牙操遞鍾。842

蔕，丁計翻　阻兵馮險，自以爲深根固蔕。7749

蔕，師古曰：蔕，音丑介翻　若能委信君子，使各盡懷，散蔕芥之嫌。2715

蔕，音帝　丈夫性命自有所在，豈能然艾灸頞，瓜蔕歕鼻，治黃不差，而臥死
　　兒女手中乎。5661

邆，徒計翻　又巴西、南鄭，相距千四百里，去州迢邆。4554

諦，丁計翻，審也　民有辭訟，畿爲陳義理，遣歸諦思之。2064

諦，都計翻，審也　魏徵欲上偃武修文，每侍宴，見《七德舞》輒俛首不視，
　　見《九功舞》則諦觀之。6101

諦，音帝　爲內應者未得審諦。4371

諦，音帝，審也　諸君諦視之。4181

踶，大計翻　佶將入府，馬忽踶齧，傷左髀。8485

踶，特計翻　公綽所乘馬，踶殺圉人。7708

踶，徒計翻　蓋有非常之功，必待非常之人。故馬或奔踶而致千里。694

滇，音顚　句就種羌滇吾以兵扞衆曰。1874

滇，音顚　昆明之屬無君長，善寇盜，輒殺畧漢使，終莫得通。於是漢以求身
　　毒道，始通滇國。629

蹎，丁千翻　景帝信誅晁錯兵解，遂戮三公。音註：周大夫亦爲賦《狼跋》之
　　詩曰：「狼跋其胡，載疐其尾。」毛氏註云：跋，躐也。疐，跆也。《說文》
　　云跋，蹎，丁千翻；跆，躓，竹二翻。763

巓，音顚　弄棟節度王嵯巓弑之，立其弟勸利。7722

佃，讀曰田　或欲四道並進，攻其城壘，或欲大佃疆場。2398

佃，亭年翻　吳人大佃皖城。2552

佃，停年翻，治田也　汝既不佃，而戲賊人稻。2935

佃，徒年翻，作田也　隴右、河西，土曠民稀，邊境未寧，不可廣佃。5474

佃，音田　諸軍各自佃作，即以爲稟。2852

阽，服虔音反坫之坫，孟康音屋檐之檐　公私困弊者由妾，社稷阽危者由妾。
　　2793

阽，音閻，又丁念翻（按：阽，危欲墜之意）　安有爲天下阽危者若是而上不驚者。
　　452

阽，余廉翻　今晉室阽危。3043

阽，余廉翻，又丁念翻　且朝廷當阽危之時，則譽臣爲韓、彭、伊、呂。8409

坫，楊正衡曰：坫，丁念翻。余按……治沾縣。沾，師古曰：沾，音他兼翻，
　　載記誤作「坫」。當讀從顏音。　石勒圍樂平太守韓據于坫城。2837

店，都念翻　彥章進攻潘張、麻家口、景店諸寨，皆拔之。8886

玷，丁念翻　又沙鉢略從父玷厥，居西面，號達頭可汗。5450

玷，都念翻，玉病也　違義實玷於君恩。7423

玷，多忝翻　彼二人者，皆國之俊乂，豈言行玷缺，然後至於禍辱哉。3917

淀，徒練翻　癸亥，行至新州之火神淀。9463

殿，丁甸翻　但取獲賊多少爲殿最。1389

殿，丁見翻　丞相御史課殿最以聞。822

殿，丁練翻　後有軍發，左內史以負租課殿，當免。663

殿，多見翻，鎮也　王逐以聚斂之才，殿新造之邦。7773

殿，多薦翻，又如字　昔晏平仲辭鄗殿以安其富。1685

殿，鎮也，音丁練翻　夫天下無事之時，殿寄大臣偷安奉私。7889

墊，丁念翻　其所加墊陌錢、稅間架、竹、木、茶、漆、榷鐵之類，悉宜停罷。
　　7392

墊，服虔曰：墊，音墊陒之墊。鄭氏曰：婁，音贏。師古曰：墊，音丁念翻。
　　婁，音樓。　亡逃不可得，即留所發兵墊婁地。1035

墊，徒協翻　自引兵乘利直指墊江，攻破平曲。1367

墊，音疊　姚萇爲寧州刺史，屯墊江。3265

墊，音疊　《史記正義》曰：巴子城在合州石鏡縣南五里，故墊江縣也。84

刁，「力」當作「刁」，音彫　秀乃止。秀以二郡兵弱，欲入城頭子路力子都軍
　　中。1262

貂，丁聊翻，康曰：「姓也」　田單任貂勃於王。142

掉，徒弔翻　所謂「末大必折，尾大難掉」。2356

掉，徒釣翻，搖也　且酈生，一士，伏軾掉三寸之舌。341

掉，走弔翻　是以首尾指支，幾不能相運掉也。7891（編者按：「走弔翻」上字疑爲「徒」）

調，調聲之調，如字　又依琴五調調聲之法以均樂器。4653

調，力弔翻　又令民十八受田輸租調。5239

調，力釣翻　凡全忠所調發無不立至。8324

調，如字　寶常請以水尺爲律，以調樂器，上從之。5524

調，師古曰：調，選發也。調，徒弔翻。　問以喪事調度。1124

調，師古曰：調，發也，徒釣翻　邊既空虛，不能奉軍糧，內調郡國，不相及屬。1192

調，師古曰：調，選也，徒釣翻　有郎功高不調。833

調，田聊翻　浚罵曰：「胡奴調乃公，何凶逆如此。」2813

調，徒彫翻。調，戲也　生不許，以爲中軍將軍，引見，調之曰。3162

調，徒弔翻　計關中戶口，轉漕、調兵以給軍，未嘗乏絕。323

調，徒吊翻　先是，調河南北芻糧，水陸輸軍前。8665

調，徒釣翻　要害之處，通川之道，調立城邑，毋下千家。488

調，徒釣翻，發也　燕大調兵眾。3143

調，徒釣翻，賦也　戶調絹不過數丈，綿數兩。2811

調，徒釣翻，算度也　敕太官辦樵、米，爲百日調而已。4506

調，徒釣翻，選也　十年不得調。458

調，徒釣翻，音調也　舅屬當銓衡，宜改張易調。4644

調，徒了翻，又如字，調戲也　備德曰：「卿知調朕，朕不知調卿邪。」3529

調，五調之調，徒釣翻　又依琴五調調聲之法以均樂器。4653

調，賢曰：調，發也。調，音徒弔翻　苗曾聞之，陰敕諸郡不得應調。1268

調，賢曰：調，徵也，徒釣翻　廉者取足，貪者充家；特選、橫調，紛紛不絕。1659

犓，史炤曰：犓，大也，多也。今按犓音丁么翻，蠻語多也，大也　雖內屬於唐，受爵賞，號犓金堡三王。8786

薹，徒弔翻　不若勒兵向西平，出茗薹。3453

睗，丁角翻　豫章國郎中令楊睗薦之於顧榮。2684

爹，《唐韻》：北人呼父曰阿爹。爹，徒可翻　虜謂父爲阿多。7521

跌，師古曰：跌，足失據也。跌，徒結翻。　夫以人之死爭勝，跌而不振。487

跌，徒結翻　故政教一跌，百年不復。1667

跌，徒結翻，踢而踣也　今王恃敵而不自恃，若跌而不振，悔之無及也。258

迭，師古曰：迭，互也，音大結翻　周公與管、蔡並居周位，當是時，迭進相
　　毀。913

垤，徒結翻　蜀土疏惡，以甓甃之，環城十里內取土，皆劃丘垤平之。8185

啑，《索隱》曰：《漢書》作「喋」，音跕，丁牒翻。陳湯。杜鄴皆言「喋血」，
　　無盟歃事。《廣雅》「喋」，履也。予據《類篇》：「啑」字有色甲、色洽二翻，
　　既從「啑」字音義，當與「歃」同。若從「喋」字，則有履之義　今已誅
　　諸呂，新啑血京師。436

啑，所甲翻，小歠也。《索隱》引鄒氏音：使接翻　始與高帝啑血盟。419

喋，服虔曰：喋，音蹀屣履之蹀。師古曰：喋，音大頰翻，本字當作「蹀」。蹀，
　　謂履涉之耳　今湯親秉鉞，席卷、喋血萬里之外。966

喋，晉灼曰：喋，音牒　此兩人言事曾不能出口，豈效此嗇夫喋喋利口捷給哉。
　　459

喋，徒協翻　不應如此喋喋。4301

堞，達協翻　樓堞相屬。7378

堞，達叶翻　城中負戶以汲，施大鉤於衝車之端以牽樓堞，壞其南城。3938

堞，徒協翻　奪其土山，置樓堞以助防守。4978

絰，徒結翻　然後自衣衰絰，杖竹登北樓慟哭。5826

殜，余懾翻　既射之如蝟，氣殜殜未死。6537

艓，達協翻　善安遣刺客數人詐乘魚艓而至。5974

諜，達協翻　謹烽火，多間諜。206

諜，達協翻，間也　募有能入城爲諜者。8582

諜，達叶翻　遲明，諜至。7034

諜，徒協翻　上多遣間諜誘之。4241

諜，徒協翻，間探之人　每獲陳諜，皆給衣馬禮遣之。5492

蹀，師古曰：蹀，大頰翻　當先屠此城，蹀血而進。1242

蹀，徒頰翻　既而為羣下所迫，遂至蹀血禁門。6013

昳，徒結翻，日昃也　會布至，身自搏戰，自旦至日昳。1955

釘，丁定翻　王大怒，釘其舌於柱。5088

釘，上釘，音丁；下釘，丁定翻　斛律金使行臺郎中張亮以小艇百餘載長鎖，
　　伺火船將至，以釘釘之。4914

釘，上釘如字，下釘丁定翻　以銅釘釘其腦。9096

釘，音丁　淩試索棺釘以觀懿意，懿命給之。2389

矴，丁定翻，錘舟石　挾守沔口，以枅闔大緪繫石為矴。2078

訂，丁定翻，平議也　訂出雉頭、鶴氅、白鷺縗。4471

侗，他紅翻　八月，辛卯，封皇孫倓為燕王，侗為越王。5625

侗，他紅翻，又音同　甲子，帝幸江都，命越王侗與光祿大夫段。5705

侗，吐公翻　偲為召王，侶為興王，侗為定王。7046

侗，音通　越王侗遣虎賁郎將劉長恭、光祿少卿房崱。5721

侗，音通，又音同　甲申，興王侶薨。侶，張后長子也，幼曰定王侗。7093

峒，達貢翻，又嵸董翻　徐州將成德欽敗唐兵於峒峿鎮。9407

恫，他紅翻　是故恫疑、虛喝、驕矜而不敢進。71

恫，他紅翻，痛也　百姓恫恐。88

恫，音通，痛也，又敕動翻　僵尸萬計，搜羅枝蔓，中外恫疑。7923

挏，師古曰：挏，音徒孔翻　來春草生，湩酪將出。音註：西漢太僕屬官有挏
　　馬。3681

挏，音動。李奇曰：以馬乳為酒，撞挏乃成　非鄭、衞之樂者，別為他官。音
　　註：師學百四十四人，其七十二人給太官挏馬酒，其七十二人可罷。1058

洞，孫愐曰：洞，音同，又徒弄翻　儀同薛脩義追至洪洞。4887

洞，音動　洞洞屬屬。962

湩，覩勇翻，又多貢翻，乳汁也　來春草生，湩酪將出。3681

湩，多貢翻　食葷而不食湩酪。7638

湩，竹用翻，乳汁　閱婦人乳有湩者九十餘人，悉縱遣之。5907

湩，竹用翻，又都奉翻，乳汁也　以示不如湩酪之便美也。468

邔，音寶　遂詭道從邔津渡。2062

逗，音豆　魏冠軍將軍封禮自逗津南渡。3979

逗，師古曰：逗，讀與住同，又音豆　而祈連知虜在前，逗遛不進。800

逗，音豆　懷光屯咸陽，累月逗留不進。7402

逗，音豆，又音住　廷尉當「恢逗橈，當斬」。583

脰，大透翻　遂經其頸於樹枝，自奮絕脰而死。130

督，都毒翻　誠得樊將軍首與燕督亢之地圖。226

闍，視遮翻　南彭城民高闍、沙門曇標以妖妄相扇。4037

闍，視遮翻，又音都　將軍費曜、田闍戰於門外，不利。5802

櫝，音讀　遣大且渠奢與伊墨居次云女弟之子醯櫝王。1218

殰，音讀　初，武帝征伐匈奴，深入窮追二十餘年，匈奴馬畜孕重墮殰，罷極，
　　苦之。753

髑，徒谷翻　得髑髏三萬餘枚。3575

髑，徒木翻　其後節度使王繼弘斂城中髑髏，瘞之。9351

韇，與韣同，徒谷翻　今齎雜繒五百匹，弓韣韇丸一。1421

讟，徒木翻　由是眾庶失望，怨讟興矣。2407

讟，徒牧翻，謗也　唯闇惑之主，則怨讟溢於下國而耳不欲聞。7423

堵，音者　堵鄉人董訢反宛城。1304

堵，赭陽即漢、晉之堵陽縣，堵，亦音者　淵以軍中乏糧，請先攻赭陽以取葉
　　倉，魏主許之。4372

賭，丁古翻　義之德景宗及叡請二人共會，設錢二十萬，官賭之。4573

妒，與妬同　而大臣傾邪，欲專主威，排妒有功。1070

度，大各翻　於是作建章宮，度為千門萬戶。698

度，大洛翻　自度曲，被歌聲。951

度，度，徒各翻（謂量計之）　夫度田非益寡。503

度，度支，徒洛翻　時度支用度不給。7443

度，度支、經度，皆徒洛翻　絳命度支使盧坦經度用度。7697

度，師古曰：度，大各翻　量度五臟。1210

度，師古曰：度，計也，音大各翻　將軍度羌虜何如？ 845

度，徒洛翻　孫子度其行，暮當至馬陵。59

度，賢曰：度，音大各翻。余據今人多讀如本字　今始徵發而大司農調度不足。
　　1520

蝼，康音螺，余按《集韻》螺字下無「蝼」字；同韻有「堁」字，音都戈翻，
　　小堆也。「蝼」恐當作「堁」　初，李納以棣州蛤蝼有鹽利，城而據之。7538

秺，孟康曰：秺，音妒　乙未，軍於秺。4125

秺，音妒　封通爲重合侯，成為秺侯。732

毈，徒玩翻，卵壞也　鸞生十子九子毈，一子不毈關中亂。4729

鍛，丁貫翻　又以臺所給仗多不能精，啓請東冶鍛工，欲更營造。4979

鍛，都玩翻　王乃使孝客江都人枚赫、陳喜作輣車、鍛矢。619

鍛，都玩翻，小冶也　康箕踞而鍛，不爲之禮。2464

斷，丁管翻　至，則以法斷其兩足而黥之。52

斷，丁管翻，又丁亂翻　共酒食具資用以救斷斬。1229

斷，丁亂翻　蔡邕《獨斷》曰：陛，階陛也。214

斷，丁亂翻，凡斷決之斷皆同音　今太后擅行不顧，穰侯出使不報，華陽涇陽
　　擊斷無諱。161

斷，丁亂翻，決也　今功無大小皆以格斷。2796

斷，丁亂翻，王肅丁管翻　珍國密遣所親獻明鏡於蕭衍，衍斷金以報之。4507

斷，丁亂翻，一音短　乞以此骨付有司，投諸水火，永絕根本，斷天下之疑。
　　7759

斷，丁亂反　故知者，決之斷也。348

斷，都管翻　先斷其首乃僞立案奏之。6474

斷，讀如短　升樓散物以賚百姓，至使人馬騰踐，多有傷毀；今可斷之。4288

斷，讀曰短　融遂斷三郡委輸以自入。1974

斷，端管翻　夫刑至斷支體，刻肌膚，終身不息。496

斷，據陸德明《春秋左氏傳釋文》：斷，音丁管翻，讀如短　至父遣其子，妻勉
　　其夫，皆斷鉬首而銳之。8130

斷，陸德明曰：丁亂翻。王肅丁管翻　千載一會，思成斷金。1276

斷，如字　皇帝飛棋，臣抗不能斷。4167

斷，音短　庚子，復斷二千石以上，行三年喪。1619

斷，音短，丁管翻　上不許，玄齡固請不已，詔斷表，乃就職。6143

斷，音短，禁截也　若官鑄者已布於民，便嚴斷剪鑿。4304

塠，都回翻　八月，紹進營稍前，依沙塠爲屯。2032

磓，丁回翻　天子自臨軒檻上，隤銅丸以摘鼓。音註：一曰：摘，磓也，音丁
　　力翻。磓，音丁回翻。950

兌，楊倞曰：兌，猶聚也，讀與隊同　嬰之者斷，兌則若莫邪之利鋒，當之者
　　潰。189

祋，丁活翻，又丁外翻　春，正月，東羌先零圍祋祤，掠雲陽。1797

祋，丁外翻，又丁活翻　來歷乃要結光祿勳祋諷宗等十餘人。1632

祋，丁外翻，又丁活翻，姓也　尚書令祋諷等奏。1618

隊，師古曰：隊，音遂　劫前隊大夫甄阜及屬正梁丘賜。1235

隊，師古曰：隊，音遂　河內、河東、弘農、河南、潁川、南隊爲六隊郡。1202

碓，都內翻　亦不知之，使守水碓。2469

碓，都內翻，舂也　使者督責嚴急，至封碓磑，不留其食。9258

憝，《書》云：元惡大憝。憝，亦惡也，徒對翻　但以乘輿未復，大憝猶存。7420

憝，徒對翻　如臣犯元惡大憝。1776

懟，賢曰：懟，怨怒也，音直類翻　自趙騰死後，深用怨懟。1630

懟，直類翻　政令戾虐，百姓怨懟。126

懟，直類翻，怨也　復恭慍懟，不肯行。8419

惇，都昆翻　尉遲迥遣其子魏安公惇帥眾十萬入武德，軍於沁東。5421

惇，都昆翻；迫也，甄也，誰何也　及至煩文以相假飾，辭以相惇。115

敦，大門翻　世民爲敦煌公。5739

敦，徒渾翻，姓也　張方遣其將敦偉夜擊之 2694

敦，徒門翻　初，匈奴降者言：「月氏故居敦煌、祁連間，爲強國。」610

敦，音頓　周紀一。音註：著雍攝提格（戊寅），盡玄黓困敦凡三十五年。1

敦，音頓，又音對　屠耆單于即引兵西南留屯敦地。868

敦，音屯　乃分武威、酒泉地置張掖、敦煌郡。675

敦，音屯，徒門翻　願發城郭、敦煌兵以自救。967

墩，都昆翻　錢鏐遣武勇都指揮使顧全武救嘉興，破烏墩、光福二寨。8477

墩，音敦　命王茂進據越城，鄧元起據道士墩。4499

蹲，慈尊翻　因令滂望氣，滂曰：「彼雲似蹲狗走鹿。」5522

蹲，徂尊翻　齊郡賊帥左孝友眾十萬屯蹲狗山。5693

沌，持兗翻　乃留屯沌口。2789

沌，杜兗翻　安都乃釋郢州，悉眾詣沌口。5169

盾，食尹翻　噲即帶劍擁盾入。302

盾，徒損翻　使與徐州刺史裴盾共討晞。2759

盾，楊正衡曰：盾，徒損翻　盾，楷之兄子，越妃兄也。2727

頓，讀曰鈍　此數人者，勤民頓兵，爲國結怨。3612

頓，讀曰鈍，又讀如字　加老退私門，兵力頓闕。4082

頓，壞也。頓，讀曰鈍　舟船戰具，頓廢不修。2077

頓，師古曰：頓，壞也，讀曰鈍　陛下以方寸之印，丈二之組，填撫方外，不
　　勞一卒，不頓一戟。572

憝，徒對翻，惡也　楚憝羣策而自屈其力。355

燉，音屯　引兵而還，至敦煌。702（編者按：「燉」，原文作「敦」，胡三省註
　　音時寫作「燉」。）

遯，楊正衡曰：遯，音遁　參軍譙國戴遯等將二千人守泰山。3159

咄，常沒翻　國人迎泥孰於焉耆而立之，是爲咄陸可汗，遣使內附。6097

咄，當沒翻　敘母慨然曰：「咄！伯奕，韋使君遇難，亦汝之負，豈獨義山哉！」
　　2122

咄，當沒翻，咨也　見小能下食，則喜顧左右，不然則咄唶。2171

咄，當沒翻。咄咄，嗟咨語也　浩既廢黜，雖愁怨不形辭色，常書「咄咄怪事」
　　字。3138

哆，昌也翻。《索隱》：音尺奢翻　而李哆爲校尉，制軍事。700

哆，昌者翻　以其子葛臘哆爲西殺。6855

剟，丁劣翻　高對獄曰：「獨吾屬爲之，王實不知。」吏治，搒笞數千，刺剟。
　　384

掇，丁活翻，又陟劣翻，拾取也　見蝗，掇數枚。6053

掇，丁括翻　掇蓮實噉之。4019

掇，陟劣翻，又都活翻　富商趙掇等車服僭侈，諸公競引以爲卿。3197

墮，讀曰隳　委以大權，使墮綱紀。8334

墮，讀曰隳　以詐遇齊，譬之猶以錐刀墮泰山也。192

墮，杜火翻　御史大夫安國行丞相事，引，墮車，蹇。586

墮，毀也，火規翻　子繼弟及，歷載不墮。1006

墮，師古曰：夫婦一體也。墮，毀也，音火規翻　及莽改號，太后爲新室文母，絕之於漢，不令得體元帝，墮壞孝元廟。1199

墮，師古曰：墮，火規翻，毀也　如以先帝所立累世之功，不可墮壞。974

墮，師古曰：墮，音火規翻　均田之制，從此墮壞。1111

墮，賢曰：墮，讀曰隳　今始至上谷而先墮大信。1253

墮，與惰同　臣恐朝廷之解弛，百官之墮於事也。449

墮，與隳同，音火規翻；後凡墮毀之墮皆同音　離毀辱之誹謗，墮先王之名，臣之所大恐也。141

E

囮，余周翻，又五戈翻，鳥媒也。《爾雅翼》曰：按《說文》，囮，譯也。率鳥者繫生鳥以來之，名曰囮，讀若譌　聞謗而怒者，讒之囮也；見譽而喜者，佞之媒也。5599

峨，音俄　華原賊帥溫韜聚眾嵯峨山。8705

額，鄂格翻　我兒，男也，額上有壯髮，類孝元皇帝。1072

額，音洛　都尉韓說爲龍額侯。616

惡，讀曰烏，何也　子惡得與魏成比也！20

惡，毀惡也，如字　太子惡被於王。618

惡，如字　蓋教化所由，各有隆敝，非皆善始而惡終也，事使之然。2271

惡，如字，不善也　赦書無信，人情大惡。4468

惡，如字，不善也；康烏故切，非　俠累與濮陽嚴仲子有惡。24

惡，如字，又烏路翻　惟郭從義、王峻置柵近長安，而二人相惡如水火。9396

惡，上烏路翻，下如字　善善未賞，惡惡未誅。6182

惡，謂毀譖，言其罪惡也，音如字。　人有惡樊噲。408

惡，烏故翻　玄即許可博惡獨斥奏喜。1088

惡，烏露翻　太子肇之立也，梁氏私相慶，諸竇聞而惡之。1491

惡，烏路翻　未有代德而有二王，亦叔父之所惡也。5

惡，烏路翻，又如字　儻或怒其指過而不改，則陛下招惡直之譏。7423

惡，依顏注，惡，當讀如字。後凡毀惡之惡皆同音　根由是害禹寵，數毀惡之。
　　　1032

惡，音烏　孟子曰：「是惡足爲大丈夫哉！」100

惡，音烏，何也　卒然問曰：「天下惡乎定？」82

惡，烏路翻，惡其徵異也　壅江三日江水竭，劉向大惡之。1038

噁，烏路翻　項王喑噁叱咤。311

阨，乙革翻　蕭何獨先入，收秦丞相府圖籍藏之，以此沛公得具知天下阨塞。
　　　298

阨，音厄，又於賣翻　秦踰黽阨之塞而攻楚，不便。211

阨，於革翻　魏居嶺阨之西。60

阨，與扼同　假令居安思危，自可阨要害之地。7173

阨，與阸同，烏懈翻　城東道阨曲。5364

阸，於懈翻　此知將軍且行，必置間人於殽、澠阸陬之間。524

咢，五各翻　韓擒虎子世咢、觀王雄子恭道。5676

堊，遏各翻，白埴也　未至魏州三十里，被髮徒跣，號哭而入，居于堊室。7798

堊，烏各翻　法和還州，堊其城門。5118

軛，音厄　牛性遲重，善持轅軛。3162

軛，於革翻　王公皆遙駐車，去牛，頓軛於地，以待其過。5268

鄂，逆各翻　使其驍將董侍募死士七千襲鄂州。7394

鄂，五各翻　帝姊鄂邑公主共養省中。748

崿，逆各翻　光弼曰：「守之，則氾水、崿嶺、龍門皆應置兵。」7082

崿，五各翻　帥兵九千自崿阪關出。2657

愕，五各翻　羣臣皆愕，卒起不意。227

搤，師古曰：搤，捉持也，音戹　皆以取重諸侯，顯名天下，搤腕而游談者，
　　　以四豪爲稱首。606

搹，乙革翻　今以罪行誅，猶召家臣搹殺之耳。1750

搹，音厄　若睢者，亦非能爲秦忠謀，直欲得穰侯之處，故搹其吭而奪之耳。
　　163

搹，於革翻　搹其喉而不得進，已半年矣。2032

搹，張晏曰：搹，與扼同，捉持之也　夫與人鬬，不搹其亢，拊其背，未能全
　　其勝也。362

頞，烏葛翻　丈夫性命自有所在，豈能然艾灸頞，瓜蔕歕鼻，治黃不差，而臥
　　死兒女手中乎。5661

匽，安益翻　可汗兵敗，自殺，國人立匽駁特勒爲可汗。7942

閼，阿葛翻，又於達翻。康音曷，又音嫣。史記正義曰：閼，於連翻。　秦伐
　　趙，圍閼與。155

閼，讀如字，《史記》作焉，於乾翻　周紀一。音註：太歲在甲曰閼逢。1

閼，讀曰淤，於據翻　注塡閼之水溉舄鹵之地四萬餘頃，收皆畝一鍾。204

閼，一曷翻　春，三月，甲寅，立皇子德爲河間王，閼爲臨江王。512

閼，音遏　公卿奏：安壅閼奮擊匈奴者，格明詔，當棄市。618

閼，音煙　賜單于及閼氏、左右賢王以下繒絮合萬匹，歲以爲常。1416

閼，於葛翻　代王什翼犍引兵西巡臨河，閼頭懼，請降。3153

閼，於葛翻，又於連翻　秦中更胡傷攻趙閼與，不拔。160

閼，於曷翻　王翦攻閼與、轑陽。218

閼，於連翻。氏，音支　後有所愛閼氏。音註：匈奴之閼氏，猶中國之皇后。
　　閼，於連翻。氏，音支；下月氏同。371

閼，於乾翻　匈奴呼韓邪單于嬖左伊秩訾兄女二人；長女顓渠閼氏。959

閼，於焉翻，又於葛翻　匈奴劉閼頭部落多叛，懼而東走。3173

閼，於焉翻。氏，音支　凡斬閼氏、太子、名王以下千五百一十八級。939

閼氏，煙支　號曰老上單于。老上單于初立，帝復遣宗室女翁主爲單于閼氏。
　　468

閼氏，音煙支　彼必慕，以爲閼氏。382

鍔，逆各翻　駢遣大將石鍔以師鐸幼子及其母書并駢委曲至揚子諭師鐸。8352

鍔，五各翻　以刑部尚書王鍔爲淮南副節度使兼行軍司馬。7600

兒，五兮翻　冬十二月兒寬卒。702

兒，五奚翻　以千乘兒寬爲奏讞掾。612

栭，音而，梁上柱　中有巨木十圍，上下通貫，栭櫨樽槐藉以爲本。6454

輀，音而，喪車也。　莽出，令在前。百官竊言，此似輀車。1230

轜，音而　登樓望轜車慟哭。6361

轜，音而，喪車也　又作新棺，貯司馬崔會意，以轜車挽歌爲送葬之法。4709

耳，晉灼曰，耳，音仍　封宣帝耳孫信等三十六人皆爲列侯。1131

耳，音仍　烏維單于耳孫也。858

洱，而止翻，又而志翻　渡西洱河。5552

洱，而志翻　由是西洱諸蠻皆降于吐蕃。6396

洱，乃吏翻　請出師討之，以通西洱、天竺之道。6255

洱，仍吏翻　既受命，將兵五百人至西洱河。5991

溭，溭河即西洱河，音乃吏翻　會有破溭河蠻之功。6836

毦，乃吏翻　舞者鳴環佩，綴花毦。5627

毦，乃吏翻，羽毛飾也　禽獸有堪氂毦之用者，殆無遺類。5623

毦，仍吏翻　獻十二隊純銀兜鍪及孔雀毦。4265

毦，仍吏翻，績羽爲之　渡北岸，去水百餘步，爲卻月陣，兩端抱河，車置七仗士，事畢，使豎一白毦。3703

珥，忍止翻，耳當也　乃至太后、太妃器服簪珥皆出之。9118

珥，仍吏翻　間者日尤不精，光明侵奪失色，邪氣珥、蜺數作。1063

珥，仍吏翻，耳飾也　後數日，帝譴責鉤弋夫人；夫人脫簪珥。744

珥，市志翻　轉相汲引，珥貂蟬者五十人。5480

邇，義與邇同　退惟諸王常有戚戚具邇之心。2269

F

柀，房越翻　尉遲惇於上流縱火柀。5424

栰，音伐　撤屋爲栰。8886

栰，音伐　濬作大栰數十，方百餘步。2561

閥，音伐　自晉以來，其流稍改，草澤之士，猶顯清途；降及季年，專限閥閱。4039

灋，古法字　韓非者，韓之諸公子也，善刑名灋術之學。220

番，蒲何翻　與番盜黥布相遇。271

番，蒲河翻　十二月，吳番陽賊彭綺攻沒郡縣，眾數萬人。2226

番，蒲荷翻　孫權以番陽太守臨淮步騭爲交州刺史。2105

番，普安翻　應劭曰：玄菟本眞番國。番，普安翻。684

番，如淳音盤　與其死而無名，不若勒兵向西平，出苕藋。音註：苕藋，地
　　名，在漢張掖郡番禾縣界。3453

番，師古曰：番，音盤　即誅末振將太子番丘。1035

番，賢曰：番，音潘　遂降於龜茲，而疏勒都尉番辰亦叛。1488

番，依《漢書音義》音潘　帝即位，自番州刺史召之。5647

番，音潘　牂柯江廣數里，出番禺城下。588

番，《漢書音義》音潘　清海、建武節度使劉巖即皇帝位於番禺。8817

番，音潘。禺，音愚，又魚容翻　且番禺負山險，阻南海。394

番，音盤　右賢王、犂汙王四千騎分三隊，入日勒、屋蘭、番和。767

番，音婆　番君吳芮率百越佐諸侯，又從入關，故立芮爲衡山王，都邾。306

番，音婆，又音盤　願渡河，踰漳，據番吾。97

番禺，音潘愚　道覆自至番禺。3627

幡，孚袁翻　廣造浮圖、寶帳、香轝、幡花、幢蓋以迎之。8165

幡，師古曰：幡，敷元翻　是歲，西羌龐恬、傅幡等怨莽奪其地。1160

笲，音煩，竹器也　乃與其妻就席坐，令公主執笲行盥饋之禮。6128

蕃，《漢書》音皮　席毗羅眾號八萬，軍於蕃城，攻陷昌慮、下邑。5417

蕃，讀如繁　以河西水草豐美，用爲牧地，畜甚蕃息。4369

蕃，扶元翻　今農事棄捐而采銅者日蕃。465

蕃，扶元翻，多也　心志定，則盜賊消；刑罰少，陰陽和，萬物蕃也。601

蕃，扶袁翻　至於蕃育眾盛。2625

蕃，師古曰：蕃，多也，扶元翻。　無乃百姓之從事于末以害農者蕃。503

蕃，賢曰：蕃，姓也，音皮　陳留秦周，魯國蕃嚮。1818

蕃，賢曰：蕃，音皮，又音婆。杜佑《通典》：蕃，音反。余謂：「皮」字乃傳
　　寫「反」字之誤，當從通典。反，孚袁翻　帝至蕃。1331

蕃，音煩　民有所係，三十年間，四境之內，晏安無事，戶口蕃息。3869

蕃，音繁　浩曰：「《漢書地理志》稱『涼州之畜爲天下饒』，若無水草，畜何以
　　蕃？」3872

蕃，音皮，又音翻　蕃郡民續靈珍擁眾萬人攻蕃郡以應梁。4751

蕃，音皮，又音翻，讀曰翻　司馬叔璠自蕃城寇鄒山。3608

蕃，音皮，又音如字　宋康王喜，起兵滅滕，伐薛。音註：《水經註》：滕城在
　　蕃縣西。123

燔，音煩，爇也　盡取石旁居人誅之，燔其石。246

璠，孚袁翻　廷尉宣璠。1960

璠，扶元翻　詔起劉璠爲順陽內史，江、漢間翕然歸之。2739

璠，音番　召師還與璠合兵，屠河陰，掠鄭州而東。8256

璠，音翻　己未，誅內牙上統軍使明州刺史闞璠。9299

璠，音煩　副使李璠等皆死。8426

璠，音煩，又扶元翻　行本，璠之兄子也。5446

璠，音繁　寧州刺史毛璠。3571

繁，師古曰：繁，音婆　時繁延壽爲丞相司直。870

繁，音婆　潁川杜襲、趙儼、繁欽避亂荊州。2002

繁，蒲官翻　昔仲叔于奚有功於衛，辭邑而請繁纓。4

蹯，音煩　空請熊蹯，詎延晷刻之命。4967

鐇，甫袁翻　彰義節度使張鈞薨，表其兄鐇爲留後。8453

反，讀曰翻，又如字　景宗擲得雉，叡徐擲得盧，遽取一子反之，曰：「異事。」
　　遂作塞。4573

反，孚袁翻　我常疑元略規欲反城。4702

反，孚袁翻　帝至蕃。音註：賢曰：蕃，音皮，又音婆。……杜佑《通典》：蕃，
　　音反。……余謂：「皮」字乃傳寫「反」字之誤，當從《通典》。反，音孚
　　袁翻。1331

反，師古曰：反，讀曰幡　反除白罪，建治正吏。1009

反，師古曰：反，音幡　覽知之，逕起取酒，祥爭而不與，母遽奪反之。2435

反，賢曰：反，音翻　宮欲引還，恐爲所反。1370

反，音幡　　上用法嚴，多任深刻吏；太子寬厚，多所平反。727

反，音翻　　魏郡大吏李熊弟陸謀反城迎檀鄉。1293

氾，敷劍翻　　二月，甲午，王即皇帝位於氾水之陽。355

氾，符咸翻　　陳宮欲自將兵取東阿，又使氾嶷取范。1952

氾，符咸翻，姓也　　冀屬喬舉氾宮爲尙書。1711

氾，師古曰：氾，音凡　　以御史大夫何武爲大司空封氾鄉侯。1042

氾，楊正衡曰：氾，音凡，姓也　　軌至，以宋配、氾瑗爲謀主。2650

氾，音凡　　遣中督護氾瑗帥眾二萬討稚。2708

氾，音汜　　文公於是懼而不敢違。音註：太叔帶之難，襄王出居於氾。5

氾，音泛，又音凡　　又東擊更始淮陽太守暴氾，氾降。1301

汎，敷劍翻　　汎郡十六。584

汎，孚梵翻，廣也，言無所不愛也　　禕資性汎愛。2401

汎，音凡　　武衛將軍汎禮固諫。4744

泛，《漢書音義》：泛，音幡；《索隱》音捧。余據泛駕之泛，其義爲覆，則音眨
　　亦通　　齊王起，帝亦起取卮，太后恐，自起泛帝卮。411

泛，方勇翻　　夫泛駕之馬。694

泛，孟康曰：泛，方勇翻，覆也。師古曰：字本作眨，此通用　　是天下之大賊
　　也殘賊公行，莫之或止；大命將泛，莫之振救。451

梵，房戎翻，又房汎翻　　於是詡子顗與門生百餘人，舉幡候中常侍高梵車。1644

梵，扶汎翻　　林邑王梵志遣使入貢。5965

梵，扶泛翻　　林邑王梵志，遣兵守險，劉方擊走之，師度闍黎江。5619

梵，扶中翻　　上命治曆編訢、李梵等綜校其狀。1502

梵，賢曰：梵，音扶汎翻。予按梵，又房戎翻　　監太子家小黃門籍建、傅高梵。
　　1639

飯，扶晚翻　　信釣於城下。有漂母見信飢，飯信。309

飯，父遠翻　　衣衾、飯含、玉匣、珠貝之屬。1691

飰，與飯同　　朝晡上飰，何用米爲。1961

方，音房　　魏氏將出而攻留、方與、銍、湖陵、碭、蕭、相，故宋必盡。152

方，音房，又音旁　　吳王內以鼂錯爲誅，外從大王後車，方洋天下。518

方與，音房預　聞陳王軍敗，迺立景駒爲楚王，引兵之方與，欲擊秦軍定陶下。
　　270

方與，音房豫　乙巳，方與賊帥張善安襲陷廬江郡。5770

邡，讀曰方　拜爲什邡令。1468

邡，晉灼曰：邡，音方　非鄭、衛之樂者，別爲他官。音註：楚嚴鼓、梁皇鼓、
　　臨淮鼓、茲邡鼓，朝賀置酒，陳殿上。1058

坊，讀曰防　壞城郭，決通隄坊。242

坊，音防　陳君可謂「善則稱君，過則稱己」者也。音註：《禮記・坊記》曰：
　　善則稱君，過則稱己，則民作忠。1716

枋，音方　聞汲郡向冰聚眾數千壁枋頭。2781

防，與房，古字通用　進擊元氏、防子，皆下之。1263

房，白郎翻　乃營作朝宮渭南上林苑中，先作前殿阿房。244

魴，符方翻　以太僕馮魴爲司空。1426

魴，音房　司徒郭丹、司空馮魴免。1442

昉，方往翻　西川將王宗夔攻拔龍州，殺刺史田昉。8482

昉，分兩翻　司徒右長史任昉。4513

昉，分罔翻　會前上虞令陸昉及子高軍主告其謀反。5265

昉，孚往翻　樂安任昉。4258

昉，甫兩翻　御史中丞任昉奏彈曹景宗。4543

紡，甫罔翻　隋詔郊廟冕服必依禮經。5442

舫，甫曠翻　玄遣太傅從事中郎毛泰收元顯送新亭，玄於舫前而數之。3539

舫，甫妄翻　後追將至，宜解舫輕行。2204

舫，甫妄翻，並兩船曰舫　秀將發，主者求堅船以爲齋舫。4573

舫，甫妄翻，方舟也　澹之常所乘舫。3569

舫，府妄翻，並兩船也　周兵益至，諸將議破堰拔軍，以舫載馬而去。5384

放，讀曰倣　諸使外國，一輩大者數百，少者百餘人，人所齎操大放博望侯時。
　　658

放，甫往翻　其治大放張湯。686

放，師古曰：放，甫往翻　後世爭爲奢侈轉，轉益甚臣下亦相放效。894

放，師古曰：放，依也，甫往翻　郡國來者無所法則，或見侈靡而放效之。919

放，師古曰：放，依也，音甫往翻　近者視而放之。555

妃，讀曰配　臣愚以爲，諸未幸御者，一皆遣出，使成妃合。1786

菲，敷尾翻　《詩》云：「采葑采菲，無以下體。」79

緋，音非　五品以上，通著紫袍。六品以下，兼用緋綠。5652

騑，芳菲翻　鄭穆公之子騑，字子駟。24

騑，音非　騑馬可輟解，輟解之。1505

朏，敷尾翻　征西從事中郎任朏等。3899

誹，敷尾翻　盧生等，吾尊賜之甚厚，今乃誹謗我！246

誹，音非，音沸　古之治天下，朝有進善之旌，誹謗之木。453

吠，房廢翻　多設鈴索吠犬，人跬步不能過。9149

吠，扶廢翻　雖桀犬吠堯，有乖倒戈之志。6137

柿，方廢翻，斫木札也　使投其柿於江。5494

肺，芳廢翻　癸酉，詔「公車府謗木、肺石傍各置一函。」4520

柹，方肺翻　芻粮俱竭，削柹淘糞以飼馬，馬相啗尾，鬃皆禿。9157

柹，方廢翻　丁丑，帝至其所，見役徒有削柹爲匕，瓦中噉飯者。9568

柹，方廢翻，斫木札也，詳見《辯誤》　削漬松柹以飼御馬。8586（編者按：
胡三省《通鑑釋文辯誤》卷十二云：史炤《釋文》曰：柹，鉏里切。（海陵
本同。）余按音鉏里切者，果名。松柹之柹，音孚吠翻，斫木札也。時鳳
翔受圍，積久芻竭，故削松柹令薄，漬以飼馬。詳考字書，果木之柹，今
人作柿，乃木札之柹字也，從孚吠切。木札之柹，今人作柿，乃果名之柿
字也，從鉏里切。炤音之誤，頗亦由此。二百八十卷晉高祖天福元年，二
百九十三卷周世宗顯德四年「削柹」，音皆誤〔註1〕）

柹，芳廢翻。《說文》曰：削木札樸也。字本作「柿」，詳見《辯誤》。　時作船
木柹，蔽江而下。2522

屝，扶沸翻，草屬也　悉休其餘，以糧儲屝屨之資。7173

屝，扶味翻　犯者象刑。音註：犯宮者屝，犯大辟者布，衣無領。屝，草屨也。
1153

〔註1〕胡三省《通鑑釋文辯誤》卷十二，《資治通鑑附錄》，中華書局，1956，170頁。

費，兵媚翻，以水名　秦武安君定巫、黔中。音註：今黔州及夷、費、思、播，
　　與秦黔中郡隔越峻嶺，以山川言之，炳然自分。146

費，陳湘《姓林》曰：費氏音蜚，夏禹之後。趙明誠曰：費字有兩姓，音讀不
　　同，源流亦異。其一音蜚，費姓出於伯益之後，《史記》所載費昌、費中、
　　楚費無極、漢費將軍、費直、費長房、費褘之徒，是其後也；其一音祕，
　　出於魯季友，《姓苑》所載琅邪費氏，則是其後也　虎賁郎將費青奴擊破之。
　　5685

費，扶沸翻　李庠帥妹壻李含、天水任回、上官晶、扶風李攀、始平費他。2649

費，扶沸翻，姓也　九月，將軍湛文徹侵隋和州，隋儀同三司費寶首擊擒之。
　　5483

費，扶未翻　貶鄖費州刺史。7329

費，父沸翻　江夏費觀督縣竹諸軍。2120

費，父沸翻，姓也　會丹陽賊帥費棧作亂。2153

費，父弗翻　侍中侍郎郭攸之、費褘、董允等。2234

費，《姓苑》云：費氏，禹後，音父位翻。李利涉《編古命氏》云：費氏出自魯
　　桓公少子季友，受邑於費。《元和姓纂》：費氏，亦音祕。《姓林》云：費氏，
　　音蜚，夏禹之後。余嘗攷之，此字有兩姓，音讀不同，源流亦異。其一音
　　蜚，嬴姓，出於伯益之後，《史記》所載費昌、費中、楚費無極、漢費將軍、
　　費直、費長房、費褘之徒，是其後也；其一音祕，姬姓，出於魯季友。《姓
　　苑》所載琅邪費氏是其後也。然則《姓苑》、《姓林》、《姓纂》皆云夏禹之
　　後，《姓纂》又云亦音祕，及謂琅邪費氏為直之後，皆其差誤；而《編古命
　　氏》以費將軍、費褘之徒出於魯季友，亦非也。師古曰，音扶味翻　孔仁、
　　趙博、費興等以敢擊大臣，故見信任。1201

費，音祕　掩襲嵩於華、費間，殺之。1945

費，音祕，又父沸翻　犍為費貽不肯仕述，漆身為癩，陽狂以避之。1376

歐，編考字書無「歐」字，以偏旁從「匪」從「文」，離而合之上下，讀如斐字
　　　得趙歐《玄始曆》。3984

歐，讀為斐　獻雜書及敦煌趙歐所撰《甲寅元曆》。3866

蜚，與狒同，音父沸翻　《吳都賦》：「蜚笑而被格」。52

分，《漢書》「分職」、「分部」，並音扶問翻，則處分之分亦當同音。今人讀爲分
　　判之分，誤也　以我手札諭之，若其未從，當別處分。8351

分，部分，扶問翻　眾心惱懼，無復部分，諸道分散。5677

分，扶問翻　禮莫大於分，分莫大於名。2

分，扶問翻，或讀如字　陛下與懷光君臣之分，如此葉不可復合矣。8001

分，扶問翻，契分也　若事有成，永爲深分。1941

分，師古曰：分，音扶問翻　安危之分界，宗廟之至憂。1027

玢，悲巾翻　臣男玢爲同羅所虜，得間亡歸。7148

玢，方貧翻　尚書左丞韋玢奏：「郎官多不舉職。」6714

玢，府巾翻　淮寧都虞候周曾、鎭遏兵馬使王玢、押牙姚憺、韋清密輸款於李
　　勉。7342

玢，音彬　乃命玢亦詣上所。7004

豩，撫文翻　馮羽吉豩父爲原鄉令。4534

棻，扶分翻　以前樂城長令狐德棻爲記室。5758

棻，符分翻　使宣猛將軍劉棻與之俱。5101

棻，撫文翻　楚在白刃之中，操筆立成。楚，德棻之族也。7598

棻，師古曰：棻，亦分字也，音扶云翻　辭連國師公秀子隆威侯棻。1190

棻，師古曰：棻，音扶云翻　豐子尋、秀子棻、南陽陳崇皆以材能幸於莽。1127

汾，扶云翻　周人釋宜陽之圍以救汾北。5290

蚡，房吻翻　三月，封皇太后同母弟田蚡爲武安侯。546

蚡，扶粉翻　生男蚡、勝。532

蕡，符分翻　賢良方正昌平劉蕡對策，極言其禍。7856

轒，扶云翻　泚推雲梯，上施濕氈，懸水囊，載壯士攻城，翼以轒輼。7374

轒，師古曰：轒，扶云翻　兵書曰：「脩櫓轒輼，三月乃成。」2428

份，彼陳翻　金紫光祿大夫王份爲尚書左僕射。4656

份，府巾翻　勘，份之孫也。5278

僨，方問翻　僨軍蹙國者不懷於愧畏。7544

僨，如淳曰：僨，音奮　秦之戍卒不耐其水土，戍者死於邊，輸者僨於道。487

憤，房粉翻，懣也，怒也。朱元晦曰：憤者，心求通而未得之意　於是孝公發
　　憤布德修政。43

風，讀曰諷　使大謁者張釋風大臣。421

風，讀曰諷，又如字　上由是賢之。欲尊顯以風百姓。640

風，師古曰：風，讀曰諷　漢數使使者風諭嬰齊入朝。663

風，音諷，又如字　上嘉之，賜二人金帛以風勵太子。6190

風，與諷同　因使辯士風諭以禮節。382

渢，房戎翻　遙光又遣所親丹楊丞南陽劉渢密致意於脁。4447

葑，音封　及大同節度使傅瓖攻吳常州，營於潘葑。8776

酆，音豐　以酆王貞爲大冢宰。5400

逢，《東觀記》曰：逢，音龐　分其眾爲二部，崇與逢安爲一部。1271

逢，皮江翻　逢門子彎烏號。842

逢，皮江翻，姓也　初，少府陳咸，衞尉逢信官簿皆在翟方進之右。1015

逢，蒲江翻　紹客逢紀謂紹曰。1922

逢，音龐　延岑擊逢安，大破之。1305

馮，讀曰憑　馮式撙銜。776

馮，讀曰憑　阻兵馮險，自以爲深根固蔕。7749

馮，師古曰：馮，讀曰憑　讀軍書倦，因馮几寐。1246

馮，與憑同　太夫人顯，廣治第室，作乘輿輦，加畫，繡絪馮，黃金塗；韋絮
　　薦輪。811

縫，扶用翻　乾陵玄宮以石爲門，鐵錮其縫。6597

奉，讀曰俸　丙午，詔減百官及州郡縣奉各有差。1581

奉，讀曰俸，凡奉祿之奉皆同音　尊而無功；奉厚而無勞。164

奉，讀曰俸，所食之俸也　其令公奉賜皆倍故。1131

奉，讀曰捧　始妾事其父，時爲將，身所奉飯而進食者以十數。169

奉，扶用翻　是時，田蚡奉邑食鄃。584

奉，與俸同，扶用翻　三百石吏第十等，其奉月四十斛。87

俸，方用翻　癸亥，命有司收公廨錢，以稅錢充百官俸。6749

俸，芳用翻　雖貴爲卿相，所得俸賜隨散親舊。6708

俸，扶用翻　今小吏皆勤事而俸祿薄。861

佛，讀如弼　并寫臺格以與之云：「斬佛狸首，封萬戶侯，賜布、絹各萬匹。」
　　3965

佛，音弼　慶之固諫曰：「佛狸威震天下。」3950

缶，方九翻　藺相如復請秦王擊缶。136

否，補美翻　今孟嘗君之養士也，不恤智愚，不擇臧否。78

否，部鄙翻　時有否泰，道有屈伸。3028

否，皮鄙翻　夫人道不通則陰陽否隔。956

否，師古曰：否，音皮鄙翻　讒邪進則眾賢退，羣枉盛則正士消。故《易》有
　　　否、泰。913

否，音鄙　《易》曰：「師出以律，否臧凶。」577

否，音鄙，惡也　否臧皆凶。7431

夫，音扶　夫禮，辯貴賤，序親疏，裁羣物，制庶事。4

夫，音扶，發語辭　夫秦之所以重楚者，以其有齊也。91

夫，音扶　夫不憂百里之患而重千里之外，計無過於此者。6666

夫非之夫，音扶　或謂之曰：「夫非罵爾者邪。」1298

夫以，音扶　夫以四海之廣，兆民之眾。2

忿，芳俱翻　浩妾弟侯莫陳忿爲美原尉。7220

忿，芳于翻　羌、胡忿腸狗態。音註：賢曰：言羌胡心腸忿惡，情態如狗也。《方
　　　言》云：忿，惡也。郭璞云：忿忿，急性也。1897

柎，音膚　非鄭、衛之樂者，別爲他官。音註：兼給事雅樂用四人，夜誦員五
　　　人，剛別柎員二人。1058

莩，枯花翻。楊正衡音孚　以其世子散騎常侍莩領宂從僕射。2641

甹，讀曰敷　博士庾甹、太叔廣、劉疇。2583

趺，甫無翻　乙巳，至趺石。9375

跗，音夫，足趾也　康子履桓子之跗。12

鈇，音夫，又匪父翻　此孰與身伏鈇質，妻子爲戮乎。291

鄜，讀與敷同　夏主遣其弟謂以代伐魏鄜城。3820

鄜，方無翻　帝遣曹州防禦使何重建將兵救之，同、鄜援兵繼至，乃得免。9234

鄜，芳無翻　以光祿大夫尉遲敬德爲鄜州都督。6144

鄜，芳蕪翻　承詢奔鄜州。9157

鄜，師古曰：鄜，音敷　鄜賊梁興。2113

鄜，音夫　鄜州都將嚴弘倚舉城降。8709

鄜，音膚　音註：今按其水自入塞後，歷鄜、坊、同三州始入渭，孔安國謂自
　　馮翊懷德縣入渭是也。204

伏，房富翻　漢元帝初元中，丞相府史家雌鷄伏子，漸化爲雄。4540

伏，虒墨翻，伏地也　夫其膝行、蒲伏，非恭也。231

伏，蒲北翻　於是信孰視之，俛出袴下，蒲伏。310

伏，師古曰：伏，音蒲北翻　而匈奴內亂，五單于爭立，日逐、呼韓邪攜國歸
　　死，扶伏稱臣。1104

扶，讀曰蒲　夜著青衣，扶匐道路。4196

扶，音蒲　遙光聞外兵至，滅燭扶匐牀下。4450

芾，分勿翻。協韻方蓋翻　黼裘而芾，投之無戾，芾而黼裘，投之無郵。174

怫，扶弗翻　言畢，拜天，怫然就戮。8180

怫，符弗翻　今壺頭竟不得進，大眾怫鬱行死。1411

怫，賢曰：《字林》曰怫，鬱也，音扶勿翻　歷怫然。1633

拂，讀曰咈　亦猶豢擾虎狼而不拂其心。7891

拂，師古曰：拂，讀曰弼　以王舜爲太傅、左輔，甄豐爲太阿、右拂。1158

拂，師古曰：拂讀曰弼　以故大司徒馬宮等爲師疑、傅丞、阿輔、保拂，是爲
　　四師。1193

拂，史炤曰：薄勿切　丙辰，振武奏吐蕃五萬餘騎至拂梯泉。7666

拂，與咈同　況諫者拂意觸忌，非陛下借之辭色，豈敢盡其情哉。6105

泭，音夫　是日，潛戎卒八萬，方舟百里。音註：《爾雅》：方木置水曰泭。2566

泭，音桴　使鄖城竟陵之粟方舟而下。音註：方，泭也。4484

苻，讀曰蒲　諸將欲召淑州酋長苻彥通爲援。9483

俘，方無翻　單騎先士卒奮擊，俘斬千計而歸。7157

俘，芳無翻　入鳳翔境內，無所俘掠，以兵二萬直抵城下　7473

枹，芳無翻，擊鼓杖　立於矢石之所，援枹鼓之，狄人乃下。145

枹，音膚　攻故安，圍枹罕。670

狀，房六翻　至劉郎狀，希瞻夜匿戰艦數十艘於港中。9015

袯，敷勿翻　又遣術人以桃湯葦火袯除禁省。5851

袚，敷勿翻，又方廢翻　有不得已見之者，皆先令沐浴齋袚。8268

袚，敷勿翻，又音廢　古之諸侯行弔於國，尚先以桃茢袚除不祥。7759

罘，房尤翻，翻車大網也　張羅罔罝罘。1039

罘，師古曰：罘，音浮　登之罘。722

罘，音浮　始皇遂登之罘。241

罘罝，音浮　陷穽步設，舉趾觸罘罝。1776

罘罳，讀如浮思　決殿後罘罳，疾趨北出。7912

邿，芳無翻　癸卯，至宛，夜襲其邿，克之。4413

浮屠，賢曰，即佛陀，聲之轉耳。謂佛也　又聞宮中立黃、老、浮屠之祠。1792

荸，音孚　今羣臣非有葭荸之親、鴻毛之重。561

匐，莫北翻　帝欲太后笑，自匍匐以身舉牀，墜太后於地。5147

匐，蒲北翻　夜著青衣，扶匐道路。4196

桴，方無翻　不若徵發民材，多為桴筏。4765

桴，芳無翻　故孔子悼道不行，設浮桴於海，欲居九夷。690

桴，音膚　乃自執桴鼓以率攻者。2060

涪，音浮　秦武安君定巫、黔中。音註：至後周保定四年，涪陵首領田思鶴歸化。146

涪，音浮。杜佑音符　從涪水上平曲，拒延岑。1369

紱，師古曰：紱，所以繫璽，音弗　授皇后璽紱。1144

紱，音弗　梁氏一門，宦者微孽，並帶無功之紱，裂勞臣之土。1710

紼，師古曰：紼，繫印之組也，音弗　上憂其不起，將使人就加印紼而封之。832

紼，音弗　如有不虞，雖越紼無嫌。4301

菔，方六翻　《詩》云：「采葑采菲，無以下體。」音註：鄭氏《箋》曰：此二葇蔓菁與菔之類也。79

稃，房尤翻　公私匱乏，以稃、橡給士卒。3535

箙，以盛矢，音房六翻　嗣昭箙中矢盡。8875

複，方目翻　今觀塹柵重複牢密如此，宜其可以安眠飽食，養寇邀功也。8279

緻，即紱，音弗　出奏封事，願獨受母號，還安、臨印緻及號位戶邑。1145

韍，謂璽之組，音弗　莽帥公侯卿士奉皇太后璽韍。1170

韍，音弗　莽稽首再拜，受綠韍，袞冕，衣裳。1151

幞，逢玉翻，釋云帊也　有軍士盜紙錢一幞。9179

澓，服虔曰音福。師古曰：姓澓，字中翁也。澓，房福翻　受詩於東海澓中翁。790

輻，方目翻　延伯取車輪去輞，削銳其輻，兩兩接對，揉竹為絚。4622

輻，音福　士尙三千餘人，徒斬車輻而持之。715

襆，防玉翻　默啜許諾，明日，襆頭、衣紫衫，南向再拜，稱臣。6669

襆，防玉翻，帊也　衣襆裏而納之。5592

襆，防玉翻，帊也，以裹衣物　使提衣襆自隨。3691

襆，與幞同，房玉翻　甲戌，周主初服常冠，以皁紗全幅向後襆髮，仍裁為四腳。5386

黻，音弗　王賜以黼黻之服。42

府，與腑同　暢宗室肺府。1516

拊，師古曰：拊，讀與撫同。　烏孫小昆彌烏就屠死，子拊離代立。990

拊，師古曰：拊，古撫字　宜悔過反善，因赦其罪，選擇良吏知其俗者，拊循和輯。847

俌，方矩翻　右補闕盧俌上疏。6609

俌，音甫　太子右庶子李景伯舍人盧俌等上言。6666

滏，音釜　撫軍將軍張沈據滏口。3100

滏，音父　壬寅，魏丞相歡引兵入滏口。4826

腐，音輔。腐亦爛也。　樊於期曰：「此臣之日夜切齒腐心也。」226

腐，音附　上以遷為誣罔，欲沮貳師，為陵游說，下遷腐刑。717

撫，與拊同，拍也　撫膺太息曰：「恨我不為男子，救舅氏之患！」5436

釡，古釜字　又曰：「北伐行將，於釡山必克。」741

簠，音甫　則簠簋可去而盤盂盃案當在御矣。6819

簠，音甫，又音扶　古者大臣有坐不廉而廢者，不謂不廉，曰「簠簋不飾」。478

黼，音甫　王賜以黼黻之服。42

父，讀曰甫　莽曰抱孺子禱郊廟會羣臣，稱曰：「昔成王幼，周公攝政而管蔡挾祿父以畔。」1163

父，音甫　過黽陽晉之道，經乎亢父之險，車不得方軌，騎不得比行。71

附，一作腑　臣得蒙肺附爲東藩，屬又稱兄。560

訃，音赴　昭宗凶訃至潞州。8664

傅，讀如附　師厚與戰，大破之，遂傅其城下。8646

傅，讀曰附　彗星見。音註：唐史臣曰：彗體無光，傅日以爲光，107

傅，讀曰附，凡傅會之傅皆同音　高皆妄爲反辭以相傅會。279

傅，讀曰附，傅著之傅　秦之攻韓、魏也，無有名山大川之限，稍蠶食之，傅
　　國都而止。67

傅，讀曰附，謂益其事而引致於罪狀　素與尊有私怨，外依公事建畫爲此議，
　　傅致奏文。972

傅，芳遇翻　君之子無傅，臣進屈侯鮒。20

傅，師古曰：傅，讀曰敷，布也　止營傅陳。938

傅，師古曰：傅，讀曰附　王辭又不服，很強劾立，傅致難明之事。1024

傅，音附　臨淄市掾田單在安平，使其宗人皆以鐵籠傅車轊。137

傅，音附，猶言隨從者　願得大王左右善騎者傅之。321

復，不復之復，扶又翻，再也。肯復之復，讀如字，反也　而無賴子弟不復肯
　　復農業。9342

復，償也，扶目翻　雖斬宛王毋寡之首，猶不足以復費，其私罪惡甚多。948

復，方復，扶又翻　散還之後，方復更徵。6027

復，方目翻　僇力本業，耕織致粟帛多者，復其身。47

復，方目翻，除賦役也。　改枋頭曰永昌，復之終世。3240

復，方目翻，除免也　乃命復其境內稅三年。9228

復，方目翻，除其賦稅也　戊戌，劉稹傳首至京師，詔：「昭義五州給復一年。」
　　8008

復，方目翻，除其賦役也　復爽門閭，拜家一人爲郎。1762

復，方目翻，除也　招撫荒散，蠲復徭役。1871

復，方目翻，復除也　使之長復不役。3549

復，方目翻，復其家之賦役也　復死事者家。3315

復，方目翻。復其夫勿輸算也　民有產子者，復勿算三歲。1501

復，芳目翻　賜吏民，復南頓田租一歲。1397

復，扶目翻　故人下至郡邸獄復作。832

復，扶目翻，除也　因徙三萬家驪邑，五萬家雲陽，皆復不事十歲。245

復，扶目翻，還也　今天下已定，令各歸其縣，復故爵、田宅。356

復，扶下翻　雄軍既富，不復肯戰，未幾，復助楊行密。8362（按：「扶下」當
　　作「扶又」。「復」，注音共 3145 次，意義有 6 種：其一，「再、又」，扶又
　　翻 2931 次；「扶又翻，又如字」105 次。其二，「還也、返也」，如字，9
　　次。其三，除其賦役也，方目翻 66 次，芳目翻，1 次；等等。　其四，魚
　　復侯，人名，音腹，2 次；其五，復道，與複同，音方目翻，1 次。《廣韻》
　　複，重複，方六切。其六，反復，音覆，1 次；等等。）

復，扶又翻　民怪之，莫敢徙。復曰：「能徙者，予五十金。」48

復，扶又翻，或如字　上疏復求段秀實為帥，不則朱泚。7278

復，扶又翻，又如字　賜滇王王印，復長其民。686

復，扶又翻，又音如字　復迎浣而立之，是為獻子。17

復，扶又翻，再又也　願陳子閉口，毋復言，以待寡人得地！91

復，扶又翻　惟陛下留意上亦竟不復辯。7398

復，復從，扶又翻　復恭復從中沮之，故濟軍望風自潰。8409

復，給復，方目翻　關中免二年租調，關外給復一年。6027

復，還也，讀如字　未及數年，公私富庶，幾復承平之舊。8435

復，今復，扶又翻　今復資之以兵，此為虎傅翼也。3317

復，陸德明《經典釋文》：凡復字，其義訓又者，並音扶又翻　是區區之名分，
　　復不能守而并棄之也。6

復，乃復，扶又翻　故王應曰：「然。前賀西至長安，殊無梟；復來，東至濟陽，
　　乃復聞梟聲。」831

復，年復，扶又翻；未復，如字。　四年不登，五年復蝗，民生未復。570

復，如字　賜梓宮、葬具皆如乘輿制度，諡曰宣成侯。發三河卒穿復土。804

復，如字，反也，還也　其朝見太皇太后、帝皇后皆復臣節。1158

復，如字，又扶又翻　門下督巴西馬忠由牂柯入，擊破諸縣，復與亮合。2224

復，上復，扶又翻　上復問泌以復府兵之策。7493

復，上復，扶又翻，又也。下復，扶目翻，反也。　所更或不可行而復復之。
925

復，師古曰：服，音服　呼韓邪死，雕陶莫皋立，爲復株累若鞮單于。960

復，師古曰：復，扶福翻　劉氏當復，趣空宮。1186

復，師古曰：復，扶目翻　間者，關東五穀數不登，年歲未復，民多窮困，重
之以邊境之事。602

復，師古曰：復，謂反覆行之也，音扶目翻　夫樂而不亂，復而不厭者，謂之
道。553

復，師古曰：復，音方目翻　至于忠臣孝子之篇，未嘗不爲王反復誦之也。787

復，音腹　父恭祖爲鎮西司馬，爲魚復侯子響所殺。4497

復，音覆，又如字　惊反復讀良久。8093

復，音如字　甘茂言於王，以武遂復歸之韓。105

復，應劭曰：復，音腹　貶爲魚復侯。4296

復，與複同，音方目翻　南臨渭，自雍門以東至涇、渭，殿屋、復道、周閣相
屬。237

蕧，音倍　遷太后於雍蕧陽宮。213

蝮，芳福翻　更成王千里，姓曰蝮氏，同黨皆伏誅。6612

蝮，芳六翻　古人有言：「蝮蛇螫手，壯士解腕。」2427

蝮，敷福翻　林中多蝮蛇、猛獸。570

鮒，符遇翻　君之子無傅，臣進屈侯鮒。20

鮒，音附　魏人陳餘謂孔鮒曰。244

賻，符遇翻　贈太尉，賻祭如常儀。7450

賻，音附　故加賻錢一億。1526

鍑，師古曰：鍑，釜之大口者也，音富　胡地秋冬甚寒，春夏甚風多，齎釜鍑、
薪炭，重不可勝。1192

覆，方目翻　鑿地爲坎，置熅火，覆武其上。710

覆，敷救翻　見人有細過專掩匿覆蓋之。412

覆，敷救翻，蓋也　若手臂之扞頭目而覆胸腹也。189

覆，敷又翻　特患力不能救，德不能覆。562

覆，扶又翻　燕軍至參合陂，有大風黑氣如堤自軍後來，臨覆軍上。3423

覆，師古曰：覆，掩蔽也，敷救翻　此上大夫覆陽而上意疑也。931

鰒，步各翻　張步遣其掾孫昱隨隆詣闕上書，獻鰒魚。1304

G

陔，柯開翻　叔父陔曰：「嘗聞活千人者子孫有封。」1556

陔，柯開翻　秉與二子俁、陔踰城走。4207

垓，音該　十二月，項王至垓下。351

峐，古哀翻　涼州摠管賀婁子幹敗之於可洛峐 5457

丐，居太翻，貸其死命也　節度之咎，由亮而出，乞丐其死。2513

匄，古大翻　殿下以臣侍講日久，哀臣，欲匄其生耳。3943

匄，古太翻　故都曼出降願匄其餘生。6319

匄，古太翻，乞也　己酉，太子出就舟人匄食。8775

匄，古泰翻，乞也　孤子然一己，爲君家所推，願匄餘命。3523

匄，居大翻　楚王不聽，使屈匄帥師伐秦。92

匄，居大翻，乞也　朱克融等久覊旅京師，至假匄衣食，日詣中書求官。7793

匄，居大翻，又居曷翻　我匄其命。4914

匄，居太翻，與也　悉散與太學諸生及匄施貧民。1796

匄，師古曰：匄，亦乞也，音工大翻　擁強漢之節，餧山谷之閒，乞匄無所得。979

匄，賢曰：匄，乞也，音蓋　願陛下匄兄弟死命。1777

匄，音丐，乞也　羣臣悉思朕之過失及知見之所不及，匄以啓告朕。448

概，與槩同　今崇一概難堪之行以檢殊塗。2100

蓋，古合翻　屯騎校尉蓋升。1846

蓋，古盍翻　燕、蓋之亂。768

蓋，古盍翻，姓也　有蓋琮者。5795

蓋，古盍切，姓也　河東都將蓋璋詣侯言降。8551

蓋，如字，又古盍翻　蓋長公主私近子客河間丁外人。754

蓋，徒盍翻　訪於漢陽長史敦煌蓋勳。1873

干，《毛氏傳》曰：干，扞也；音戶旦翻。鄭氏箋曰：干也，城也，皆所以禦難
　　也。干，讀如字　選爪牙之士，而以二卵棄干城之將。34

杆，公旦翻　捨其子攝圖而立其弟俟斤，號木杆可汗。5097

杆，古按翻　是歲，突厥木杆可汗卒。5314

杆，居寒翻，又居案翻　西秦安東將軍木弈干擊吐谷渾樹洛干，破其弟阿柴於
　　堯杆川。3699

玕，音干　吉州刺史彭玕遣使請降於湖南。8665

竿，音工旱翻　生奇材箭竿、鷲羽。1043

笴，古我翻，又公旱翻，箭莖也　常於笴上自鏤姓名。8901

感，師古曰：感，胡闇翻　故內無感恨之隙。998

簳，古旱翻　弓簳利鐵，民不得者，官以漸充之。3925

簳，古旱翻。《字林》曰：箭笴也　仲堪以斜絹爲書內箭簳中。3474

旰，古按翻　敬容獨勤簿領，日旰不休，爲時俗所嗤鄙。4901

旰，古按翻。日晏也，夜分，半夜也　至乃日旰忘食，夜分未寢。5470

旰，古案翻　謝安嘗與左衛將軍王坦之共詣超，日旰未得前。3254

旰，古旦翻　天下之事，未知終始，此朝士旰食之秋。2103

旰，古汗翻　霸先因是留旰於京口。5132

旰，苦汗翻　如其外叛，將爲朝廷旰食之憂。4124

旰，晚也，古按翻　雖或破之，豈可殄盡，而方令本朝爲之旰食乎。1843

旰，音絭　《姓譜》：向姓本自宋文公枝子向文旰，旰孫戌以王父字爲氏。102

淦，古暗翻　與東揚州刺史臨城公大連、新淦公大成等自東道並至。5001

淦，音紺，又工含翻　以其軍降，處之上淦。571

淦，音紺，又音甘　因據新淦城。5186

幹，《揚子註》及《西都賦註》音寒，《莊子》音如字　乃伐樹爲井幹。4615

幹，讀曰管，又如字　司徒戎、司空越，並忠國小心，宜幹機事，委以朝政。
　　2704

乾，音干　大駕已還，賊得韓扁，具知吾闊狹，且水乾，宜當急去。2294

幹，與絭同　失國之主，其朝豈無貞幹之臣。1710

贛，師古占暗翻，劉昫古濫翻　苑總監贛人鍾紹京。6644

贛，師古曰：贛，音紺。榆，音踰。賢曰：贛，音貢，今海州東海縣也。余據
　　今人皆從顏音。　　閼諭降，得贛榆等六縣。1292

贛，音紺　　爽，贛人也。8730

贛，音貢　　又使按道侯韓說御史、章贛。728

灨，古暗翻　　遣主帥杜平虜將兵入灨石，城魚梁以逼南康。5048

礛，古襌翻　　藏以金匱皆纏以金繩，封以金泥，印以玉璽，藏以石礛。6346

摃，古郎翻，又居浪翻　　寶玄乘八摃輿。4462

摃，音岡　　詐作被創勢，使人以板摃去，用爲厭勝。4506

釭，姑紅翻　　或燒犂耳，使立其上；或燒車釭，使以臂貫之。5180

釭，古紅翻，又古雙翻　　太常卿敬釭以勇畧。7356

釭，音工，流俗讀之音江，非也　　壁帶往往爲黃金釭，函藍田璧、明珠、翠羽
　　飾之。　　1002

鋼，古郎翻　　衞尉少卿李鋼爲汶川尉。8693

鋼，古郎翻，堅鐵也　　賜吳越王弘俶騎軍鋼甲二百。9586

鋼，音剛，精鐵也　　次施弩牀，皆挿鋼錐。5638

港，古項翻　　浙江有三源，發於太末者謂之穀水，今之衢港是也。66

斻，各朗翻　　河間賊帥格謙擁眾十餘萬，據豆子斻。5716

斻，舉朗翻，鹽澤也　　平原東有豆子斻，負海帶河，地形深阻。5656

杠，古雙翻　　趙左校令成公段作庭燎於杠末。3009

杠，音江　　沛公道碭，至陽城與杠里。282

戇，《說文》曰：戇，愚也，都降翻　　惟孫堅小戇。1920

戇，師古曰：戇，愚也；古者下紺翻，今則竹巷翻　　呂后問曰：「陛下百歲後，
　　蕭相國既死，誰令代之？」上曰：「曹參可。」問其次，曰：「王陵可；然
　　少戇。」406

戇，直降翻　　艾官屬將吏，愚戇相聚，自共追艾，破壞檻車，解其囚執。2531

戇，陟降翻　　且越人愚戇輕薄。570

戇，竹巷翻　　闓狂戇書生。7626

臯，康曰臯，姑勞切；狼，盧當切。春秋蔡地，後爲趙邑　　智伯又求蔡臯狼之
　　地於趙襄子。10

高，度高曰高，音居號翻　高七十尺深九十步。3899

高，工號翻　龍舟四重，高四十五尺。5621

高，古報翻　從諫有馬高九尺，獻之，上不受。7979

高，古到翻　各高數十丈。5477

高，古號翻　又鑄黃龍、鳳皇各一，龍高四丈，鳳高三丈餘。2322

高，古犒翻　皆高一丈。6499

高，居傲翻　黃帝廟方四十丈，高十七丈。1223

高，居傲翻，近世學者多各以音如字讀之　使僧法堅造雲梯，高廣各數丈。7373

高，居奧翻　十一月，乙卯，日夜出，高三丈。2863

高，居報翻　浮圖高九十丈，上剎復高十丈。4628

高，居豪翻　高二十餘丈。698

高，居號翻　作承露盤，高二十丈。655

高，居號翻，度高曰高　如郊祠泰一之禮。封廣丈二尺，高九尺。679

高，去聲　漢長陵高九丈。6114

膏，古報翻　百姓攻戰三年，肌膏草野者，以璋故也，何心能安！2128

膏，古號翻　蘇君今日降，明日復然，空以身膏草野。711

膏，居號翻　但念諸君捐軀命，膏草野。7022

膏，居號翻，潤也　願以臣等膏鼎鑊。2829

槔，音皋　謹烽火，多間諜。音註：《漢書音義》：烽，如覆米薁，縣著桔槔頭，有寇則舉之。206

篙，古勞翻　百姓擔篙荷鍤，隨之者十餘萬眾。4427

橐，姑勞翻　公綽至安州，李聽屬橐鞬迎之。7708

橐，音羔　錢鏐奉周寶歸杭州，屬橐鞬，具部將禮，郊迎之。8363

稾，師古曰：稾，禾稈也，音工老翻　大旱，關東民無故驚走，持稾或撓一枚。1094

稾，師古曰：稾，音工老翻　隕石於亳四，隕於肥累二。音註：《漢書·五行志》：「亳」作「稾」。孟康曰：稾、肥累，皆縣名，故屬眞定。962

槁，苦皓翻，又古老翻　及以燕、趙起而攻之，若振槁然。129

槁，音考，乾枯也　七、八月之間旱，則苗槁矣 82

稾，工老翻　上林中多空地，棄；願令民得入田，毋收稾，爲禽獸食。404

縞，工老翻　夫爲天下除殘賊，宜縞素爲資。299

縞，古勞翻　將士皆縞素。4802

縞，古老翻　乃之使者之舍，刎頸而死。信陵君聞之，縞素辟舍。202

藁，工老翻　今又盛寒，馬無藁草。2091

藁，工老翻，禾稈也　見其野宿之所，布藁於地。8873

鎬，下老翻　楊國忠問士之可爲將者於左拾遺博平張鎬及蕭昕。6960

告，古沃翻，又如字　告朔於通天宮。6538

郜，古到翻　懷光潛與朱泚通謀，演芬遣其客郜成義詣行在告之。7407

郜，居號翻　張存敬攻定州，義武節度使王郜。8536

郜，音告　初，郜國大長公主適駙馬都尉蕭升。7497

暠，工老翻　帝使侍御史种暠監太子家。1698

暠，古浩翻　壬辰，營州總管鄧暠擊高開道，敗之。5850

暠，古老翻　西涼公暠以前表未報，復遣沙門法泉間行奉表詣建康。3604

紇，胡骨翻，又恨竭翻　吐延不抽劍，召其將紇扢埿。2973

紇，戶骨翻　長子匹候跋繼父居東邊，次子縕紇提別居西邊。3401

紇，下沒翻　辛巳，增朔方五城戍兵以備回紇。7237

紇，音鶻　有薛延陀、迴紇、都播、骨利幹。6045

格，本音如字，協韻音閣　《吳都賦》：「萬萬笑而被格」52

格，各額翻，格，正也，又擊也，鬪也　批亢擣虛，形格勢禁，則自爲解耳。52

格，古百翻　河間格謙、勃海孫宣雅各聚眾攻剽。5669

格，古陌翻，擊也　按道侯說疑使者有詐，不肯受詔，客格殺說。729

格，劉伯莊曰：格，各額翻，其字宜從「手」。余據字書，格，擊也，鬪也，從「木」亦通　張儀因說楚王曰：「夫爲從者無以異於驅羣羊而攻猛虎，不格明矣。」94

格，如字，止也，鬪也　王賁自燕南攻齊，猝入臨淄，民莫敢格者。233

格，師古曰格，音閣，謂閣止不行之　公卿奏：安壅閼奮擊匈奴者，格明詔，當棄市。618

格，音閣　義縱以爲此亂民，部吏捕其爲可使者。天子以縱爲廢格沮事。650

格，音閣，止也　由是太后議格，遂不復言。535

鬲，師古曰：鬲，音歷　賜帝女弟三人號曰君。音註：謁臣號修義君，皮爲承禮君，鬲子爲尊德君。1132

鬲，音革　鬲縣五姓共逐守長，據城而反。1317

鬲，音歷　齊軍晝夜坐立泥中，足指皆爛，懸鬲以爨。5145

鬲，與隔同　南接羌，鬲漢道焉。628

蛤，葛合翻　明州歲貢、蚶、蛤、淡菜。7736

蛤，古合翻　初，李納以棣州蛤蜋有鹽利，城而據之。7538

骼，工客翻　丞相匡衡等以爲：「方春掩骼、埋胔之時。」940

骼，江百翻　雄曰：「昔先王掩骼埋胔，仁流朽骨。」2483

舸，古我翻　備乃乘單舸往見瑜。2092

舸，加我翻，大舡也。《方言》：南楚江湖謂之舸。　先命作輕舸，載服玩、書畫。3548

舸，嘉我翻　偏將軍董襲與別部司馬凌統俱爲前部，各將敢死百人，人被兩鎧，乘大舸。2078

舸，賈我翻　又有平乘、青龍、艨艟、艛艓、八櫂、艇舸等數千艘。5621

舸，苦我翻　可瓊或夜乘單舸詐稱巡江，與希萼會水西約爲內應。9443

个，古賀翻　齋於明堂左个。4330

亙，古鄧翻　陳艦列營，周亙江濱，自採石至於暨陽。3960

亙，居鄧翻　營柵臨溪，亙數十里。8714

亙，孟康曰：亙，竟也，古贈翻　波漢之陽，亙九嶷，爲長沙。1179

更，更衡翻　因更其名曰楚。185

更，工衡翻　秦、魏戰於少梁。音註：班志：馮翊夏陽縣，故少梁。師古曰：本梁國，爲秦所滅，……更名夏陽。42

更，工衡翻，迭也　丹楊尹溫嶠，並受遺詔輔太子，更入殿將兵直宿。2937

更，工衡翻，改也　乃相與謀，詐爲受始皇詔，立胡亥爲太子，更爲書賜扶蘇。249

更，工衡翻，更迭也　二江更直殿內。4445

更，工衡翻，更改　古之君子，其過也如日月之食，民皆見之。及其更也，民皆仰之。90

更，工衡翻，互也　羣臣更上壽頌功德。679

更，工衡翻，經也　京師屢更大亂。8441

更，工衡翻，經也，歷也　土地山谷，臣所曉習，兵勢巧便，臣已更之。1690

更，工衡翻，易也　十五里一更。6924

更，工衡翻，迭也　三帥，更上表稱珂非王氏子。8466

更，工行翻　魏主更定律令於東明觀。4309

更，古衡翻　更其姓曰巨母氏，謂因文母太后而霸王符也。1221

更，古孟翻　若使澤中之麋蒙虎之皮。音註：鹿之大者曰麋，麋無爪牙之利而
　　肉可食，若更蒙虎之皮，人之攻之必萬倍於虎矣。134

更，經也，歷也，音工衡翻　斌及坐者並笑曰：「沈公乃更學問。」3950

更，經也。更，工衡翻　楊賜不欲使更楚辱。1876

更，居孟翻　衞更貶號曰君。81

更，居孟翻，再也　守宰皆不敢言，重更科斂。4471

更，師古曰：更，互也，音工衡翻　城上人更招漢軍曰：「鬪來！」938

更，師古曰：更，經也，工衡翻　藩擅稱詔，從單于求地，法當死；更大赦二。
　　1044

更，師古曰：更，經也，音工衡翻　今中二千石未更御史大夫而爲丞相。1083

更，師古曰：更，歷也，工衡翻　勝賢其言，遂授之。繫再更多。797

更，師古曰：更，謂爲更卒也，音工衡翻。　縣官重責更賦租稅。1100

更，師古曰：更，音工衡翻　諸縣更叛，連年不定。903

緪，古登翻　唐休璟衰老，隨緪踣地。6640

緪，古恆翻　延伯取車輪去輞，削銳其輻，兩兩接對，揉竹爲緪。4622

緪，古恆翻，大索也　魏人以鉤車鉤城樓，城內繫以彄緪。3965

緪，古恆翻，索也　未及地，適遇竿有垂緪。5671

緪，戶登翻　招討副使張武舉鐵緪拒之。8782

緪，居登翻　以中書令李緪、司徒左長史、彭城劉疇。2765

緪，居登翻，大索也　昶向江陵，引竹緪爲橋，渡水擊之。2388

緪，居登翻，又居鄧翻　入河，繫以竹緪。3008

緪，居曾翻，大索也，又居鄧翻　夔遣人從地道中出，以大麻緪挽之令折。3755

羹，陸德明曰：不羹，舊音郎；《漢書・地理志》作「更」字　班《志》，襄城
　　縣屬潁川郡，有西不羹，楚靈王所謂「大城陳、蔡、不羹，賦皆千乘」是
　　也。110

羹，陸德明曰：羹，音郎　齊渠丘實殺無知，而陳、蔡、不羹亦殺楚靈王，此
　　皆大都危國也。161

哽，古杏翻　庾亮見帝，稽顙哽咽。2969

耿，古幸翻　每用耿耿。2101

梗，古杏翻　朕於兄弟間不至榛梗。9109

綆，古杏翻　頃之，會暴風吹吳呂範等船，綆纜悉斷。2209

綆，苦杏翻　永德爲鐵綆千餘尺。9559

鯁，古杏翻　卿世載鯁直。5326

厷，與宏同，乎萌翻　黃門侍郎謝厷語次問壹。2339

共，讀與龔同　上乃徙輔繫共工獄。1000

共，讀曰供　此必委質爲藩臣，世共貢職。572

共，讀曰供，居用翻　年七十，詫眊，恩衰共養營妻子，如章。1134

共，讀曰恭　秦厲共公卒，子躁公立。44

共，居用翻　帝姊鄂邑公主共養省中。748

共，師古曰：共，讀曰供　都尉萬年曰：「兵久不決，費不可共。」975

共，師古曰：共，讀曰恭　紹封漢興以來大功臣之後周共等皆爲列侯及關內
　　侯。1135

共，師古曰：共，音恭　大理曰作士；太常曰秩宗；大鴻臚曰典樂；少府曰共
　　工。1172

共，師古曰：共，音居用翻　大司農錢，自乘輿不以給共養；共養勞賜，一出
　　少府。1099

共，音供，又居用翻　齊王出亡之衛。衞君辟宮舍之，稱臣而共具。126

共，音恭　齊王遂降，秦遷之共。233

共，音龔　乃夜召素所親壯健者長樂從官史共普、張亮等十七人。1810

共，音龔，人姓也　義帝柱國共敖將兵擊南郡，功多。306

共，音如字　今子欲誅殘天下之共主，居三代之傳器，器南，則兵至矣。134

供，居共翻　公卿故人設祖道供張東都門外。833

供，居用翻　惟年之久長，懼於不終。今乃幸以天年得復供養於高廟，其奚哀念之有。508

供，俱用翻　生雖不獲供養。1548

供，他用翻　虜使至都，宜大爲供張。6515（編者按：此處「他用翻」之上字爲誤字）

供，音恭　夫以德教除殘，是以梁肉養疾也。以刑罰治平，是以藥石供養也。1725

栱，居竦翻　其門牆階級，窗櫺楣柱，柳桼枅栱。6358

珙，居竦翻　甲寅，以嶺南節度使崔珙爲武寧節度使。7883

珙，居勇翻　脅豐王珙等十王西迎吐蕃。7151

鞏，居勇翻　名爲天下共主。音註：至孫惠公乃封少子於鞏。134

霢，音如兒䴇之䴇　吳主封太子霢及其三弟皆爲王。音註：霢弟名霢。次名䴦。次名㝷。2489

顝，古暗翻　蕭道成世子賾爲南康顝令。4115

顝，音紺　匡齊，顝人也。9020

緱，工侯翻　帝行幸緱氏，登百岯山。1560

鉤，音劬　詔以鉤町侯毋波率其邑君長、人民擊反者有功。760

鉤町，音劬梃　夜郎王興、鉤町王禹、漏臥侯俞更舉兵相攻。973

緱，工侯翻　凡有七邑：河南、洛陽、穀城、平陰、偃師、鞏緱氏。199

褠，單衣也，古侯翻　倉頭衣綠褠，領袖正白。1478

褠，古侯翻　岱知其可成，賜巾褠。2433

褠，居侯翻　範出，便釋褠，著袴褶。1973

枸，晉灼曰：枸，音矩。《索隱》從徐廣音求羽翻。　使番陽令唐蒙風曉南越。南越食蒙以蜀枸醬。588

耇，音苟　國老黃耇已上，假中散大夫。4397

冓，工豆翻　是以帝王之意，不窺人閨門之私，聽聞中冓之言。1024

詬，苦候翻，罵也　後與擒虎相詬，挺刃而出。5510

媾，居候翻。說文媾，重婚也　從秦爲媾，韓、魏聞之，必盡重王。172

媾，音構，和也　樓昌請發重使爲媾。168

彀，古候翻　選車千三百乘，彀騎萬三千。彀騎萬三千，百金之士十萬。499

彀，古候翻，張弓也　彀者十萬人。207

彀，居候翻　有寇則叩舷相警，五百弩已彀矣。7429

詬，古候翻　鉉袖讖書入閤中詬而出曰。6882

詬，古候翻，恥也　昔高祖忍平城之恥，呂后棄慢書之詬。1842

詬，古候翻，又許侯翻　璋怒，從卒徒執兵入驛，立仁矩於階下而詬之曰。9030

詬，古候翻，又許候翻　永安侯確、直閤趙威方頻隔柵見詬云：「天子自與汝
　　盟，我終當破汝。」5005

詬，呼漏翻　陵忽府縣，至詬辱官吏。7523

詬，呼漏翻，又古候翻　叔文詬怒，不之信，遂成仇怨。7616

詬，戶遘翻，又古侯翻　相帥至尚書省詬罵。4643

詬，苦候翻　南過小城，人登陴詬之曰。4970

詬，苦候翻，罵也　君雅攘袂大詬曰。5734

詬，苦候翻，又許候翻　彥澤詬詈，立載之去。9323

詬，賢曰：詬，罵也，音許邁翻，又古候翻　康聞而詬之。1607

詬，許候翻　帝橫刀詬曰：「殺我女，我何得不殺爾兒。」5226

詬，許候翻，又古侯翻，罵也　每見毅、藩導從到門，輒詬之。3654

詬，許候翻，又古候翻　承倩詬詈，擲出道中，寶臣憐其左右。7233

詬，許候翻，又古候翻，怒罵也　宏臨命詬曰。1939

詬，許候翻，又苦候翻　注刃於敕使之頸，詬詈，將殺之。7640

詬，音邁，又呼候翻　長安人羞之，至以相詬病。6895

遘，與構同　若抑之則力不能制，祇以遘難。1925

雊，古豆翻　有飛雉集於庭，歷階登堂而雊。992

雊，古候翻　故雊雉升鼎而桑穀生朝，不能止殷宗之盛。9078

購，古候翻　購問，莫能識。25

艛，居候翻　呂蒙至尋陽，盡伏其精兵艛臚中。2168

估，音古　夫泉貝之興，以估貨爲本。事存交易，豈假多鑄。3931

估，音古，價也　上既無信於下，下亦以偽應之，度支物估轉高。7535

估，音古。價也　或時禮貌不盡恭，百官俸錢皆折估。8990

沽，攻乎翻　麟追至沽水。3456

沽，音孤　曹操將擊之，鑿平虜渠、泉州渠以通運。音註：《操紀》云：鑿渠，自呼沱入沽水，名平虜渠。2069

沽，音觚　十月，丙寅，麟退阻沽水。3459

菰，音孤　流民採菰稗、捕魚以給食。9519

觚，攻乎翻　仙客本鶉觚小吏。6780

觚，攻乎翻，方稜也　丁亥，詔定明堂制度：其基八觚。6358

觚，音孤　夏主還走，登鶉觚原。3823

酤，工護翻　八十二萬餘緡榷酤，二百七十八萬餘緡鹽利。8053

酤，工護翻　初榷酒酤。719

酤，工護翻，謂賣酒也　禁酤酒。538

酤，古護翻　秋，七月，罷榷酤官，從賢良、文學之議也。760

酤，古暮翻　至於用度不足，乃榷酒酤。1403

酤，音沽　先遣人出酤酒於村墅。9406

酤，音固　奏立煮海鹽賦及榷酤之科。5218

酤，音故　羲和魯匡復奏請榷酒酤。1182

轂，古谷翻　諸守、令財貨連轂，彌竟川澤。1378

轂，古鹿翻　全忠獨言曰：「此柳宜為車轂。」8644

轂，古祿翻　上雅嚮儒術，嬰、蚡俱好儒，推轂代趙綰為御史大夫，蘭陵王臧為郎中令。557

轂，師古曰：轂擊，言使車交馳，其轂相擊也。轂，戶谷翻　雖智者勞心於內，辯者轂擊於外。1105

鶻，戶骨翻　甲申，擁突利之子賀邏鶻夜伏於宮外。6147

古，亡無字，通　非天意也及汝昌侯傅商亡功而封。1102

扢，古黠翻，又胡骨翻　吐延不抽劍，召其將紇扢堡。2973

谷，師古曰：谷，音鹿；蠡，盧奚翻　右谷蠡王次當立。1406

谷，音穀，又音浴　斷絕斜谷閣。1929

谷，音鹿　復株累若鞮單于，以且麋胥為左賢王，且莫車為左谷蠡王。960

谷，音鹿。蠡，盧奚翻　乃收其兄呼屠吾斯在民間者，立爲左谷蠡王。867

谷，音浴　南鄭直爲天獄，中斜谷道爲五百里石穴耳，言其深險。2236

谷，音浴，又古祿翻　儼護送至斜谷口。2143

谷，音浴，又如字　甲午，崇文出斜谷。7627

谷，音欲　河南王吐谷渾卒。音註：吐谷渾，史家傳讀，吐，從暾入聲；谷，音欲。2852

谷，音欲，又古祿翻　壬申，周主如斜谷。5313

谷，余玉翻　蜀主命開道都指揮使王宗弼將兵救安遠及劉知俊，戰於斜谷，破之。8747

谷蠡，音鹿黎　冬，匈奴軍臣單于死，其弟左谷蠡王伊稚斜自立爲單于。609

罟，音古　則義眞在網罟之中，不足取也。3715

羖，果五翻　巫蠱者，負羖羊、抱犬沈諸淵。3835

羖，音古　乾歸誨之，殺周及殺羝。3421

羖，音古。羖，牡羊也　孰與五羖大夫賢？62

穀，如字，養也　乃布令求百姓之饑寒者，收穀之。142

蠱，音古　春，正月，公孫敖坐妻爲巫蠱要斬。721

桎，工沃翻　甫慹然爲之改容，乃得並解桎梏。1799

桎，姑沃翻　命之曰「以天下爲桎梏」者，無他焉，不能督責，而顧以其身勞於天下之民，若堯、禹然故謂之桎梏也。267

桎，古沃翻　乙未，東魏丞相歡請釋邙山俘囚桎梏，配以民間寡婦。4929

桎，苦沃翻　正欲問罪於爾朱，出卿於桎梏。4761

痼，音固　長子胜，有痼疾。1561

稒，師古曰：稒，音固　魏主畋于稒陽。3858

稒，音固　度遼將軍鄧鴻出稒陽塞。1521

錮，音固　釋之曰：「使其中有可欲者，雖錮南山猶有隙；使其中無可欲者，雖無石槨又何戚焉。」460

顧，陸德明曰：顧，音古　今大將軍爽背棄顧命。2376

顧，陸德明曰：工戶翻　堅初受顧命。5410

顧，音古　帝苦風眩，疾甚，以陰興領侍中，受顧命於雲臺廣室。1399

苽，與菰同，音孤　範糧乏，采苽稗、菱藕以自給。5024

縜，紫青色，音瓜　詔賜單于冠帶、璽綬。音註：《南匈奴傳》黃金璽盭縜綬。
　　1415

騧，古瓜翻　襄所乘駿馬曰騧眉騧。3162

騧，古花翻　謹以常乘駿馬，一紫一騧，鐵勒所識。4273

咼，古瓦翻　使百官共射之，既乃咼其肉。6537

絓，古賣翻，罥也　動行絓羅網。1776

絓，胡卦翻　世民馬逸入林下，爲木枝所絓，墜不能起。6010

絓，戶掛翻　一旦陷身叛逆，絓於刑書。5606

絓，音掛　會風大起，舟絓於鎖，不能進退。8942

詿，《說文》曰：詿，亦誤也，音卦　潁川聞陛下有事隴、蜀，故狂狡乘間相詿
　　誤耳。1358

詿，古賣翻　房與張博通謀，非謗政治，歸惡天子，詿誤諸侯王。932

詿，古賣翻，又胡卦翻　尙恐其中或遭詿誤。7348

詿，古賣翻，又戶卦翻　以欺惑貪邪，詿誤人主，焉可不抑遠之哉。1427

詿，戶卦翻　吏民爲吳王濞等所詿誤當坐及逋逃亡軍者，皆赦之。530

柺，乖買翻。老人扙杖也　仍賜以木柺。9336

夬，古賣翻　帝遣御史中丞宗夬勞軍。4486

夬，古邁翻　別駕南陽宗夬。4477

冠，工喚翻　寵冠列藩。8927

冠，工玩翻　晉《太康地志》曰：武關當冠軍西。94

冠，古喚翻　己酉，王冠。212

冠，古玩翻　冠胄帶劍，贏三日之糧。191

冠，古玩翻，又如字　邵陵以父存而冠布。5007

冠，冠方之冠，古玩翻　王嘗見大白犬，頸以下似人，冠方山冠而無尾。778

冠，冠通，古玩翻　常自帶綬，冠通天冠，加金附蟬。5396

冠，冠小之冠，古玩翻　以霍禹爲大司馬，冠小冠。812

冠，客冠，古玩翻　諸客冠儒冠來者。287

冠，主冠，古玩翻　隋主冠遠遊冠。5433

棺，《史記正義》曰：棺，音館，又古玩翻　乃祕之不發喪，棺載轀涼車中。248

棺，工喚翻　漢王下令：「軍士不幸死者，吏爲衣衾棺斂，轉送其家。」348

棺，古玩翻　據哀其無辜厚棺斂之。2340

棺，師古曰：棺，音工喚翻　收抱章尸歸，棺斂葬之。1142

棺，音貫　取三人首，續以蒲身，棺斂葬之，祭哭受弔。6941

關，讀曰彎　鎭惡騎乘非長，關弓甚弱，而有謀略。3613

觀，《史記正義》曰觀，音館，今魏州觀城縣。余按……觀，古玩翻。　觀津人朱英謂春申君曰。211

觀，工喚翻　齊伐魏，取觀津。41

觀，工玩翻　冬十二月，上行幸蕢陽宮、屬玉觀。885

觀，古喚翻　觀州人執刺史雷德備以城降之。5933

觀，古亂翻　議者欲盡阬之以爲京觀。3695

觀，古玩翻　韓伐東周，取陵觀、廩丘。53

觀，古玩翻，道士所居曰觀　仍欲於城西造觀。6659

觀，古玩翻，示之也　帥騎二萬觀兵河南，臨淮而還。3181

觀，古玩翻，又音如字　實眾慝驚心之日，羣生改觀之時。7465

觀，如字　殿中中郎渤海孟觀、李肇，皆駿所不禮也。2604

觀，師古曰：觀，古玩翻。觀，示也　置酒建章宮，饗賜單于，觀以珍寶。887

觀，韋昭曰：觀，示也，陳兵以示威武。觀，古玩翻　燕主垂觀兵河上。3373

琯，古緩翻　滔復遣其內史舍人李琯見悅，審其可否。7386

琯，古瑗翻　王武俊聞李琯適魏，遣其司刑員外郎田秀馳見悅曰。7387

筦，古緩翻　傳記各有筦焉。1181

筦，與管同　催、汜、稠筦朝政。1940

館，按《經典釋文》，古玩翻　思明留承恩館於府中。7057

館，工喚翻　立白節度使遣大校以箱受書館之上舍。7214

館，古換翻　詔館於太僕，厚廩食之。6075

館，古玩翻　遂奉詔詣泚泚反謀已決雒陽爲受命館淑於客省。7358

館，音貫　丕從之，館垂於鄴西。3317

丱，古患翻　於是閭里童昏，貴遊總丱。音註：丱，幼稚也 5475

悺，工喚翻，又音綰　小黃門史左悺與梁不疑有隙。1745

悺，賢曰：悺，工喚翻，又音綰　宦者唐衡、左悺共譖杜喬於帝。1711

涫，姑歡翻，又古玩翻　聞蒙遜起兵，亦合眾數千屯樂涫。3454

涫，古丸翻　限於荷涫。8126

涫，音官　以張體順爲建康太守，鎮樂涫。3587

貫，讀與慣同　陝城之人，不貫逆命。7457

貫，讀曰慣　人情貫習，不以爲非。7659

貫，師古曰：貫，亦習也，工宦翻　孔子曰：「少成若天性，習貫如自然。」475

祼，古玩翻　古者大祭祀，後祼獻以瑤爵 6636

慣，古患翻　慣爲不法。8808

盥，音管　乃與其妻就席坐，令公主執笲行盥饋之禮。6128

灌，音館　以水銀爲百川、江河、大海，機相灌輸。251

洸，姑黃翻　鎮東將軍豫州牧洸治兵於洛陽。3665

洸，古黃翻　封子懿、弼、洸、宣、諶、愭、璞、質、逵、裕國兒皆爲公。3547

洸，古黃翻　內史舍人韋福嗣洸之兄子也。5675

桄，枯黃翻，門前橫木也　乃登門桄大呼以警宮內。6285

僙，戶剛翻　陽王佻爲涇王，僙爲襄王。7046

僙，戶光翻　襄王僙薨。7522

廣，古曠翻　蒙問所從來。曰：「道西北牂柯江。牂柯江廣數里，出番禺城下。」
　588

廣，古曠翻，度廣曰廣　如郊祠泰一之禮。封廣丈二尺，高九尺。679

廣，古曠翻，近世學者多各以音如字讀之　使僧法堅造雲梯，高廣各數丈。7373

廣，古曠翻，又讀如字　子何不受地，從某至某廣袤六里。91

廣，苦曠翻　廣九寸，小雙綬長二尺六寸。5573

獷，服虔音鞏，師古曰：九勇翻，又音鑛。　三郡烏桓攻鮮于輔於獷平。2061

獷，古猛翻　戎狄強獷。2575

獷，古猛翻，悍也　雖居中土，其風俗獷戾，過於夷貊。7745

獷，賢曰：獷，惡貌，音各猛翻　虛欲修文戢戈，招降獷敵。1807

邽，師古曰：邽，音圭　染敗槐兵於潼關，長驅至下邽。2767

邽，音圭　上邽騎士趙弟恐失郁成王。706

窐，古攜翻，又音攜　敬則恐內人覘見，以刀環塞窐孔。4197

褘，涓畦翻　遣內參詣晉陽取皇后服御褘翟等。音註：《五代志》：梁制：皇后謁廟，服褘襦大衣，蓋嫁服也。5359

媯，居爲翻　燕亦築長城，自造陽至襄平。音註：《史記正義》曰：上谷，今媯州。209

媯，居爲翻，姓也　李愬山河十將媯雅、田智榮下冶爐城。7734

媯，俱爲翻　尙書郎張陵、媯皓。1798

瑰，工回翻　其服玩瑰麗近古所未有。5477

闈，涓畦翻　未至中闈。79

瓌，工回翻　以赫連瓌領大將軍、雍州牧、錄南臺尙書事。3726

瑰，公回翻　生遣將軍郭權帥鮮卑涉瑰眾二萬爲前鋒以拒之。2989

瓌，姑回翻　我死，汝曹當奉慕瓌爲主。3773

瓌，姑回翻，又胡隈翻　璋遣其將劉瓌、冷苞、張任、鄧賢、吳懿等拒備。2120

瓌，古回翻　弟烏紇堤立，妻樹洛干之母念氏，生慕瓌、慕延。3510

鮭，戶皆翻　後遣人潛出臨川市魚鮭。5252

龜，音丘　復於龜茲置安西都護府。6773

龜，音丘。茲，音慈。賢曰：龜，丘勾翻，茲，沮惟翻，蓋急言之也　杅采遣太子賴丹爲質於龜茲。771

龜茲，《前書》音丘慈。賢曰：今龜音丘勿翻；茲音沮惟翻；蓋急言耳　攻殺龜茲王。1402

龜茲，音丘慈　駿等將莎車、龜茲兵七千餘人分爲數部。1212

龜茲，音丘慈，唐人又讀爲屈佳　猶可作一龜茲國。5329

龜茲，音丘慈，賢曰：今丘勿翻，茲，音沮惟翻，蓋急言耳　龜茲人蘇祇婆善琵琶。5523

龜茲，音丘慈，又音屈佳　龜茲王布失畢及其相那利等至京師。6265

龜茲，音丘慈，又音屈佳　初，龜茲王布失畢妻阿史那氏與其相那利私通，布失畢不能禁。6309

龜茲，音丘慈，又音屈佳　國家近廢安北，拔單于，棄龜茲，放疏勒。6456

龜茲，音丘茲　龜茲王伐疊卒，弟訶黎布失畢立。6250

龜茲，曰丘慈　遂帥旁側戎落兵萬餘人出龜茲西數千里下數百城。6713

巂，師古曰：巂，音髓　是歲，越巂斯叟攻成將任回。2918

巂，音髓　粵巂蠻夷任貴亦殺太守枚根 1210

驨，賢曰：《續漢》及華嶠《書》並作「驨」。《說文》：馬淺黑色也，音京媚翻。余謂驨，音瓜；黃馬黑喙曰驨，讀如本字　漢使有驨馬，急求取以祠我。1462

驨、隗同，五賄翻，又音歸　乃帥百騎至大隗山。音註：班志：河南郡密縣有大驨山。4892

瓌，工回翻　胡毋班、吳脩、王瓌至河內，袁紹使王匡悉收擊殺之。1916

瓌，公回翻　國子祭酒袁瓌。3010

瓌，姑回翻　沛國劉瓌、周恢。2609

瓌，古回翻　駙馬都尉瓌，獨好經書，節約自修。1523

瓌，古回翻，迅疾也　韓遊瓌曰此欲分吾力也 7374

宄，音軌　或避賦役為姦宄。3002

氿，音軌　奉高之器，譬諸氿濫，雖清而易挹。1624

庪，舉綺翻。板為閣以藏物曰庪　容分半食母，餘半庪置。1769

軌，居洧翻　軌事之大者也。450

甌，居洧翻　太后命鑄銅為甌。6437

晷，居洧翻　經少日，道成自造褚淵，款言移晷。4218

詭，過委翻　賊即歸降，詭數幻惑。4163

簋，居洧翻　則簠簋可去而盤盂盃案當在御矣。6819

簋，音軌　古者大臣有坐不廉而廢者，不謂不廉，曰「簠簋不飾」。478

炅，古迥翻　術士杜炅。3248

炅，古迥翻，又古惠翻　率牙門董元、毛炅。2488

炅，火迥翻　隴右節度使蕭炅擊破之。6838

炅，枯迥翻，又古惠翻　遇西陽太守汝南周炅。5325

悃，胡昆翻，又公渾翻，又古本翻　使其兄弟七人及族人乙旃氏、車悃氏。2459

緄，古本翻　煥欲自殺，其子緄疑詔文有異。1620

緄，古本翻，又音昆　前車騎將軍馮緄南征武陵。1863

緄，音昆　有子八人：儉、緄、靖、燾、汪、爽、肅、專。1715

緄，《史記正義》曰：緄，音昆，字當作「混」。余謂昆戎即周之昆夷　秦自隴以西有縣諸、緄戎、翟、豲之戎。207

鯀，工本翻　昔者鯀、共工、驩兜與舜禹雜處堯朝。913

崞，古博翻　壬戌，魏主畋於崞山。4030

崞，孟康曰：崞，音郭　魏主畋於崞山。4145

崞，音郭　而置雲中、鴈門、代郡。音註：若唐之代州雁門郡惟崞、繁畤二縣。209

䭜，古禾翻　委棄資糧、鎧仗、䭜幕，動以千計。8888

彍，虛郭翻　乙亥，更命長從宿衛之士曰「彍騎」。6763

彍，虛郭翻，又古郭翻　壬辰，改彍騎爲左右羽林軍飛騎。6782

彍，虛郭翻，又古博翻　高仙芝將飛騎、彍騎及新募兵、邊兵在京師者合五萬人。6937

彍，音郭　弘嘗奏言：「十賊彍弩。」614

彍，音郭，又音霍　然後遣之，自募置彍騎。6894

幗，《字書》：幗，古獲翻，婦人喪冠也，又古對翻　懿不出。亮乃遺懿巾幗婦人之服。2295

幗，古獲翻　魏人知其不武，遺以巾幗。4565

虢，古百翻　昔虢之將亡，神降於莘。3855

馘，古獲翻　希烈使人以其節及俘馘示顏眞卿。7343

裹，古臥翻　諸家自徵僮僕，依勢陵轢州縣，多索裹頭。6634

過，工禾翻　龐涓大喜曰：「我固知齊軍怯，入吾地三日，士卒亡者過半矣！」59

過，古禾翻　鄒衍過趙。115

過，古禾翻，又古臥翻　不若自乾陵北，過附柏城而行。7370

過，古禾翻，又如字　王之過長安。9110

過，音戈　顯達過襄陽。4343

過，音戈。《詩》云：不我過。杜甫詩：吟詩許見過。皆從平聲　若欲見子敬，可別過之。2092

H

咍，呼來翻　布騎皆於水北，大咍笑之而還。1998

孩，何開翻　臧莫孩亦以爲然。3529

孩，河開翻　鄴城西安，以其將臧莫孩爲太守。3471

骸，戶皆翻　故願大王審定計議，且賜骸骨。84

醢，呼改翻，肉醬也　齊人取子之，醢之。88

醢，呼改翻，肉醬也。　九侯有子而好，獻之於紂，紂以爲惡，醢九侯。178

蚶，呼甘翻　明州歲貢蚶蛤淡菜。7736

酣，戶甘翻　王賜之酒，酒酣。143

酣，戶甘翻，樂也，洽也　還，從宣翻，又音如字。135

酣，戶江翻　嘗侍宴酒酣，啓高宗借枕。4454

憨，呼談翻，癡也　道庠問其故。伸曰「憨獠。」9310

鼾，下旦翻　友謙安寢鼾息自如。8763

鼾，下旦翻，鼻息也　可求闔戶而寢，鼾息聞於外。8800

邗，當作「邘」，音寒　五月，戊午，隋封邗公雄爲廣平王。5441

邗，胡安翻　命邗江府統軍牛進達擊破之。6105

邗，音寒　又發淮南民十餘萬開邗溝，自山陽至揚子入江。5618

邗，音寒，又古寒翻　使邗國公楊惠謂御正下大夫李德林曰。5410

含，戶紺翻　衣衾、飯含、玉匣、珠貝之屬。1691

邯，戶甘翻　豫封父爲孔鄉侯，出侍中王邑、射聲校尉王邯等。1069

邯，師古曰：邯，句町王之名也，音下甘翻　改句町王爲侯，王邯怨怒不附。

　　1198

邯，下甘翻　少府章邯曰。258

邯，音寒　魏惠王伐趙，圍邯鄲。51

邯鄲，音寒丹　魏人歸趙邯鄲。55

洤，胡南翻　韶州將劉潼復據湞、洤。8522

蚶，音含　古者以龜、貝爲貨，今以錢易之。音註：居陸名贆，在水名蚶。1078

罕，如字　攻故安，圍枹罕。670

扞，寒旦翻　一日行五百餘里，不至十日而拒扞關。95

扞，戶旰翻　仇敬忠為同、華等州節度、拓東王，以扞關東之師。7363

扞，戶犐翻　必代漢家，其漸可見。方今宗室衰弱，外無強蕃，天下傾首服從，莫能亢扞國難。1161

汗，何干翻　至可汗毛，始強大。2459

汗，戶千翻　回紇合骨咄祿可汗屢求和親，且請昏。7501

汗，音寒　是歲，鮮卑索頭部大人拓跋力微始遣其子沙漠汗入貢。2459

汗，應劭曰：汗，音干　越人欲為變，必先田餘干界中。571

罕，即罕字　充國以為「狼何勢不能獨造此計，疑匈奴使已至羌中，先零、罕、开乃解仇作約。838

悍，侯旰翻　廐有悍馬，榮命歐箠之。4737

悍，侯旰翻，又下罕翻　聞舊人忌新人悍戰。2830

悍，侯罕翻，又下罕翻　兇悍不仁。2623（按：此處反切下字有誤。「悍」字52次注音，其中有又音的注音以「旰」與「罕」作反切下字，唯有此例特別。《通鑑音註》中，「侯旰翻，又音下罕翻」11次、「下罕翻，又音侯旰翻」21次。「侯罕翻，又音下罕翻」1次，「侯」、「下」皆匣母字，則此處又音毫無區別。故當據其他音註改「侯罕翻」為「侯旰翻」為妥。）

悍，胡幹翻，又下罕翻　饒燕士果悍。1184

悍，戶旰翻　君廓故羣盜，勇悍險詐。6014

悍，戶旰翻，又下罕翻　選驍悍而授兵柄。5720

悍，戶罕翻，又侯旰翻　世民曰：羅睺所將皆隴外之人，將驍卒悍。5822

悍，戶罕翻，又戶旰翻　至是，妃以妬悍不遜，上怒，命送歸兄銛之第。6873

悍，師古曰：悍，勇也，胡幹翻，又下罕翻　且其人剽悍。936

悍，下旦翻，又下罕翻　項羽為人，慓悍猾賊。282

悍，下罕翻　都為人，勇悍公廉不，發私書，問遺無所受。534

悍，下罕翻，下旰翻　吳人悍戰。2200

悍，下罕翻，又侯旰翻　趙相建德、內史王悍諫王遂，遂燒殺建德、悍。520

悍，下罕翻，又侯幹翻　獷悍暴橫。8247

悍，下罕翻，又戶旰翻　身經百戰，凶悍聞於天下。7294

悍，下罕翻，又音汗　彼三晉之兵，素悍勇而輕齊。59

玲，楊正衡曰：玲，胡紺翻　征東將軍李壽及玲弟玕出陰平。2916

閈，侯旰翻　夫以盧綰里閈舊恩，猶南面王燕，信乃以列侯奉朝請。390

閈，侯旰翻，閭也　援素與述同里閈，相善。1319

閈，音汗，閭也。里門曰閈　綰家與上同里閈。364

暵，呼旱翻　況今旱暵方甚，聖慈降膳。4663

銲，何旦翻　銶弟戶部郎中銲，凶險不法。6911

翰，侯旰翻，又侯安翻，羽翰　曰：「甚矣鳳鳴而鷙翰也！」100

杭，戶剛翻　丙戌，貶濟杭州刺史邵。7220

航，戶剛翻　作大航，造河橋，欲度兵擊迷唐。1539

航，戶剛翻，連舟為橋也　丙辰，陳霸先對冶城立航。5138

航，戶郎翻　使朝散大夫黃兗以木為之，間以妓航、酒船。5702

沆，下黨翻　殷裕妻父太府少卿崔元應、妻從兄中書舍人崔沆。8163

蚝，七吏翻　平使養子蚝禦之。3167

嘷，戶刀翻　雞夜鳴者不利行師，犬羣嘷者宮室將空。3305

豪，即毫字　分豪不與。2176

壕，音豪　元光壕柵深固，瓻壕柵皆可踰也。7486

蠔，音豪　漢南將潘崇徹救之，遇於蠔石。9487

好，讀如字　令還與公復好。2424

好，呼報翻　上以法制御下，好尊用酷吏。717

好，呼到翻　智伯好利而愎。9

好，呼到翻；凡和好之好皆同音　秦王使使者告趙王，願為好，會於河外澠池。135

好，如字　主帥密疏官過失，欲以啓聞，如此恐無好。4054

好，虛到翻　更鑄五銖錢，背、面、肉、好皆有周郭。5444

郝，呼各翻　敗金城太守郝崇。1481

郝，師古曰：郝，呼各翻　後數日，單于死，用事貴人郝宿王刑未央使人召諸王，未至。858

郝，音釋，康曰：呵各切　楚幽王薨，國人立其弟郝。224

郝，音釋，徐廣曰一作赦　趙王將使趙郝約事於秦。171

浩，音誥　洛回鎮廉川，從叔吐若留鎮浩亹。3487

浩亹，孟康曰：浩亹，音合門。師古曰：浩音誥。　安國以騎都尉將騎二千屯
　　備羌，至浩亹。845

浩亹，音告門　先零諸種羌數萬人，屯聚寇鈔，拒浩亹隘。1371

浩亹，音告門，浩，又音閣　丙戌，至浩亹川。5643

浩亹，音誥門　曜武將軍王基爲晉興求太守，鎮浩亹。3667

耗，當讀曰眊。或讀如字　是以前世皆使重臣掌其事，猶或耗亂不集。7274

耗，師古曰：耗，不明也，讀與眊同，音莫報翻。　其令二千石各脩其職，不
　　事官職、耗亂者。545

耗，師古曰：耗，亂也，莫報翻。　吏道雜而多端，官職耗廢矣。622

滈，胡老翻　中外側目，其子滈頗招權受賄。8077

滈，與鎬同，下老翻　起陵霄臺於滈池。2881

號，戶刀翻　吏民守闕號泣者數萬人。824

號，戶刀翻，呼也　德戡迎謁，引入朝堂，號爲丞相。5780

號，戶高翻　呼，火故翻，叫號也。131

號，戶告翻，軍號也　詐爲抄者，擇空而行聽察，得其號。5819

呵，虎何翻　至江州破巴郡太守嚴顏，生獲之。飛呵顏曰。2127

呵，責怒也，虎何翻　命昭作粥，粥成，進泰，泰呵之曰。1770

喝，呼葛翻　況貧賤之人，仰屠爲生，日戮一人，終不能絕，但資恐喝，徒長
　　姦欺。6553

喝，呼葛翻；亦作猲，音同　是故恫疑、虛喝、驕矜而不敢進。71

愒，許曷翻，又呼曷翻，謂相恐脅也。鄒氏愒音憩　是以衡人日夜務以秦權，
　　恐愒諸侯，以求割地。67

訶，虎何翻　出入禁闥，門衛不敢訶。4347

蠚，呼各翻，螫也　是更速其禍也，必縱毒蠚以向朝廷。2945

蠚，師古曰：毒也，音壑，毒也。　暴露水居，蝮蛇蠚生。572

合，古沓翻　乃進粥數合。4717

合，音閣　衍取附子并合大醫大丸以飲皇后。799799

合，音閣，合少爲多也　官錢細小者，稱合銖兩。4304

合，音閤，十龠為合　將士人廩米日一合，雜以茶紙樹皮為食。7027

合，音蛤　章竟死獄中，妻子徙合浦。983

合，音閤　自言能合長年藥。6499

何，江淮間音以「韓」為「何」，字隨音變，遂為何氏。　司隸校尉蜀郡何武為
　　京兆尹。1025

劾，《漢書音義》戶概翻，今音戶得翻　中丞蕭俛劾奏其狀。7753

劾，胡得翻。治鬼曰劾。　仍施諸厭劾符書、藥物等。2612

劾，戶概翻　劾奏錯：「不稱主上德信，欲疏羣臣、百姓，又欲以城邑予吳，無
　　臣子禮，大逆無道。錯當要斬。」522

劾，戶概翻，又戶得翻　於是釋之追止太子、梁王無得入殿門，遂劾「不下公
　　門，不敬」，奏之。459

劾，戶蓋翻，又戶得翻　御史於元日不劾武官衣劍之不齊者。5555

劾，戶慨翻，又戶得翻　抗表劾威。5439

劾，舊音戶概翻，今紇得翻　令民間皆用足陌錢，陌不足者皆執之，劾以行賂，
　　取與皆死。8178

和，乎臥翻　城中少年朱弟、張魚等恐見鹵掠，趨讙並和。1249

和，胡臥翻　時康居兵萬餘騎，分為十餘處，四面環城，亦與相應和。939

和，戶臥翻　衞侯言計非是，而羣臣和者如出一口。34

和，如字　作《唐雅樂》，凡八十四調，三十一曲，十二和。6051

和，師古曰：和，應也，胡臥翻　羌人乘利，諸種並和。921

郃，古沓翻　義師自梁山濟河，指韓城，逼郃陽。5750

郃，古合翻　以私事請託於郃。1847

郃，古合翻，又曷閤翻　前司空李郃為司徒。1635

郃，古合翻，又曷閤翻　司空李郃免。1607

郃，曷閤翻　戶曹李郃諫曰。1535

郃，曷閤翻，又古合翻　司徒掾汝南周舉謂李郃曰。1640

郃，曷閤翻，又古盍翻　乃使其將高覽、張郃等攻操營。2034

郃，曷閤翻　賢良方正裴休、李郃、李甘、杜牧、馬植、崔璵。7858

郃，音合　赦為郃陽侯。379

核，與覈同，謂精確得其實也　行必核其眞，然後貴之；言必核其眞，然後信之。934

荷，戶可翻，又如字　建康震懼，民皆荷擔而立。3959

荷，下可翻　謂置戈於身之上，即荷戈也。191

荷，下可翻，又讀如字　世祖以爲必能負荷大業。4336

荷，下可翻，又如字　潁弗克負荷，宜降封一邑，特全其命。2703

荷，下可翻，又音何　父子兄弟負籠荷鋪。1159

荷，下可翻，又音如字　豈可不感尋王業，大懼負荷。3805

荷，下可反　荷恩深厚。5302

荷，音下可翻，又如字　蔡尙書今日可謂能負荷矣。4065

涸，戶郭翻　繼以山陵及出師，帑藏遂涸。9119

菏，音柯　右軍循河、濟，屯阿、鄄以連魏師。音註：其南瀆爲菏水，東南流至山陽湖陸縣，與泗水合。130

貉，讀與貊同　八月，北貉燕人來致梟騎助漢。348

貉，曷各翻。康曰：貉，莫白切　老罷當道臥，貉子何得過。4883

貉，莫客翻　故終以脅韓，弱魏，破燕、趙，夷齊、楚，卒兼六國，虜其王，立秦爲天子。又北逐胡貉。279

貉，楊正衡曰：貉，音鶴，獸名　顧謂機曰：「貉奴，能作督不！」2687

貉，音鶴　以夔安爲大都督，帥石鑒、石閔、李農、張貉、李菟等五將軍。3034

貉，音陌，莫百翻　誅貉將軍楊俊、討濊將軍嚴尤出漁陽。1187

貉，與貊同，莫百翻　貉人犯法，不從驕起。1198

閡，牛代翻　乾元中爲回鶻所破，自是隔閡不通中國。7947

閡，五慨翻　慶弔之禮廢，恩紀之違，甚於路人；隔閡之異，殊於胡、越。2269

閡，賢曰：閡，與礙同　願寬假轡策，勿令有所拘閡而已。1584

閡，與礙同　防閑益密，有功者以閡文不賞。1837

翮，師古曰：羽本曰翮，音胡隔翻　取大鳥翮爲兩翼。1219

闔，戶臘翻　吳王闔閭信而用之，伐楚入郢。141

闔，轄臘翻　上命宰相闔中書四門搜掩。7635

鞨，戶割翻　突利可汗與奚、霫、契丹、靺鞨入自幽州。5895

鞨，戶葛翻　高麗王元帥靺鞨之眾萬餘寇遼西。5560

鞨，音曷　強敵在前靺鞨出後。5661

劓，恨沒翻，又下結翻，劓也　梁之舊臣見者皆欲劓其面，抉其心。8900

劓，恨勿翻　乃陰使武安君為上將軍，而王劓為裨將，令軍中有敢泄武安君將者斬。169

劓，下沒翻，又戶結翻　盛夏降霜，經破邏眞谷，其地無水，人劓冰，馬噉雪。6112

劓，音紇，杜佑：恨勿翻，康胡骨翻　秦左庶長王劓攻上黨，拔之。167

覈，戶革翻　吳中書丞吳郡華覈。2474

覈，晉灼曰：音紇　雖貴為公卿，糠覈不充。音註：孟康曰：覆，麥糠中不破者也。5908

覈，下革翻　郭崇韜欲革其弊，請令銓司精加考覈。8917

覈，下格翻　今窮覈則應坐者眾。8213

鶡，何葛翻　貢貂皮千枚，鶡雞皮十具。2290

鶡，師古曰：此鶡，音芥，本作鴿，此通用耳。……今時俗所謂鶡雞者也，音曷；非此鴿雀也　時京兆尹張敞舍鶡雀飛集丞相府。873

湼，奴結翻　冬，十月，己酉，上幸同泰寺，升灕坐，講《湼槃經》。4814

佷，孟康曰：佷，音桓。唐峽州辰陽縣有佷山。佷，音銀　漢人自佷山通武陵。2201

很，戶墾翻　會既敗魏兵，矜很滋甚。3447

很，戶懇翻　吳主嫌恪剛很自用。2393

很，下墾翻　政憒很，不奉法。1655

狠，何墾翻　因下令軍中曰：「有猛如虎，狠如羊，……」283

狠，戶墾翻　寵亦狠強，嫌怨轉積。1299

狠，戶懇翻　衛公直性浮詭貪狠。5306

亨，讀曰烹　項王怒，亨陵母。313

亨，讀作烹　夫紲食鷹隼，欲其鷙也。鷙而亨之，將何用之。1873

亨，火庚翻　外夷稽首稱藩，中國讓而不臣，此則羈縻之誼，謙亨之福也。886

亨，與烹同　亨醢分裂。1327

恆，胡登翻　癸亥，改鎮州爲恆州。9233

恆，戶登翻　秋，七月，恆山哀王不疑薨。422

恆，音常　帝既外逼於榮，內逼皇后，恆怏怏不以萬乘爲樂。4778

桁，讀與航同　詔以卞壼都督大桁東諸軍事。2950

桁，戶剛翻　軍中相驚，言玄已至南桁。3539

桁，戶庚翻　鄧至羌檐桁失國。5115

桁，與航同　溫嶠移屯水北，燒朱雀桁以挫其鋒。2925

桁，與航同，戶剛翻　直至朱雀桁南。4180

珩，戶庚翻　因言斑與廣寧王孝珩交結。5310

珩，音行　別駕代郡韓珩曰。2061

橫，胡孟翻　橫赦貸臣，爲臣受汙。1539

橫，戶孟翻　文帝寬，不忍罰，以此吳日益橫。517

橫，戶孟翻，又如字　王不可以不強，不強則宰牧從橫 1532

橫，師古曰：橫，胡孟翻　前山陽亡徒蘇令等縱橫。1092

橫，師古曰：橫，戶孟翻　盜賊橫發。1100

橫，師古曰：橫，音胡孟翻　驕其親屬，假之威權，從橫亂政。1009

橫，下孟翻　多聚無賴少年度爲僧縱橫犯法。6437

橫，亦作衡，音同　破遊說之言從橫者。30

橫，戶孟翻　椒房母后之家，賞賜橫與。2325

橫，下孟翻　橫造異論。下有司策免鄭默。2584

橫，音光　橫門邸閣與散民之穀，足周食也。2240

橫，孟康曰：橫，音光　丞相率百官送至橫門外，祖而遣之。773

橫，音光　而族滅江充家，焚蘇文於橫橋上。737

橫，與黌同，學舍也，《載記》作「東庠」　作東橫。2891

衡，讀曰橫　故從親則諸侯割地以事楚，衡合則楚割地以事秦。72

衡，讀曰橫。衡人，說客之連橫者　夫衡人者，皆欲割諸侯之地以與秦。67

衡，與橫同　兩軍相爲表裏，各用其長技，衡加之以眾。487

訇，呼宏翻　天水人訇琦等殺成太尉李離。2746

訇，楊正衡曰：訇，呼宏翻　秦州流民鄧定、訇氏等據成固。2728

薨，呼肱翻　趙惠文王薨，子孝成王丹立，以平原君爲相。162

輷，呼宏翻　人民之眾，車馬之多，日夜行不絕，輷輷殷殷，若有三軍之眾。
　　69

泓，烏宏翻　從事中郎黃泓曰。3093

虹，《漢書》音貢，今音絳　淮陰太守申闡據睢陵應建康。音註：隋并睢陵入夏
　　丘縣，唐以夏丘爲虹縣，屬泗州，復漢舊縣名也。4095

虹，師古曰：虹，音貢，……虹，今讀如絳　叔業引兵攻虹城。4415

虹，顏師古曰：虹，音貢，今音絳　仍命宿州出兵符離，泗州出兵於虹以邀之。
　　8125

翃，乎萌翻　與判官王令謀、參軍王翃專主謀議。8757

翃，戶宏翻　經略使王翃至藤州。7216

翃，戶萌翻　或說王翃、趙贊曰。7377

閎，音宏　閎夭、周公，豈不亦忠且聖乎！187

谼，戶工翻　追破之於赤谼嶺。4829

鈜，戶公翻　於是韋堅王鈜之徒。6853

澒，戶孔翻　其餘混澒軒囂，欲相效者。7891

睺，音侯　九月，庚午，將軍周羅睺攻隋故墅，拔之。5443

睺，音侯　雖破羅睺未可輕進。5821

按：睺，不見於《廣韻》、《集韻》。史有周羅睺，人名。惟據《御定康熙字典》
　　云：「睺，字彙補何樓切，音侯，睺字之譌。月之交首尾曰羅睺；又人名。
　　隋將周羅睺封義寧郡公。」按《廣韻》有「睺」，與「侯」同音，戶鉤切。
　　《集韻》「睺」，下溝切。義爲「半盲也。」

糇，音侯　塞北霜旱，糇糧乏絕。6065

糇，音侯，乾食也　寇恂調糇粮、治器械以供軍。1272

餱，戶鉤翻，乾食也　道途險遠，不足充餱糧。5656

餱，音侯　詩云：民之失德乾，餱以愆。956

后，與後同　朝覲、聘享必以皮幣薦璧，然後得行。638

厚，胡茂翻　鐵厚一寸，射而洞之。2703

厚，戶豆翻　米厚數寸。5808

厚，戶遘翻　高十仞，基厚三十步。上廣十步。3795

厚，戶茂翻　置營於晉安之南，長百餘里，厚五十里。9149

後，胡茂翻　故尙書令唐林等爲胥附、奔走、先後、禦侮，是爲四友。1193

後，戶豆翻　未有仁而遺其親者也，未有義而後其君者也。64

後，戶搆翻　所以然者欲其先禮義而後勇力也。6796

後，戶遘翻　故爲國爲家者苟能審於才德之分而知所先後。15

後，戶搆翻　夫行罰先貴近而後卑遠，則令不犯；行賞先卑遠而後貴近，則功不遺。7386

後，戶覯翻　毋後人有天下。804

後，去聲　先東京而後諸夏，先諸夏而後夷狄。885

後、先，並去聲　清官選補之法，妙盡才望，如不可並，後地先才，不得拘以停年。4719

後、先，皆去聲　後之發，先之至，此用兵之要術也。188

逅，胡豆翻　我後子孫邂逅不肖。4440

逅，胡茂翻　穆之若邂逅不幸。3689

逅，戶遘翻　邂逅致死。4623

逅，戶茂翻　濟陰王在內，邂逅公卿立之，還爲大害。1634

堠，戶遘翻　但使鎭戍連接，烽堠相望。5474

呼，火故翻　楚戰士無不一當十，呼聲動天地。286

呼，火故翻，叫號也　王孫賈乃入市中呼曰。131

呼，師古曰：呼，火故翻　呼曰：「反虜王莽何不出降。」1250

呼，師古曰：呼，叫也，音火故翻。　雲呼曰：「臣得下從龍逢、比干遊於地下，足矣。」1033

召，呼骨翻　啓太子遣將軍陳召、鄭綽討元。2213

惚，音忽　而仲文失志恍惚，遂不過府。3595

虖，讀曰呼　遣捕虜將軍馬武屯虖沱河以備匈奴。1380

虖，古乎字　豈有異秦之季世虖。471

嘑，古呼字　須臾，開戶嘑客子。1074

滹，音呼　營於滹沱水北以邀之。3440

嫫，師古曰：嫫，音謨，即嫫母也　故嫫母輔佐黃帝。音註：《漢書古今人表》：嫫母，黃帝妃，生倉林。6290

諕，火故翻　「式號式諕」，《大雅》所以流連也。1012

槲，胡谷翻　坐大槲樹下。4803

縠，戶谷翻　於是自占爲紬繭羅縠戶者甚衆。3790

醐，音胡　曷若豫儲倉粟安而給之，豈不愈於驅督老弱醐口千里之外哉。4283

滸，呼古翻　冬，鬱林太守谷永以恩信招降烏滸人十餘萬。1824

乎，與互同　秦武安君定巫、黔中。音註：因周、隋州郡之名，遂與秦、漢黔中郡交乎難辯。146

箎，音池　奏《鹿鳴》，帝自奏塤箎和之，以娛嘉賓。1451

岵，侯古翻　潁州刺史李岵以事忤滑亳節度使令狐彰。7203

昈，侯古翻　初，李師道謀逆命，判官高沐與同僚郭昈、李公度屢諫之。7747

笏，呼骨翻　一門執象笏者百餘人。5437

扈，音戶　桓齮伐趙，敗趙將扈輒於平陽。219

瓠，戶故翻　復決濮陽瓠子。584

瓠，戶故翻，又音乎　遣將軍行參軍陳憲行汝南郡事，守懸瓠。3938

瓠，戶誤翻，匏也　又以瓠貯火。4416

瓠，音胡，又音互　敗晉兵於懸瓠。3195

鄠，音戶　鄠、杜令欲執之。563

滬，侯古翻　晟因德信至營中，數以滬澗之敗及所過剽掠之罪，斬之。7401

滬，音戶　恩知城不可拔，乃進向滬瀆，裕復棄城追之。3521

滬，音扈　劉裕追孫恩至滬瀆、海鹽，又破之。3530

魱，戶吳翻，麪粘也　有舉人沈全交續之曰：「魱心存撫使，眯目聖神皇。」6478

華，讀如花　冬，十月，桃、李華。466

華，讀如字　頡利可汗得華人趙德言，委用之。6037

華，讀曰花　有盜數十人，素冠練衣，焚香持華，自稱彌勒佛。5648

華，戶化翻　南抵華陰而東流。43

華，戶化翻，姓也　先是，齊聞韓信且東兵，使華無傷、田解將重兵屯歷下，軍以距漢。340

華，如字　華林、天淵，足用展遊宴。2233

華，師古曰：華，音胡化翻。姓也　待詔華龍行汙穢。898

滑，崔浩云：音骨　齊高陽王湜，以滑稽便辟有寵於顯祖。5193

滑，戶八翻，姓也　堂後主書滑渙久在中書。7635

滑，康曰：滑，戶八切，姓也，本滑伯國，姬姓，其後因國爲氏。漢有詹事滑
　　典　丁酉，魏尙書滑稽引兵襲倉垣。3749

滑，姚察云：讀如字　齊高陽王湜，以滑稽便辟有寵於顯祖。5193

滑，音骨　爲人清儉寬弘，人莫測其喜慍，滑稽多智，浮沈取容。9510

滑，音骨，亂也　君臣上下之間滑然有離德者也。189

滑，崔浩云：音骨，姚察曰：讀如字　教坊祝漢貞，滑稽敏給。8063

譁，師古曰：譁，讙也，火瓜翻　流言飛文，譁於民間。914

鏵，戶花翻　況家有鐺釜，野有鏵犁，犯法必多。9313

畫，劉熙曰：畫，齊西南近邑，音獲；《索隱》曰：音胡卦翻。……《通鑑》以
　　「畫邑」爲「晝邑」，以孟子去齊宿於晝爲據也。若以《孟子》爲據，則「晝」
　　讀如字　樂毅聞畫邑人王蠋賢。129

畫，讀與劃同　帝立道成於室內，畫腹爲的。4194

畫，讀曰劃　上乃使黃門畫周公負成王朝諸侯以賜光。744

畫，古畫通　莽孫功崇公宗坐自畫容貌被服天子衣冠刻三印發覺自殺。1216

畫，古畫字通　時乘輿幄坐張畫屏風。1012

畫，古畫字通　上以戎狄賓服，思股肱之美，乃圖畫其人於麒麟閣。888

畫，古畫字通　畫以五采龍文。140

畫，胡麥翻　弇進軍畫中。1332

畫，戶卦翻　及師古疾篤，師道時知密州事，好畫及齊箓。7634

畫，計策也，音獲　時奇譎之士石畫之臣甚眾。1103

畫，與劃同　先命作輕舸，載服玩、書畫。3549

畫，與劃通　帝遣使慰諭，并畫須陀士、信戰陳之狀而觀之。5670

畫，與劃同　畫室之功，可宜減省。2633

畫，與劃同　龍舟畫舸。8859

劃，呼麥翻，又音畫　於是土田名器，分劃殆盡。7891

濩，音獲，又戶卦翻　封參爲濩清侯。689

繣，音獲　大破齊、楚軍於臨濟下。音註：枚狀如箸，橫銜之，繣結於項。274

槐，乎乖翻，又乎瑰翻　楚威王薨，子懷王槐立。73

踝，胡瓦翻　流血沒踝。3953

踝，戶瓦翻　獄吏考掠孫拯數百，兩踝骨見。2689

壞，古瞋翻　壞釀器。7169

壞，音怪　《穀梁傳》：苞人民驅牛馬曰侵，斬樹木、壞宮室曰伐。88

壞，此壞，其義尉成壞之壞，讀如字。　嗚呼！君臣之禮既壞矣。6

壞，音怪，人毀之也　非三晉之壞禮，乃天子自壞之也。6

齁，胡悔翻，又于鄙翻　齁領九眞太守。2104

讙，讀如誼　當刑者皆喜躍讙呼。6459

讙，讀曰喧　坊市民喜，爭讙呼出迎官軍。8250

讙，況爰翻　正讙不可止。764

讙，師古曰：讙，衆聲也，許爰翻　又聞民間讙言「霍氏毒殺許皇后」。817

讙，許元翻　諸侯讙譁。521

讙，許爰翻　恐不合眾心，羣下讙譁。769

讙，音喧　諸將盡讙曰。316

讙，與喧同　式既犒飲，又賵其父母妻子，皆泣拜讙呼。8084

讙，與喧同，許元翻　竟朝置酒，無敢讙譁失禮者。375

讙，與誼同　皆讙呼曰：「晉王仁孝，當爲嗣。」上悅。6196

驩，火官翻　昔者鯀、共工、驩兜與舜禹雜處堯朝。913

郇，師古曰：郇，音荀，又音胡頑翻　是時清名之士，又有琅邪紀逡、齊薛方、太原郇越、郇相。1195

郇，須倫翻　郎中殷郇諫之。3175

郇，音荀　以爲上柱國，封郇公。5361

峘，胡登翻　以武部侍郎李峘爲劍南節度使，代之。7003

峘，戶登翻　請除展江淮都統，代李峘。7097

洹，胡官翻　己亥，移居祇洹寺。5119

洹，戶官翻　今波斯王卒，其子泥洹師爲質在京師。6390

洹，音桓，又于元翻　令天下之將相會於洹水之上。67

洹，于元翻　夫諸侯之約從，盟於洹水之上，結爲兄弟，以相堅也。83

洹，于元翻，又音桓　曹操進軍至洹水。2053

洹，于原翻　悅收合散卒，得二萬餘人，軍於洹水。7306

還，從宣翻　蘇代使於齊而還。86

還，從宣翻，又如字　魏師還，與齊戰於桂陵，魏師大敗。53

還，讀曰旋　上因納，謂丹曰：「吾病浸加，恐不能自還。」951

還，而宣翻，又如字　超設備甚嚴，俟縱酒盡醉而還。3929

還，如字　是日，太皇太后遣中使送二女還晈家。7938

還，旬緣翻　或至塗而反，或望廬而還。1930

還，音如字，又從宣翻　公義即宿聽事，終不還閣。5526

還，音旋　兵至大梁而還。131

還，音旋，又讀如字　燕范陽王德擊秦枋頭，取之，置戍而還。3325

還，音旋，又如字　恐吾至阻險而還也。326

環，讀如宦　乃以河中兵環毬場。8009

環，胡慣翻　希烈使其養子千餘人環繞慢罵，拔刃擬之，爲將剚啗之勢。7340

環，據《漢書音義》，音宦　令軍中環畫邑三十里無入。129

環，師古曰：環，繞也，音宦　時康居兵萬餘騎，分爲十餘處，四面環城，亦
　　與相應和。939

環，音宦　軻逐王，王環柱而走。227

環，音患　建急攻成都環城烽壄亙五十里。8315

繯，于善翻　城上以鉤繯挽之使近。8156

轘，胡慣翻　其刑名有五，一曰死，重者轘之。5239

轘，胡悍翻，車裂也　初怒，截其舌而囚之，轘於姑臧市。2879

轘，戶串翻　車裂以徇。音註：車裂，古之轘刑。61

轘，戶關翻，又戶慣翻　於是去前世梟、轘及鞭法。5444

轘，戶慣翻，車裂也　又欲復肉刑，增置烹轘之法。3593

轘，音還　粲出轘轅，掠梁、陳、汝、潁間。2752

轘，音環　軍不利，南出轘轅。289

轘，音宦　追獲之，并其四子，轘之於譚郊。3651

轘，音患，車裂也　轘紀祥等於市。8699

闤，戶關翻　里陌動有經坊，闤闠亦立精舍。6550

鐶，戶關翻　師怒，以刀鐶築殺之。2413

鐶，與環同　正中其鐶。3037

瓛，胡官翻　帝問爲政於前撫軍行參軍沛國劉瓛。4226

瓛，戶官翻　荊州刺史義興王瓛。5491

幻，胡辦翻　專以沙門法及西域幻術教化。5105

幻，戶辦翻　六月，魏冀州沙門法慶以妖幻惑眾。4615

浣，戶管翻……《索隱》作「晚」　立其子浣爲趙氏後。16

擐，胡慣翻，貫甲也　於時羽檄交至，人馬擐甲。2359

擐，戶慣翻　勛入其營，士卒已擐甲執兵矣。7409

擐，賢曰：擐，貫也，音官　帝躬擐甲介馬。1891

擐，音宦　蕩母羅氏擐甲拒戰。2679

擐，音患　壬子，數千人斧庫門，出甲兵擐執之。7589

澣，戶管翻　上舉衫袖示之曰：「此衣已三澣矣。」7929

貆，戶官翻　又使司馬錯發隴西兵。音註：自隴以西，本冀戎、貆、戎、氐、
　　羌之地。135

肓，呼光翻　上深美靖功，曰：「靖，蕭、輔之膏肓也。」5982

肓，徐曰：肓，音荒　恐遂成膏肓之疾。2829

肓，音荒　根深蒂固，疾成膏肓。8597

荒，師古曰：荒，呼廣翻　立以爲皇后，生四男，宇、獲前誅死，安頗荒忽。
　　1170

慌，乎往翻　自遭禍罰，慌惚如昨。4297

湟，音皇　囂死，佗即移檄告橫浦、陽山、湟谿關曰。394

瑝，戶盲翻，又音皇　審素二子瑝琇皆幼。6811

潢，積水曰潢，音黃　故使陛下赤子盜弄陛下之兵於潢池中耳。822

璜，胡光翻　義遂與東郡都尉劉宇、嚴鄉侯劉信、信弟武平侯劉璜結謀。1161

璜，戶光翻　次問翟璜。18

篁，師古曰：竹田曰篁，音皇　　處谿谷之間篁竹之中。569

蝗，戶光翻　夏，四月，大旱，蝗。507

鍠，戶觥翻　趙鍠新得宣州。8381

鍠，戶盲翻　李楚琳遣其將石鍠將卒七百從瑊拔武功。7422

鍠，戶盲翻，又音皇　明州鎮將栗鍠。7582

鍠，戶萌翻，又音皇　徐州刺史司馬鍠。6570

怳，呼廣翻　上聞之，怳然將墜牀。4963

怳，虎晃翻　乃命左右悉取其家珊瑚樹，高三、四尺者六、七株，如愷比者甚眾，愷怳然自失。2579

恍，呼廣翻　而仲文失志恍惚，遂不過府。3595

恍，許昉翻　租庸使王正言病風，恍惚不能治事。8924

幌，呼廣翻　人生如樹花同發，隨風而散，或拂簾幌墜茵席之上。4259

慌，呼廣翻　三軍萬夫，環旋翔羊慌駭之間。7890

滉，呼廣翻　浙江東西節度使韓滉閉關梁禁馬牛出境 7378

滉，戶廣翻　加又洪流滉瀁。2287

銚，呼廣翻　厖使其子銚與長史裴嶷將精銳為前鋒。2873

銚，呼廣翻　燕王銚遣都尉趙槃如趙，聽師期。3014

銚，戶廣翻　慕容厖遣其世子銚襲段末杯，入令支。2910

虺，許鬼翻　若乘虎狼而挾蛇虺如唐世者也。8596

虺，許偉翻　臣聞仲虺贊揚成湯，不稱其無過，而稱其改過。7382

煇，《索隱》音暉　蜀守煇叛秦，秦司馬錯往誅之。110

煇，音輝　軍長史與決眭都尉煇渠侯謀曰。736

詼，古回翻　（東方）朔、（枚）皋不根持論，好詼諧。562

褘，許韋翻　遣內參詣晉陽取皇后服御褘翟等。5359

撝，許為翻　隋遣兼散騎侍郎鄭撝來聘。5448

撝，許韋翻　八月，戊戌，撝與宜都王圓肅帥文武詣軍門降。5104

撝，與麾同　謂江、淮之南指撝可定。5862

撝，吁為翻　以巴西、梓潼二郡太守永豐侯撝為征西大將軍。5084

翬，音暉　業子翬逃，辭不受。1376

隳，音揮　齊自和士開用事以來，政體隳紊。5321

回，胡對翻　羌胡百里望塵，千里聽聲，今逃匿避回。1688

回，師古曰：回，繞也，曲也，戶悔翻　東道回遠而水草少。641

卉，百草摠名，音許偉翻，又音諱　雜植奇花異卉。5477

恚，師古曰：恚，恨也，於避翻　烏禪幕請之，不聽，心恚。863

恚，衣避翻　陰皇后多妬忌，寵遇浸衰，數懷恚恨。1553

恚，於避翻　美人已生子，恚，即自殺。456

恚，於避翻，怒恨也　每有所關白，虎恚曰：「此小事何足白也！」時或不聞，
　　又恚曰：「何以不白！」3011

彗，祥歲翻　會有彗星見。5251

彗，祥歲翻，旋芮翻，又徐醉翻　十一月彗星出二十餘日不見。1200

彗，祥歲翻，延芮翻，又徐醉翻　窮困百姓是以日食且十彗星四起。1100

彗，祥歲翻，音又見上　今宮室過盛，天彗章灼。2316

彗，祥歲翻，又徐醉翻　彗星見輿鬼長丈餘。8903

彗，祥歲翻，又徐醉翻，又旋芮翻　彗星出東北。513

彗，祥歲翻，又徐醉翻，又音歲　三月，丁酉，彗星出於婁，長三尺。8108

彗，祥歲翻，又旋芮翻，又徐醉翻　彗星見於奎婁。3005

彗，祥歲翻，又音歲，又音遂　太平公主使術者言於上曰「彗所以除舊布新，
　　又帝座及心前星皆有變」。6673

彗，祥歲翻；又徐醉翻，旋芮翻　彗星見。109

彗，祥歲翻　權引彗星，越升明兩。6295

彗，祥歲翻，又徐醉翻，又旋芮翻　彗星見。107

彗，祥歲翻，又徐醉翻，又音歲　夏，四月，庚子，有彗星出西北。8642

彗，徐芮翻，又徐醉翻，又祥歲翻　寶石負圖，狀象靈龜，立於川西，有石馬
　　七及鳳凰、麒麟、白虎、犧牛、璜珙、八卦、列宿、孛彗之象。2314

喙，師古曰：喙，口也，喙，音許穢翻　是以忍百萬之師以摧餓虎之喙。1104

喙，許穢翻　蜀太子元膺，猨喙鴟齒。8773

惠，與慧同　深亦聰惠，有志操。5497

匯，戶罪翻，水回合也　河自楊劉至於博州百二十里，連年東潰，分為二派，
　　匯為大澤。9519

彙，于貴翻　河東將王權、馬彙引兵歸太原。7411

彙，于季翻　馬燧遣其行軍司馬王權及其子彙將兵五千人入援，屯中渭橋。7373

會，讀如字。一說吳會謂吳會稽二郡之地會，音工外翻　今操三分天下已有其二，將欲飲馬於滄海，觀兵於吳會。2135

會，工外翻　會稽莊助亦以賢良對策。556

會，古外翻　越初都會稽。66

賄，呼罪翻　宏恐上見其貨賄，顏色怖懼。4638

橇，音衛　士卒傷死，中國橇車相望。581

濿，胡桂翻　立皇子洿爲信王，泚爲義王，漼爲陳王，澄爲豐王，濿爲恆王，淙爲梁王，滔爲汴王。6802

澮，古外翻　魏敗韓師趙師於澮。42

薈，烏外翻　河南尹華薈在城皋。2764

薉，荒蕪也，音烏廢翻　臨平湖自漢末薉塞。2542

薉，音穢　今徇西夷，朝夜郎，降羌、僰，略薉州。601

薉，音濊　東夷薉君南閭等共二十八萬人降，爲蒼海郡。598

頦，呼內翻　唐主性節儉，常躡蒲屨，盥頦用鐵盆。9230

瓚，黃外翻　太傅越徵建威將軍吳興錢瓚及揚州刺史王敦。2748

篲，祥歲翻　昔戰國之世，處士橫議，列國之王至爲擁篲先驅。1823

繢，戶外翻，又戶對翻　遣國子司業薛昌祚、內使王延繢齎詔賜全忠。8585

繢，黃外翻　乃以白鹿皮方尺，緣以藻繢。638

翽，呼會翻　立皇弟翽爲南陽王。4191

翽，呼外翻　遣冀州長史劉伯英、右武衛將軍馮士翽發嶺南兵討之。6335

闠，戶對翻　里陌動有經坊，闤闠亦立精舍。6550

鏏，呼會翻　邕州軍亂，逐節度使李鏏。8530

鏏，火外翻　又入左常侍羅讓、詹事渾鏏、翰林學士黎埴等家。7914

憒，音昏　雖皆前宰之憒謬。3055

憒，康曰：憒，音昏　太子曰：「太傅之計，曠日彌久，令人心憒然，恐不能須也。」224

憒，師古曰：憒，謂不了，言惑於此事也。憒，音昏。一云：憒，古閔字，憂病也。余謂當從後說　死者恨於下，生者愁於上，臣甚憒焉。1004

葷，許云翻　陰欲自託，乃曰：「方今四夷賓服，皆爲臣妾，北無葷粥、冒頓之患。」962

渾，胡本翻　今考績之法廢，而以毀譽相進退，故眞僞渾雜，虛實相蒙。2327

渾，胡昆翻　陸渾民孫狼等作亂。2163

渾，胡昆翻，又戶本翻　思明大敗。中郎將渾瑊射李立節，殺之。6960

渾，戶本翻　是以廉恥貿亂，賢不肖渾殽，未得其眞。553

渾，戶混翻，又戶本翻　上乃加渾瑊河中絳州節度使，充河中同華陝虢行營副元帥。7444

渾，戶昆翻　築長城，自代並陰山下，至高闕爲塞。音註：《水經註》：河水自窳渾縣東屈而東流。209

渾，戶昆翻，又戶本翻　辛亥，以渾瑊爲京畿渭北節度使。7356

渾，師古曰：渾，下昆翻　執渾邪王子。630

渾，師古曰：渾，音胡昆翻　於是崇、安自武關，宣等從陸渾關。1271

渾，音胡本翻　今賢不肖渾殽。912

混，同也，胡本翻　延壽、湯上疏曰：「臣聞天下之大義當混爲一。」939

圂，戶困翻　魏東徐州刺史成固公戍圂城。4138

溷，戶困翻，不潔也　擢其髮，以溷沃其頭。5164

溷，戶困翻，厠也　久之，正言詐漸露，敏索其賂不得，誘其奴，支解之，棄溷中。7699

溷，戶困翻，圂也，厠也　起至溷，以書刀自殺。1925

溷，師古曰：溷，胡頓翻　此皆舉錯失中，號令不定，法度失理，陰陽溷濁之應也。1069

溷，師古曰：溷，亂也，音胡頓翻　雖崇臺五層、延袤百丈而不溷者，工用相得也。840

溷，謂溷濆之也，漢陸賈曰「毋久溷公」即此義，音戶困翻　是天以寡人溷先生而存先王之宗廟也。159

溷，與圂同，胡困翻　待其智勇俱困，然後取之，溷牢之物，何足汲汲也。2984

濩，胡故翻　我輕騎南下，布濩林薄之間。3680

濩，戶故翻　然則韶、夏、濩、武之音，具存於世。6053

濩，師古曰：濩，烏虢翻　濩澤侯鄧鯉，曲成侯劉建。1455

濩，師古曰：音烏號翻　高幹入濩澤。2063（按：此例的反切下字可能有誤。《通鑑音註》中，「濩」的注音有「戶故」、「音戶」、「音故」、「烏號」等，這些注音都與《廣韻》的反切一致。此處懷疑「號」是「虢」的誤寫，但沒有別的證據，暫時存疑。）

濩，孫盛曰：濩，音戶　不如依杜濩赴朴胡。2139

穫，戶郭翻　丁夫戰於外，老弱穫於內。3029

蠖，烏郭翻　注至，蠖屈鼠伏，佞辭泉涌。7893

鑊，胡郭翻　卿未能保其頭，而愛鑊邪！2847

鑊，胡郭翻，吳人謂之鍋　是人也，故來犯吾，趣召鑊烹之。214

鑊，戶郭翻　願至大斂畢，退就鼎鑊。4362

J

机，舉綺翻，机案也　內人共舉机以拄門。2482

枅，堅奚翻　其門牆階級，窗櫺楣柱，柳桼枅栱。6358

姬，如淳曰：姬音怡，眾妾之總稱也（如淳曰）。索隱曰：如淳音怡，非也　定陶戚姬有寵於上。386

姬，音怡　尊帝母陳貴妃爲皇太妃，更以諸國太妃爲太姬。4171

屐，竭戟翻　見其使才，雖履屐間未嘗不得其任，是以知之。3283

屐，竭戟翻，蹻也　蕭淵藻裙屐少年。4552

笄，古兮翻　乃使水工鄭國爲間於秦，鑿涇水自仲山爲渠。音註：《華戎對境圖》：涇水上接蔚茹水，南流至笄頭山。204

犄，居蟻翻　徵大將軍天穆大丞相榮各使引兵來會，犄角進討。4760

勣，則歷翻　毓，勣之子也。5610

稽，姚察曰：音計　教坊祝漢貞，滑稽敏給。8063

稽，姚察云：音計　齊高陽王湜，以滑稽便辟有寵於顯祖。5193

稽，音雞　後頃之，冒頓死，子稽粥立。468

稽，音啓　樂羊再拜稽首曰。103

稽，應劭曰：稽，計也，相與計較也。稽，工奚翻　則反脣而相稽。473

壍，古歷翻　乃帥士卒及民於城外鑿壕以自固作壍數十萬。7015

激，師古曰：激，急勴，音工歷翻　敢爲激發之行，處之不慚惡。1001

機，居希翻　上好機祥小數。5547

機，居希翻，又其既翻　主使掖庭令陳玄運伺宮省機祥。6280

積，七賜翻　燔其積聚。2034

積，宿積，子智翻　所謂私民之穀，寄積於官，官有宿積，則民無荒年矣。4277

積，子賜翻　入楚地，佐彭越，燒楚積聚，以破其業。338

積，子賜翻，今人多讀如字，非也　焚其積聚。5867

積，子賜翻，又如字　民多流亡，租稅益少，倉廩之積不支半歲。8893

積，子賜翻。凡指所聚之物曰積則去聲，取物而積疊之則入聲　帝御廣陽門宴
　　將士，自門外夾道列布帛之積。5517

積，子智翻　夫匈奴，無城郭之居，委積之守。599

積，子智翻；凡指所聚之物曰積，則去聲　魏軍竟不至，而東陽積聚已爲百姓
　　所焚。3830

磯，居希翻　魯山乏糧，軍人於磯頭捕細魚供食。4493

雞斯，讀爲笄纚　東魏主與之宴，澄起舞，識者知其不終。音註：死肉未寒，
　　忘雞斯徒跣之哀。4951

齏，牋西翻　我本不圖全，若天地無靈，力屈於爾，齏之，粉之。3964

躋，牋西翻　立皇弟躋爲江夏王，贊爲武陵王。4184

齎，讀曰資　南越王、王太后飭治行裝重齎，爲入朝具。666

齎，牋西翻　從官過橋者人齎一石。9545

齎，師古曰：齎，與資同。余謂音則兮翻，亦通，裝也　其從軍天子爲遣太官
　　齎數十乘。644

齎，相稽翻　迥遣其大都督賀蘭貴齎書候韋孝寬。5413

　　按：此處「相稽翻」之「相」當爲「祖」之誤。胡三省《音註》中，「齎」
　　　　爲持付義的注音是「子兮翻」、「則兮翻」，其中「則兮翻」6 見，「子
　　　　兮翻」1 見，「牋西翻」1 見。「相稽翻」只 1 見。

齎，則兮翻　蘇秦陰遣其舍人齎金幣資儀。68

齎，子兮翻，持遺也。或爲資，義亦通。　所謂藉寇兵，齎盜糧者也。217

檕，相稽翻　車轂須用夾榆。音註：呂忱曰：檕榆宜作車轂。8644

　　按：檕，只一見於胡三省注中，《廣韻》齎檕同音，亦當爲「祖稽切」，「相」
　　　　爲誤字。

羈，居宜翻，寄也　今臣，羈旅之臣也。103

虀，子西翻　高駢聞寶敗，列牙受賀，遣使饋以虀粉。8346

齏，與虀同，牋西翻，碎切薑蒜爲之　彼不倚朝廷之援以自存則立爲鄰道所齏
　　粉矣。7693

炭，逆及翻　時忠武亦遣大將周炭詣潎水。8233

炭，魚及翻　尙書馬炭切諫，坐免官。3137

亟，急也，居力翻　恐有凶惡亟疾之怒。1084

亟，己力翻　欲霸之亟成，故射天笞地。124

亟，紀力翻　若亟與公高官。5378

亟，紀力翻，急也　不若及今亟止秦司空，勿使過江。8354

亟，居力翻，急也　爭以亟疾苛察相高。459

亟，欺冀翻　而頃來以小小不供，亟斬王公，直言忤旨，遽囚大將。2779

亟，區記翻　若在內釁成，不得不加鈇鉞，鈇鉞亟行，非國家之美也。3890

亟，去吏翻　太子亟微行，遊總家。5349

亟，去吏翻，頻數也　且留將軍狼顧一隅，亟經摧衂。5229

亟，去吏翻，頻也，數也　寓恐其有他志，亟爲之言。8521

亟，去吏翻，數數也　身二十年侍中，與卿先君亟連職事。4697

亟，去吏翻，數也　先是土人亟乘輕船。5209

亟，巳力翻　公當挺身力戰，早定關中，迺亟欲自尊，何示人不廣也。5680

亟，汜力翻　楊朝晟疾亟。7595

佶，極吉翻　嗣源本胡人，名邈佶烈，無姓。8308

佶，巨乙翻　鹽鐵使包佶。7378

佶，其吉翻　時上命包佶自督江、淮財賦，泝江詣行在。7394

笈，極曄翻　稺雖不應諸公之辟，然聞其死喪，輒負笈赴弔。1748

笈，其劫翻，又楚洽翻　朞年之間，懷經負笈者雲會。4546

疾，與嫉同，妬也　深疾之。1556

厝，秦昔翻　鹿毛壽謂燕王曰。音註：劉伯莊曰：鹿毛壽，人姓名；又曰潘壽。
　　《春秋後語》作「唐毛壽」。徐廣曰：一作「厝毛」。如徐廣一作之說，當
　　作「厝」。86

戢，側立翻，藏也　朕愧戢於心，何敢忘之。2793

戢，疾立翻　先帝以舊京傾覆，戢翼三齊。3611

戢，則立翻　僧辯不戢軍士。5081

戢，則立翻，又疾立翻　妃，戢之女也。4328

戢，阻立翻　不戢兵刃，雍州疑迫，何以自安。5037

戢，阻立翻，又疾立翻　以太子詹事何戢領選。4240

棘，紀力翻　進拔棘陽。1236

棘，與戟同　然起窮巷，奮棘矜。602

殛，師古曰：殛，誅也，音居力翻　夫人臣而「傷害陰陽」，死誅之罪也；「靖
　　言庸違」，放殛之刑也。973

塉，及尺翻　景遣任約帥銳卒五千據白塉以待之。5067

塉，秦昔翻　西州邊鄙，土地塉埆。1739

塉，秦昔翻，土薄也　武昌土地危險塉确。2499

楫，音集，又音接　若夫經制不定，是猶度江河亡維楫。474

蒺，昨失翻　退則據於蒺藜。2673

趌，起逸翻　乃決其腹，割心，投於地，猶趌趌然躍不止。6537

瘠，而尺翻　羣臣以上哀毀羸瘠，固諫而止。6116

瘠，秦昔翻　時敬瑭久病羸瘠。9119

瘠，蘇林曰：瘠，音漬。師古曰：瘠，瘦病也；言無相棄捐而瘦病者耳，不當
　　音漬也；貧乏之釋，尤疏僻焉。　故堯有九年之水，湯有七年之旱，而國
　　亡捐瘠者。491

瘠，在亦翻　敬瑭多於賓客前自稱羸瘠不堪爲帥。9131

踖，資昔翻　術踧踖。音註：踧踖，不自安貌。1920

踖，資息翻　禕但顧謝，踧踖而已。2367

踖，子昔翻　先以示瓘，瓘大踧踖。2551

檝，與楫同　將軍兄弟，操檝者也。1699

檝，與楫同，櫂也　僧辯疑齊，擁檝中流。5130

輯，師古曰：輯，與集同，集，和也　多十月，下詔曰：「南越、東甌，咸伏其
　　辜；西蠻、北夷，頗未輯睦。」676

輯，師古曰：輯，與集同，謂和合也　使韓信等得安輯河北趙地。336

輯，與集同　令明將能知其習俗、和輯其心者。487

蹐，音脊　受祿者無不跼蹐。4262

蹐，資昔翻　於是部吏望風旨，爭以激切爲事，貴戚跼蹐。1494

艥，與楫同　且棄舟艥之工。5385

籍，而亦翻　大丈夫當橫尸戰場，奈何狼籍都市。3784

脊，資昔翻　王又割濮磨之北，注齊、秦之要，絕楚、趙之脊。150

掎，居豈翻　密輒引兵以掎其後。5797

掎，居綺翻　《爾雅翼》：狼猛而敏給，能自顧其後，蓋狼行而屢顧，恐人掎其
　　後故也。71

掎，居蟻翻　羽所以不敢遂進者，恐吾軍掎其後耳。2161

掎，舉綺翻　掎其無備，必破之策也。2873

掎，舉綺翻。從後牽曰掎，又云偏引曰掎。　今大軍垂至，但當促兵以掎之耳。
　　2179

掎，師古曰：掎，從後引之也，謂引躡其言也，音居綺翻　躬掎祿曰。1107

掎，師古曰：掎，偏持其足也，居蟻翻　昔秦失其鹿，劉季逐而掎之。1327

掎，賢曰：掎，居蟻翻　故言事者雖合聖聽，輒見掎奪。1724

掎，魚豈翻　護烏丸校尉田豫乘虛掎其後。2222

幾，讀曰冀　長安中小民讙譁，鄉其第哭，幾獲盜之。1126

幾，居豈翻　太后曰：諾。年幾何矣。164

幾，居啓翻　未幾，帝復遣通事舍人李彥珣詣東川。9030

幾，居希翻　鄧通既至，爲上泣曰：「丞相幾殺臣。」505

幾，居希翻，近也　今自春幾夏。4379

幾，居希翻，又巨衣翻　振贍困乏，敕勸耕桑，以慰綏元元之心，諸夏之亂庶
　　幾可息。1028

幾，居希翻，又音祈　又遇風，船未能進，玄死幾一旬。3572

幾，居衣翻　微社稷之神靈，則鄗幾於不守也。105

幾，居依翻　《書》曰：「一日二日萬幾」。4

幾，居依翻，又巨希翻，近也　齊人奮擊，幾中之。5363

幾，居依翻，又音祈　棰陳延幾死。5556

幾，居於翻　是以首尾指支，幾不能相運掉也。7891

幾，巨依翻　輔伏兵邀擊，幾獲之。3337

幾，巨依翻，又居希翻　於是魏多細錢，米斗幾直一千。4767

幾，鉅依翻　憲宗削平僭亂，幾致升平。7773

幾，師古曰：無幾，言不多也，幾，音居豈翻　若此者亦無幾人。1020

幾，無幾，居豈翻　秦稍蠶食侵其地，今得二十五城，義渠之國所餘無幾矣。
　　88

幾，音祈，近也　戰士死者幾二千人。6230

幾，魚豈翻　未幾，虞望戰死。2897

幾，與機同　冢宰之任伊周所難願大王親萬幾納直言放鄭聲遠佞人。3434

幾，之幾，居依翻　天子兄弟詎有幾人，而翦之幾盡。4602

嶕，資昔翻　戊寅，上虞令王晏起兵攻郡，覬逃奔嶕山。4105

摋，師古曰：摋，謂拘持之也。摋，音戟　見物如蒼犬摋太后掖。429

擠，牋西翻，又子細翻　齊兵大敗，爭舟相擠。5138

擠，七細翻，又牋西翻　擠顏眞卿於死地，激李懷光使叛。7511

擠，師古曰：擠，墜也，音子詣翻，又子奚翻；余謂擠，排也，推也。　欲驅
　　士眾擠之大海之中。904

擠，子計翻，又牋西翻　莽少時慕與隆交，隆不甚附，故因事擠之。1127

擠，子西翻，又子細翻　必無擠於溝壑而不爲侵掠之害也。2626

擠，子細翻，又則兮翻　今日臨阬相擠，行自及也。1851

擠，子細翻，又子西翻　擠彼於死地。7464

擠，子詣翻，排也，又子奚翻　漢軍卻，爲楚所擠。318

蟣，居豈翻　介胄生蟣蝨。2404

蟣，居狶翻　高祖蟣虱生介冑。4130

蟣，居喜翻　宋義曰：「不然。夫搏牛之蝱，不可以破蟣蝨。」283

伎，巨綺翻　大饗六軍及譙父老於邑東，設伎樂百戲。2180

伎，其綺翻　大合伎樂。上皇與上御門樓臨觀。6679

伎，渠錡翻　凡候伺權貴之門，以大言自衒奇技驚眾者，皆不軌徇利之人。7775

　　（編者按：「伎」，原文作「技」）

伎，渠綺翻　射御足力則賢，伎藝畢給則賢。7

伎，渠綺翻，能也，藝也　君輩無自全之伎。4139

伎，渠綺翻，女樂也　奏伎、縱酒、賦詩不輟。5502

妓，渠綺翻　舍曜於永豐小城，給其妓妾，嚴兵圍守。2965

妓，渠綺翻，女樂也　景取東宮妓數百，分給軍士。4987

技，巨綺翻　尚方工技之作。1847

技，渠綺翻　齊人隆技擊。190

技，渠綺翻　侍醫李柱國校方技。976

技，與伎同，渠綺翻　晉王與褌宴，為之作故蜀技。2486

芰，奇寄翻　沼內亦剪綵為荷芰菱芡，乘輿遊幸，則去冰而布之。5620

芰，奇寄翻，菱也　昔屈到嗜芰，屈建去之。4306

垍，巨冀翻　刑部尚書張均及弟太常卿垍皆翰林院供奉。6923

垍，其冀翻　駙馬張垍為侍郎。6864

洎，其既翻　內自京邑，外洎邊陲，行者有鋒刃之憂，居者有誅求之困。7364

洎，其計翻　自此而往東，洎海南至番禺。7173

洎，其冀翻　洎於稷、契，咸佐唐、虞，至湯、武而有天下。1327

洎，渠至翻　宦官薦翰林學士姚洎為相。8575

悸，葵季翻　太師王舜自莽篡位後，病悸浸劇，死。1193

悸，其季翻　猥以不德，謬降大命，顧已兢悸，何以克堪。3769

悸，其季翻，心動也　帝自八年以後每夜眠恆驚悸。5703

悸，師古曰：悸，心動也，音揆。《韻略》：其季翻　光因舉手自撫心曰：「使我至今病悸。」796

祭，側界翻　諸子之封如六子。音註：周公六子，封於凡、蔣、邢、茅、胙、祭。1141

祭，賢曰：祭，音側介翻　秀舍中兒犯法，軍市令穎川祭遵格殺之。1263

祭，則介翻　《左傳》：祭仲曰：「都城過百雉，國之害也。」161

祭，張守節曰：祭，側界翻　宋宣公、吳餘祭，足以觀矣。2921

鴆，毒也，音其冀翻　威烈王。音註：距《左傳》趙襄子鴆智伯事七十一年。2

鴆，渠記翻　俊臣黨人羅告司刑府史樊鴆謀反，誅之。6513

暨，戟乙翻　陽惠朗、徐哲、暨慧景等。5479

暨，居乙翻，姓也　溫薦引同郡暨豔為選部尚書。2220

暨，姓也，音居乙翻，又㫜、既二音　遣驍騎將軍薛元嗣、制局監暨榮伯將兵
　　及運糧。4479

概，音冀　章曰：「深耕概種，立苗欲疏，非其種者，鋤而去之。」427

跽，忌己翻　王微聞其言，乃屏左右，跽而請曰。158

跽，巨几翻，跪也　焚其衣冠，跽而斬之。2930

跽，其几翻　元賞至，則已解衣跽之矣。7922

跽，其紀翻　項羽按劍而跽曰。302

稷，子例翻　初，屬兵過代地，犯其稷田。3207

薊，音計　齊人食邑於燕者二十餘君，有爵位於薊者百有餘人。130

髻，古詣翻　為世充兵所擒，兩騎夾持其髻。5903

濟，讀當如字　濟景公樊子蓋卒。5705

濟，臨濟，子禮翻　高陽、勃海二郡太守劉乘民據臨濟城。4112

濟，千禮翻　丞相歡聞之，即以季式為濟州刺史。4877

濟，如字　趙王虎作河橋於靈昌津，採石為中濟。3062

濟，子禮翻　夏桀之居，左河濟，右泰華。28

罽，居例翻　令賈人毋得衣錦、繡、綺、縠、絺、紵、罽，操兵、乘、騎馬。
　　382

罽，音計　初，武帝通西域，罽賓自以絕遠，漢兵不能至，獨不服。978

覬，凡利翻　若有姦人為之畫策，虛張賞設錢數，軍士覬望，尤難指揮。7846
　　（按：「凡利」當為「几利」，疑抄寫之誤。）

覬，音冀　是以民服事其上而下無覬覦。」606

繫，古詣翻　乃取渾擎旗倒繫之。8280

繫，戶計翻　文王序易，以乾坤為首。孔子繫之。3

繫，音計　不給鎧仗，但繫幟於長竿以別隊伍。9003

霽，師古曰：霽，雨止曰霽，音子詣翻，又才詣翻　如有霖雨，旬日不霽，必
　　盈溢。964

鰿，音積　古者以龜、貝為貨，今以錢易之。音註：孔穎達曰：爾雅貝居陸猋
　　在水蜎大者（魚兄），小者鰿。1078

伽，求加翻　並殺其子開府儀同三司世雄、儀同三司恆伽。5309

伽，求迦翻　柳驢戍主乙直伽謀叛。3935

伽，戍迦翻　舍人魏僧伽習風角奏言。5298（按：此處「戍」當爲「求」字之誤。考《玉篇》、《類篇》、《廣韻》、《集韻》、《五音集韻》、《龍龕手鑑》、《古今韻會舉要》都注音爲「求迦切」。）

迦，古牙翻　突厥步迦可汗犯塞，敗代州總管韓弘於恆安。5588

迦，古牙翻，又居伽翻　是歲，師子王剎利摩訶及天竺迦毗黎王月愛皆遣使奉表入貢。3804

迦，居伽翻　明日武三思使知太史事迦葉志忠奏。是夜攝提入太微宮。6610

迦，居加翻　迦葉志忠奏：昔神堯皇帝未受命，天下歌桃李子。6619

迦，居牙翻　顯親休官權小成、呂奴迦等二萬餘戶據白阬不服。3658

迦，居牙翻，又居伽翻　行儉遣裨將何迦密自通漠道。6404

迦，求伽翻　又遣所私胡人安逐迦與楊欽計議。5543

迦，求加翻　其子鳳迦異。7480

迦，音加　達頭自立爲步迦可汗。5569

枷，居牙翻　貴召嚴祖，敕曹不時遣，枷其使者。4882

枷，音加　元叡索枷，欲繫治之。6420

麚，居牙翻，牡鹿也　魏改元神麚。3799

麚，古牙翻　牙前將史萬頃將步兵直抵苑牆神麚村。7435

家，今人相傳讀曰姑　超妹曹大家。1554

浹，即協翻　操出顧左右，汗流浹背。2133

浹，即協翻，洽也，徹也　大王誦詩三百五篇，人事浹。778

浹，即協翻，周也　是則天地之威，不可經日浹辰。2410

浹，即叶翻　既而恩寇浹口。3511

浹，音接　恩遂自浹口遠竄入海。3530

浹，子協翻　開倉恣民就食，浹旬間，得勝兵二十餘萬。5752

袈，音加　仍賜紫袈裟。6469

葭，音加　趙王略中山地，至寧葭。106

葭，音家　《華陽國志》曰：昔蜀王封其弟於漢中，號曰苴侯，因命其巴曰葭萌。84

葭，應劭曰：葭，音家　璋還成都備北到葭萌。2112

裌，音夾　山南地熱，上以軍士未有春服，亦自御裌衣。7427

豭，古牙翻，牡豕也　蜀太子元膺，豭喙齙齒。8773

豭，居牙翻　取雞、狗、馬之血來。音註：索隱曰：盟之所用牲貴賤不同，天子用牛及馬，諸侯用犬及豭，大夫以下用雞。177

郟，古洽翻　是則司馬祚終於郟鄏。4319

郟，訖洽翻　八月，仙芝陷陽翟、郟城。8184

郟，師古曰：郟，音夾　聞羽遣別將已在郟下。2161

郟，師古曰：音夾　上檢祐家文疏，得記室郟城孫處約諫書。6189

郟，音夾　成王定鼎於郟鄏，寶之以為三代共器。85

唊，音頰　尼谿相參、將軍王唊。689

戛，訖黠翻　初，伊吾之西，焉耆之北，有黠戛斯部落。7946

胛，古洽翻　王胛上有赤誌。4364

胛，音甲　及為雍州，夢一胛熱。4255

賈，讀曰價　有者半賈而賣。493

賈，師古曰：賈，讀曰價　取土東山，且與穀同賈。1005

賈，音古　即有取是商賈之事也。183

賈，音古，言其致禍如商賈之賈物也。凡商賈之賈皆同音　雖其專恣驕貪足以賈禍。163

賈，音價　其欲賈市。1037

賈，與價同　其賈晦一金。565

价，音介　與左軍中尉楊玄价敘同宗相結，故得為相。8104

假，讀與遐同　先帝升遐。音註：《禮記‧曲禮》曰：告喪曰天王登假。4619

假，服虔曰：假，音假借之假。……師古曰：假，大也，工雅翻。仲馮曰：服說是。……　里有假士，四里一連，連有假五百，十連一邑，邑有假侯。490

假，古暇翻　叔文母病，以身任國事之故，不得親醫藥，今將求假歸侍。7617

假，古訝翻　朝臣遭親喪者，假滿赴職。4284

假，古訝翻，休假也　太學生王循之上表，乞假還鄉。6476

假，古訝翻。假，休假也　誕記室參軍江智淵知誕有異志，請假先還建康。4043

假，居訝翻　其餘皆與假三年。2925

假，居訝翻，休假也　會楊阜喪妻，就超求假以葬之。2122

假，師古曰：假，工暇翻，又工雅翻　至於成帝，假借外家。1326

假，賢曰：假，至也，音格　庚申，假於祖禰。1503

假，與遐同，音霞　主上升遐。5409

帢，古洽翻　艾乘軺車，戴白帢。3076

奸，居寒翻，亦犯也　乃畏奸名犯分而天下共誅之也。6

奸，師古曰：奸，求也，音干　敢挾詐偽以奸名譽者，必先受戮。874

奸，師古曰：奸，求也；奸忠直之名也。奸，音干　以爲章主之過以奸忠直，
　　人臣大罪也。1014

奸，師古曰：奸，音干　使神人各處其所而不相奸。1067

奸，音干　而欲闇奸天位者乎。1328

奸，音干，犯也　四方正，遠近莫敢不壹於正，而亡有邪氣奸其間者。550

奸，音干。　故懇懇數奸死亡之誅。音註：奸，犯也。1030

幵，口堅翻　充國以爲「狼何勢不能獨造此計，疑匈奴使已至羌中，先零、
　　罕幵乃解仇作約。837

幵，苦堅翻　著先零、罕幵、析支之地，徙扶風、始平、京兆之氏。2625

幵，苦堅翻。按《考異》從「亓」，當音渠之翻，二音皆姓也　遣其子副大使
　　唐、都知兵馬使亓志紹將兵二萬五千趣德州。7858

幵，苦堅翻。海陵本作「亓」，渠之切，姓也　左軍副使亓元實謂宗實曰。8076

幵，輕煙翻　乃使水工鄭國爲間於秦，鑿涇水至仲山爲渠。音註：班志：涇水
　　出安定郡涇陽縣西幵頭山。204

幵，師古《註》曰：幵，音牽。此山在今靈州東南，俗語訛謂之幵屯山。杜佑
　　曰：峳屯山在今原州高平縣。　道洛出戰而敗，帥其眾西入牽屯山。音註：
　　《班志》：幵頭山在安定郡涇陽縣西，涇水所出。4775

兼，欠一階之兼，古念翻；其兩職事之兼，古恬翻，字同音異耳。　癸丑，守
　　中書令崔知溫薨。音註：《武德令》職事解散官，欠一階不至爲兼，職事卑
　　者不解散官。……《貞觀令》以職事高者爲守，職事卑者爲行，仍帶散位。
　　其欠一階仍舊爲兼，或帶散官，或爲守，參而用之。其兩職事亦爲兼，頗
　　相錯亂。6413

愆，師古曰：愆，音堅　三月，愆令劉伯根反。2718

菅，師古曰：菅，茅也，音姦　忠諫者謂之誹謗，深計者謂之妖言，其視殺人若艾草菅然。475

菅，應劭曰：菅，音姦　芝爲菅令。2087

湔，將仙翻　求吉得凶，不可湔滌。4809

湔，裴松之曰：湔，音翦　夏，四月，漢主至湔，登觀阪，觀汶水之流。2315

湔，音剪　自汶山以西。音註：汶山在蜀郡湔氐道西徼外，江水所出。1464

湔，則前翻　臣之所陳，繫國大體。可聽則涯等宜蒙湔洗。7924

湔，則前翻；裴松之音翦　是歲，蜀湔氐反。414

湔，子顛翻　遂曰：「即無有，何愛一善以毀行義！請收屬吏，以湔洒大王。」780

犍，居言翻　遣水衡都尉呂破胡募吏民及發犍爲、蜀郡奔命往擊，大破之。749

犍，渠延翻　旁國虜其老弱，乃與其眾反，殺使者及犍爲太守。672

間，如字　會帝小間。音註：間者，病小差也。2599

間，按《經典釋文》：音間廁之間　間一日，上開延英殿獨召泌。7500

間，乘間，古莧翻　乘間常爲太子言民間疾苦。7602

間，讀如字　諸將請還俟間而行。7227

間，讀曰閑　時主輒與之間語。4365

間，工莧翻　漢王使人間問之。343

間，古莧翻　懷王從間道走趙。116

間，古莧翻，隙也　太后欲殺之，不得間。409

間，古莧翻，異也　男女百口，人無間言。4812

間，古莧翻，又如字　班又見帝，請間。5308

間，古莧翻。間，隙也　母子慈愛，始終無纖介之間。1437

間，居莧翻　或者設爲反間。971

間，居莧翻，間，隙也；又居閑翻，中間也　王以其間伐韓。99

間，能間，工莧翻　袁氏本兄弟相伐，非謂他人能間其間。2051

間，人間，古莧翻　而宗室子弟曾無一人間廁其間。2357

間，如字　且兵事尚神密，將軍何不從此右去，走藍田，出武關，抵洛陽！間不過差一二日。524

間，師古曰：間，代也，音居莧翻　後徠異態，則正后自疑而支庶有間適之心。
958

間使，上古莧翻，下疏吏翻　若遣間使召之，使夜造城下。5837

軒，音軒，又鉅連翻　安息發使，以大鳥卵及黎軒善眩人獻於漢。696

煎，子延翻　虜宛貴人勇將煎靡。705

瑊，古咸翻　己酉，左金吾大將軍渾瑊至奉天。7355

瑊，古銜翻　關播、渾瑊曰。7369

監，《史記正義》：監，甲暫翻。康曰：監，古銜切。非　衞鞅既至秦，因嬖臣
景監以求見孝公。45

監，工衡翻　命法氂監郡事。5050（編者按：此處「工衡翻」之下字疑爲「銜」
之誤字。《通鑑音註》中「監」爲監察、監軍、監國等動詞義，注音共364
次，其中以咸、銜（352次）、莧、陷、暫爲反切下字者363次。銜、衡字
形相近。）

監，工銜翻　以大鴻臚府爲定安公第，皆置門衛使者監領。1171

監，古銜翻　周公使管叔監商。90

監，工咸翻　兆自於河梁監閱財資。4792

監，古咸翻　始行監國之令。7125

監，古莧翻　殺吐蕃將卒，使監察御史許遠將兵守之。6840

監，古陷翻　今淫雨百日，飢疫並臻，天其或者將以監示陛下故也。3024

監，古暫翻　懿乃使張合攻無當，監何平於南圍。2268

監，甲暫翻　今君之見也，因嬖人景監以爲主。63

監，陸德明《經典釋文》：監，古暫翻；監於，古銜翻　《記・王制》：天子使
其大夫爲三監，監於方伯之國。236

監，中書監之監，古陷翻；監中書之監，古銜翻　何充加中書監，錄尙書事。
充自陳既錄尙書，不宜復監中書。3061

緘，師古曰：緘，束篋之繩，音古咸翻　帝與昭儀坐，使御者於客子解篋緘。
1073

鞬，九言翻　初，北單于既亡，其弟右谷蠡王於除鞬自立爲單于。1529

鞬，居言翻　奧鞬貴人共立故奧鞬王子爲王。863

韃，其言翻　錢鏐奉周寶歸杭州，屬橐韃，具部將禮，郊迎之。8363

韃，賢曰：音居言翻　今齎雜繒五百匹，弓韃韇丸一。1421

殲，息廉翻　禍及朋友，士類殲滅而國隨以亡，不亦悲乎。1823

殲，子廉翻，滅也　可汗既與為怨，須盡殲夷。7975

餞，則前翻　還至渭水，權西都留守張餞已斷浮梁。8981

韉，則前翻　以虎皮為韉。6141

韉，則前翻，馬被具也　初，太宗選官戶及蕃口驍勇者，著虎文衣，跨豹文韉。
　　6644

囏，古艱字　知民事之囏難。806

湕，紀偃翻　忠遂停湕北。5036

湕，居偃翻　今當遣天門太守胡僧祐精甲二萬、鐵馬五千頓湕水，待時進軍。
　　5066

揃，子踐翻　曾是莫懷，甘心揃落。4162

減，古斬翻。減宣，人姓名　使人上書，告湯與謁居謀共變告李文。事下減宣。
　　654

暕，古限翻　吏部尚書王暕為右僕射。4625

戩，即淺翻　司禮丞高戩，太平公主之所愛也。6564

戩，即棧翻　崔胤聞之，遣判官石戩與之遊。8543

戩，子踐翻　故吏平陵令京兆趙戩棄官收而葬之。1939

檢，居掩翻　見莽居攝即作銅匱為兩檢。1167

檢，局也，居儉翻　郡事皆以法令為檢式。874

謇，九輦翻　右軍將軍丹陽徐謇善醫。4431

謇，知輦翻　或告泗州刺史薛謇為代北水運使，有異馬，不以獻。7683

瞼，力儉翻，眼瞼也　丁巳，林邑獻五色鸚鵡。音註：其目下瞼眨上。6089

鰎，居偃翻　會暑，輼車臭，乃令從官令車載鮑魚一石以亂之。音註：煏室乾
　　之即鮑耳，蓋今巴荊人所呼鰎魚者是也。250

鹻，古斬翻　江南無鹵田。音註：海濱鹹鹵，可以煮鹽。9584

件，其輦翻　臨終，有啓遣中錄事參軍謝宣融獻金銀器千餘件。4947

見，凡下見上之見，音賢遍翻。　王郊見上帝於雍。196

見，戶電翻　固舉以禮，有司齊肅端冕，見之南郊。474

見，見力之見，賢遍翻　見使以江州見力運糧速下。4523

見，如字　每朝見榮未嘗與之言。3152

見，入見，賢遍翻　太子見事急，戎服入見上。4984

見，師古曰：見，謂呈見之，音胡電翻　上嘗體不安，及愈，見馬。746

見，師古曰：見，音胡電翻　欲有所爲，微見風采。1128

見，賢徧翻　船覆，兩郎溺，攀船，乍見乍沒。632

見，賢遍翻　國無二歲之食，見卒不過二十萬。95

見，賢遍翻，發見也，著也，形也　對曰：「不然，《夏書》有之。一人三失，怨豈在明，不見是圖。」9

見，賢遍翻，示也　劉敬還報曰：「兩國相擊，此宜夸矜，見所長。」377

見，謁見，賢遍翻　泰備儀衛迎帝，謁見於東陽驛。4852

見，因見，賢遍翻　時破吐蕃，入獻捷，見林甫專權，意頗不平。時因見上，乘間微勸上去林甫。6870

建，居偃翻　帶河阻山，地勢便利；其以下兵於諸侯，譬猶居高屋之上建瓴水也。365

荐，才甸翻，再也　代北荐飢，漕運不繼。8196

荐，才甸翻。《爾雅》：仍饑爲荐　及齊萬年反，關中荐饑。2621

荐，在甸翻　毅南陽公楊荐。5250

栫，才甸翻　守光囚之別室，栫以棘棘 8710

栫，在甸翻，圍也　遷濟陰王於曹州，栫之以棘。8674

蹇，九件翻，姓也　特以其將蹇碩守德陽。2669

蹇，姓也，與蹇同　孫阜破德陽，獲蹇碩。2678

蹇，音件　侍御史蹇朗心傷其冤。1455

簪，祖悶翻　仲禮被重瘡，會稽人惠簪吮瘡斷血。5001

簪，祖悶翻，又在甸翻，祖悶翻　任令于綽連齎以問鉅鹿張簪。2314

閒，《索隱》曰：閒，音紀閑翻　於是燕王復以樂毅子閒爲昌國君。141

閒，讀曰閑　無幽閒辟陋之國，莫不趨使而安樂之。194

閒，讀曰閑，又如字　願賜清燕之閒，指圖陳狀。上輒入之。1030

閒，古莧翻，隙也；又讀曰閑，餘暇也　欲見，無閒。276

閒，古莧反　後復爲匈奴反閒。772

閒，如字　惟張易之、昌宗侍側。疾少閒。6575

閒，師古曰：閒，讀曰閑　北宮苑囿街巷之中、臣妾之家幽閒之處。1027

閒，音閑，言欲向空閑處　代王馳至渭橋，羣臣拜謁稱，臣代王下車答拜。太尉勃進曰願請閒。437

閒，與閑同　以閒暇時，下先所伐材，繕治郵亭，充入金城，六也。852

漸，讀曰沾　然百姓漸漬日久。1058

漸，將廉翻　敕江陵督張咸作大堰遏水，漸漬平土以絕寇叛。2524

漸，如字　皇太后陰漸姦謀。2606

漸，師古曰：漸，寖也，讀如本字，又音子廉翻　九河之地已爲海所漸矣。1147

漸，音沾　公女漸漬德化。1139

漸，音沾，謂浸潤之也　漸民以仁，摩民以義。550

漸，子廉翻　故招延募選，隆勢詐，上功利，是漸之也。192

漸，子廉翻，亦讀如字　常山以南大行左轉度河濟漸於海爲齊趙。1179

諓，賢曰：諓諓，詔言也，音踐　儒者競論浮麗，忘蹇蹇之忠，習諓諓之辭。1568

踐，慈淺翻　越王句踐之後。自句踐至無彊，凡六世。65

踐，慈衍翻　丁未，顯祖下詔曰：「朕希心玄古，志存澹泊，爰命儲宮踐升大位。」4165

踐，慈演翻　或曰「儀、秦其才矣乎？迹不蹈已！」音註：宋咸曰：蹈，踐也，言儀、秦之才術超卓自然，不踐循舊人之迹。100

踐，息淺翻　禁士卒無得踐傷粟稻。4441

踐，息演翻　此精甲十萬，恐輕相陵踐，故閉城耳。3956

踐，悉銑翻　賊尋至，官軍狼狽走，無復部伍，士馬相騰踐死者甚衆。6940

鍵，戶偃翻　唐奉義主閉城門，與虔通相知，諸門皆不下鍵。5779

濺，音箭，康音贊，汙灑也　相如曰：「五步之內，臣請得以頸血濺大王矣。」136

濺，子賤翻　殺旁侍者，血濺后衣。1968

艦，戶黯翻　蒙衝鬭艦乃以千數。2090

瘁，師古曰：瘁，痛也。瘁，音千感翻，痛也　榜箠瘁於炮烙。1009

僵，居良翻　百足之蟲，至死不僵。2358

僵，居良翻，仆也　上林有柳樹枯僵自起生。767

僵，師古曰，僵，偃也。仆，頓也。僵音薑。仆，音赴。　廣漢遇吏殷勤甚備，事推功善，歸之於下，行之發於至誠，吏咸願爲用，僵仆無所避。802

僵，音薑，偃也　掾據地哭，掾史曰：「明府吉徵，不宜若此」掾曰：吾哀潁川士，身豈有憂哉！我以柔弱徵必選剛猛代；代到將有僵仆者。1143

彊，其良翻，一說：彊，讀曰疆　詔先立趙幽王少子辟彊爲河間王。453

彊，其兩翻　會儒生彊華自關中奉赤伏符來詣王。1279

殭，居良翻　殭尸蔽野。5484

韁，居良翻　至韶州，以馬韁絞死。6367

鱷，古鯨字，其京翻　書曰反虜逆賊鱷鯢。1164

降，讀如字　頃者六師初降。7396

降，戶江翻　築長城，自代並陰山下，至高闕爲塞。音註：安北府治中受降城。209

降，戶剛翻　今兵敗入朝，一降人耳。5563

降，戶工翻　孫闓乘船欲降北，追殺之。2450

降，戶江翻　不告姦者與降敵同罰。47

降，戶江翻，下也，服也　城降有日，而二子無喜志。13

降，戶降翻　又不與火拔歸仁俱降賊。6979

降，下江翻　生降二千餘人。3952

將，等將，即亮翻　又命左監門大將軍兼內侍薛思簡等將兵五百人馳驛戍均州。6642

將，讀如鳳將雛、雞冠距鳴將之將，音如字　師將與俱行。2423

將，宏將，將，即亮翻　又使驍騎將軍段宏將精騎八千直指虎牢。3814

將，基將，即亮翻　遣右驍衛大將軍劉弘基將兵救之。5854

將，即亮翻　乃以田忌爲將，而孫子爲師，居輜車中，坐爲計謀。52

將，邊將，即亮翻　冬十二月詔徵後將軍郭默爲右軍將軍默樂爲邊將不願宿衛以情愬於胤。2972

將，操將，即亮翻　後梁主遣其大將軍王操將兵畧取王琳之長沙。5182

將，將兵，即亮翻　右衛大將軍李大亮爲靈州道行軍總管，將兵四萬，騎五千，屯靈武。6171

將，將甲，即亮翻　命鎮軍將軍張永中領軍沈攸之將甲士五萬迎薛安都。4124

將，請將，即亮翻　上意不快。將軍董延光自請將兵取石堡城。6878

將，即亮翻，又如字　主父欲使子治國，身胡服，將士大夫西北略胡地。111

將，達將，即亮翻，又如字　惠靜壽孫福達將精騎趣南山邀車駕。7411

將，即亮翻，又如字，領也　吳州刺史陳詳將兵擊之。5245

將，即亮翻，又音如字　麃公將卒攻卷。204

將，誠將，即亮翻，又音如字　遣別將李克誠將驍軍三千人。7343

將，使將，即亮翻，又音如字　乃以其將杜少誠爲淮南節度使，使將步騎萬餘人，先取壽州後之江都。7393

將，即亮翻，又音如字，將，領也　襄子將卒犯其前。13

將，即亮翻，又音如字，領也　齊因起兵，使田忌、田嬰、田盼將之。59

將，充將，即亮翻，又音如字，領也　秋七月煬帝遣江都通守王世充將江、淮勁卒。5741

將，即亮反　達頭遣使問：「隋將爲誰？」5571

將，即亮翻　其屯戍四方者閔皆以書命趙人爲將帥者誅之或高鼻多須濫死者半。3100

將，季將，即亮翻　上遣冠軍將軍彭甕生、驃騎將軍徐元季將兵援武陽。4591

將，諫將，即亮翻，又音如字　鳳翔、涇原將張廷芝、段誠諫將數千人救襄城。7356

將，將兵，即亮翻，又如字　右千牛衛將軍李景嘉等將兵討之。6392

將，將鮮，即亮翻　勃勃使鎮東將軍羊苟兒將鮮卑五千鎮安定。3687

將，軍將，即亮翻，又音如字，領也　楚王使將軍將萬人而佐齊軍。143

將，康將，即亮翻，又音如字，領也　迴尋遣儀同大將軍梁子康將數百騎追孝寬。5414

將，康曰：將，音將帥之將。余據文義，讀如字爲通　且仁人用十里之國則將有百里之聽，用百里之國則將有千里之聽，用千里之國則將有四海之聽，必將聰明警戒，和傅而一。189

將，來將，即亮翻　遣其弟征南大將軍董來將兵萬餘人出戰於城南。3873

將，郎將，即亮翻　以部陳不整，命大將軍張士貴杖中郎將等。怒其杖輕，下士貴吏。6163

將，郎亮翻　青、冀二州刺史范陽盧紹之遣子奐將兵助之。4240

將，力將，即亮翻　使右領軍大將軍執失思力將突厥屯夏州之北以備薛延陀。6232

將，亮將，即亮翻　遣秦府車騎將軍榮陽張亮將左右王保等千餘人之洛陽。6004

將，民將、保將，即亮翻　左軍將軍蘭陵李安民將步軍，右軍將軍張保將水軍以討之。4190

將，平聲。或曰：帥勇者則勝；將，去聲　趙奢對曰：「道遠險陜，譬猶兩鼠鬥於穴中，將勇者勝。」156

將，親將，即亮翻　帝曰：「此虜將遁，張虛勢也。」遣親將葉仁魯將步騎三千赴之。9357

將，如字　上曰：「將惡相屬邪。」713

將，如字，即良翻　遣府佐沈叔安等將贏兵還太原，更運一月糧。5742

將，如字，領也　護羌從事馬玄爲諸羌所誘，將羌眾亡出塞。1697

將，如字，領也，挾也　頗有亡者，吉追斬之，遂將詣京師。859

將，如字，領也，攜也，挾也　恐失更始爲赤眉所誅，即將更始至高陵。1283

將，如字，挾也，攜也　御史遂將雲去。1033

將，如字，攜也，挾也　因將太后少帝及陳留王，劫省內官屬，從複道走北宮。1901

將，如字，引也　黃門將倫自華林東門出及太子蕡皆還汶陽里第。2659

將，如字，引也，挾也　明旦速骨等攻城，城上拒戰甚力，速骨之眾死者以百數。速骨乃將農循城。3466

將，如字，又即亮翻　乞將之北州效力邊垂。1897

將，上如字　癸酉，渭北行營兵馬使呂月將將精卒二千破吐蕃於盩厔之西。7151

將，紹將，即亮翻　丙辰，遣平道將軍柴紹將兵擊胡。6003

將，師古曰：將，謂率領也，讀如字　見熊將數子。3465

將，時將，即亮翻，又音如字　遣大將李濟時將三千人聲言助士眞守德州。7321

將，使將，即亮翻　假劉淵一將軍之號使將之，而西樹機能之首可指日而梟也。
　　2555

將，同上音，又音如字　壽王瑁等分將六軍以次之。6978

將，突將，即亮翻　突將王元振將作亂。7120

將，縮將，即亮翻　將軍皇甫縮將兵一萬屯柏罕。5725

將，息浪翻　婆羅門乃遣大臣丘升頭等將兵二千隨具仁迎阿那瓌。4666

將，息亮翻　遣將將兵會之，中策也；量遣小軍，隨形助勝，下策也。2656

將，下即亮翻　癸酉，渭北行營兵馬使呂月將將精卒二千破吐蕃於盩厔之西。
　　7151

將，下將，即亮翻　因此同奉陛下將羣僚人兵就誅大將軍。2414

將，亦姓也，音即良翻　將渠曰：與人通關約交，以五百金飲人之王。197

將，音如字，領也　世民將數騎升高丘而望之。5913

將，音如字，領也，攜也　瓛將左右數人匿民家。5514

將，音如字，攜也，領也　萬歲請將爨翫入朝。5552

將，又音如字　敕以孝傑爲武威軍總管，與武衞大將軍阿史那忠節將兵擊吐蕃。
　　6487

將，原將，即亮翻　鳳翔、涇原將張廷芝、段誠諫將數千人救襄城。7356

將，召將，即亮翻　將至奉天，上召將相議道所從出關播渾瑊曰漠谷道險狹。
　　7369

將，鎭將，即亮翻　魏以懷朔鎭將陽平王頤、鎭北大將軍陸叡皆爲都督。4322

將，之將，即亮翻　使龍驤將軍蕭承之將兵防守。3888

將，知亮翻，又音如字　崔日用將兵誅諸韋於杜曲。6647

將，直亮翻　由是長史伏登之得擅權，改易將吏，不令法乘知。4302

將，諸將，即亮翻　聞魏救兵將至，集諸將議之。4892

將，資良翻，持也，領也　桓譚非聖無法，將下，斬之。1427

將，子亮翻　今車師已屬匈奴，鄯善不可保信，一旦反覆，班將能保北虜不爲
　　邊害乎。1605

將步，即亮翻　遣龍驤將軍王鎮惡、冠軍將軍檀道濟將步軍自淮、泗向許、洛。3689

將欲，如字　季安以爲收眾心，出爲臨清鎮將，將欲殺之。7692

畺，與疆同，居良翻　漢嘉夷王沖歸、朱提審炤、建寧爨畺皆歸之。2811

彊，渠良翻　沙、漒諸戎皆附之。3580

芃，居包翻　壬子，以懷、鄭河陽節度副使李芃爲河陽、懷州節度使。7303

焦，《左傳》，楚師伐陳，取焦夷，注謂：焦，今譙縣。若是，則焦、譙可以通用　東郡京房學《易》於梁人焦延壽。928

焦，子小翻　是日，樊毅將水軍二萬自東關入焦湖。音註：《九域志》：巢湖，亦謂之焦湖。5401

僬，茲消翻　己卯，永昌徼外僬僥種夷陸類等舉種內附。1569

澆，古堯翻　乞得歸據澆水以拒跪。2933

澆，堅堯翻　烏孤進攻，拔之，飢單騎奔澆河。3480

澆，堅堯翻，薄也　庶改澆競之俗，以大吳國之風。4810

燋，哉約翻　灼龜卜降兆中坼。音註：《周禮》菙氏：凡卜，以明火爇燋，又吹其焌，契以授卜師。1316

鵁，居肴翻　上嘗遣宦官詣江南取鵁鶄、鸀鳿等。6716

鐎，音譙　孟康曰：刁斗，以銅作鐎，受一斗，晝炊飲食，夜擊持行，故名曰刁斗。577

角，盧谷翻　太子客東園公綺里季夏黃公角里先生。399

佼，古巧翻，又音効　佼強奔保西防。1315

佼，古巧翻。詩「佼人僚兮」今相傳胡巧翻，言佼佼者凡庸之人稍爲勝也　卿所謂鐵中錚錚，傭中佼佼者也。1310

佼，賢曰：音絞，杜佑音効　又遣使拜西防賊帥山陽佼強爲橫行將軍。1272

佼，音絞，又音効　蘇茂、佼強、周建合軍三萬餘人救永。1303

狡，古巧翻　豈復得出入狡獪。4194

狡，古巧翻，猾也　小御正博陵劉昉，素以狡諂得幸於天元。5408

湫，陸德明《音義》：子小翻，徐音秋　奏曰：「皇帝以興慶宮湫隘」。7094

湫，子小翻，隘也。經典釋文曰：湫，徐音秋，又在酒翻　行逢朱雀桁開，喧湫不得進。4332

剿，子小翻　元略受蕭衍旨，欲見剿除。4730

剿，子小翻，絕也　太宗保字螟蛉，剿拉同氣，既迷在原之天屬，未識父子之自然。4161

勦，初交翻，又初教翻　上騁辯必勦說而折人以言。7383

勦，子小翻　天道助順，故王舍勦絕。2929

敫，徐廣曰：敫，音躍，一音皎；康吉了切。余按班《書》《王子侯表》有「敫」字，師古曰：古穆字，今從之　齊淖齒之亂，湣王子法章變姓名爲莒太史敫家傭。131

敫，徐廣曰：音躍，一音皎。師古曰敫，古穆字　太史敫曰：「女不取媒，因自嫁，非吾種也，汙吾世。」140

湬，丁度《集韻》：湬，與湫同，將由翻　絢乃開湬東注。4624

僥，工堯翻　今執事者乃圖僥幸之利以事西羌。6456

僥，堅堯翻　闇者不達，妄意僥倖。4041

僥，倪幺翻　己卯，永昌徼外僬僥種夷陸類等舉種內附。1569

剿，師古曰：剿，絕也，音子小翻　將遣大司空、隆新公將百萬之師剿絕之矣。1241

剿，師古曰：絕也，剿，音子小翻　封剿胡子。1213

徼，讀曰邀　芬等謀以兵徼劫。1890

徼，工釣翻　南出者陬徼外，歷益州，改句町王爲侯。1176

徼，工堯翻　聖主不乘危，不徼幸。450

徼，工遙翻　以是說天子，徼幸梁事不奏。長君曰：「諾。」乘間入言之。537

徼，古弔翻　遼東徼外貊人寇邊。1408

徼，古堯翻　悉眾而出，徼幸一戰。5902

徼，古堯翻，又一遙翻　則後奉使者爭欲乘危徼幸，生事於蠻夷，爲國招難。946

徼，吉弔翻　南至牂柯爲徼，通零關道。591

徼，吉弔翻，境也，小路也　建塞徼，起亭隧。942

徼，堅堯翻　操皆厚賞之，曰：孤前行，乘危以徼倖。2073

徼，堅堯翻，又一遙翻　兵出，乘危徼幸。852

徼，徼，循也。……《索隱》：……徼，吉弔翻　漢分卒守徼乘塞。330

徼，如淳曰：徼，要也，徼散卒復相聚也。師古曰：徼，工堯翻。余謂從如氏之說，當音於堯翻　呂將軍走，徼兵復聚。271

徼，師古曰：徼，謂遮繞也，音工釣翻。　外爲徼道，周垣數里。1096

徼，師古曰：徼，要也，工堯翻　充國計欲以威信招降罕、开及劫略者，解散虜謀，徼其疲劇，乃擊之。847

徼，要求也，於堯翻　侈而無節，則不可贍，民離本而徼末矣。601

徼，一遙翻　夫乘時以徼利者，市井之志也。391

徼，一遙翻，又古堯翻　中常侍曹節等，宦官祐薄，品卑人賤，讒諂媚主，佞邪徼寵。1854

璬，公了翻　澧曰璬。6813

璬，古了翻　五月，乙酉，潁王璬薨。7344

矯，舉夭翻　然而不矯揉，不羽括，則不能以入堅。14

曒，吉了翻　袁渙得賞賜，皆散之，家無所儲；乏則取之於人，不爲曒察之行。2124

繳，《索隱》曰繳，音糾，康吉弔切，非　夫繳紉爭言而競後息。115

攪，古巧翻　嘗以木槽盛飯，并雜食攪之。4085

珓，古孝翻　殺指揮使鄭珓。9495

峁，匹孝翻，又普孝翻　公孫賀爲南峁侯。616

窖，工孝翻　乃幽武置大窖中。711

窖，工孝翻，穿地以藏粟也　初，秦之亡也，豪桀爭取金玉，宣曲任氏獨窖倉粟。322

窖，古教翻　凡蓄積錢帛粟麥者，皆借四分之一，封其櫃窖。7326

窖，古孝翻　所有儲積皆非地窖。5493

窖，居效翻，掘地以藏粟之所　乃因於壺關，著土窖中。2045

較，讀曰榷　孝仁皇后使故中常侍夏惲等交通州郡，辜較財利，悉入西省。1895

較，古推翻　因問經史及釋教，摛商較從橫。4810

較，訖岳翻　又於式上二尺二寸橫一木謂之較。17

較，與榷同，音角　兄弟姻戚，宰州臨郡，辜較百姓，與盜無異。1756

䚞，音叫　帝自奏塤篪和之，以娛嘉賓。音註：《釋樂》云：大塤謂之䚞，音叫。
　　1451

噍，才肖翻　夫以顯禹雲山之罪，雖應夷滅，而光之忠勳不可不祀；遂使家無
　　噍類。821

噍，才笑翻　恐爲崔門萬世之禍，吾徒亦無噍類矣。3942

噍，在笑翻　文泰語之云：「鷹飛于天，雉伏于蒿，猫遊于堂，鼠噍于穴。」6146

嶠，居廟翻　嶠南悉平。1394

噭，音叫　而望之遣御史案東郡者，得其試騎士日奢僭踰制。音註：歌者先居
　　射室，望見延壽車，噭咷楚歌。870

轎，旗妙翻　入越地，輿轎而隃領，拕舟而入水。570

醮，即召翻　聞益州有金馬、碧雞之神，可醮祭而致。839

醮，宋祁曰：醮，子召翻　浚民之膏澤以實之。音註：韋昭曰：浚，煎也，讀
　　曰醮。11

醮，子肖翻　臣以爲在室之女，可從父母之刑；既醮之婦，使從夫家之戮。2425

曒，子肖翻　謝晦弟黃門侍郎曒馳使告晦。3778

釂，子肖翻，飲酒盡爵也　魏文侯與大夫飲酒，令曰：「不釂者浮以大白。」1011

秸，工八翻，藁也　鄆州雖小，戶口不下十萬，穀秸之稅，足濟軍資。4803

秸，古黠翻　詔封禪壇所設上帝、后土位，先用藁秸、陶匏等。6345

秸，音居八翻，又音吉　爲天下牧養元元，視之當如一，合《尸鳩》之詩。音
　　註：毛氏曰：尸鳩，秸鞠也。1101

揭，居謁翻　是月，突厥遣阿史那揭多獻馬千匹於王世充。5884

揭，其列翻　懷州民訴旱，刺史劉仁規揭牓禁之。8118

揭，其列翻，舉也　以五百騎屯毬場，賊以油沃幕，長木揭之。8802

揭，其謁翻　斬一人首，擲空中，以矟盛之，揭以徇陳，賊徒愕眙，莫敢近。
　　5670

揭，其謁翻，舉也　追削蔣玄暉爲凶逆百姓，令河南揭尸於都門外，聚眾焚之。
　　8654

揭，丘傑翻　至是，揭牓募驍勇之士。8154

揭，丘例翻　因北擊烏揭、堅昆、丁令，并三國。891

揭，師古曰：揭，丘例翻　是時西方呼揭王來與唯犁當戶謀。868

揭，師古曰：揭，丘例翻；《索隱》其列翻，《正義》音犗。　樓蘭、烏孫、呼揭。468

揭，韋昭曰：揭，其逝翻。蘇林音竭。師古音竭　兵至揭陽。672

揭，音竭　太尉復令酈寄與典客劉揭先說呂祿曰。434

湝，古皆翻　齊廣寧王孝珩至滄州，以五千人會任城王湝於信都。5372

湝，戶皆翻　湛爲長廣王，湝爲任城王。5046

湝，戶皆翻，又音皆　丁亥，以任城王湝爲大將軍。5241

湝，居諧翻　任城王湝爲尚書左僕射。5217

湝，音皆，又古皆翻　使任城王湝將幽州道兵入土門。5365

湝，音皆，又戶皆翻　任城王湝。5238

孑，吉列翻　所至屠翦焚蕩，殆無孑遺。8318

孑，吉列翻，單也　盧龍節度使趙德鈞邀擊契丹，北走者殆無孑遺。9019

孑，吉列翻，孤也，單也　殺胡之日，在鄴者殆無孑遺。3113

孑，居列翻，單也　浩曰屈丐國破家覆孤孑一身。3706

刧，丘八翻　中書郎崔刧、裴讓之曰。5044

聿，師古曰：聿，音竹二翻　廣城侯聿，春城侯允。1156

倢，音接　是歲皇子弗陵生。弗陵母曰河間趙倢伃。723

婕，音接　上官婕妤以三思故，每下制敕推尊武氏 6611

倢伃，音接于　上嘗遊後庭，欲與倢伃同輦載。996

倢伃，音接予　詔召安女爲倢伃。754

婕妤，音接于　又有王、李二美人、張、薛二淑媛、袁昭儀、何婕妤、江修容，並有寵。5478

婕妤，音接予　班彪贊曰臣姑充後宮爲婕妤。1054

訐，居謁翻　魏其、武安因互相詆訐。585

訐，師古曰：訐，面相斥罪也，居謁翻　論議務在寬厚，恥言人之過失；化行天下，告訐之俗易。496

訐，師古曰：面相斥曰訐，音居乂翻，又音居謁翻　受吏民投書，使相告訐。802

訐，賢曰：訐，謂發人之惡，音居謁翻　憲險急負勢，言辭驕訐。1529

結，讀曰髻　城中好高結，四方高一尺。1480

蛞，去吉翻　取蛞蜣之轉也。8999

蛞，音詰　舉螳螂之斧，被詰蛞之甲。4964

窒，子結翻　其門牆階級，窗櫺楣柱，柳窒枅栱。6358

睫，即涉翻　唐兵深侵，陛下寢不交睫。9286

睫，即涉翻，目毛也　附託權豪，俛眉承睫。1849

詰，極吉翻　師鐸詰張神劍以所得委曲。8349

詰，其吉翻　夜作浮梁，詰朝，俱濟。8172

詰，起吉翻　滔將步騎二萬五千發深州至束鹿，詰旦將行。7323

詰，區吉翻　詔本軍宣慰一切，無得窮詰。8182

詰，去吉翻　詔詰前言不便者，皆頓首服。854

碣，其列翻　候城、提奚、躡頓、肅慎、碣石、東暆、帶方、襄平。5660

碣，其謁翻　隆因農舊規，修而廣之，遼、碣遂安。3387

碣，渠列翻　右拾遺崔碣上疏請受其降。7995

碣，音桀　始皇之碣石。242

碣，音竭　彼畏公威名，必望風逃潰，北歸遼碣。3214

羯，居列翻　辛酉，擒其王茹羯以獻。7871

羯，居謁翻　浚與鮮卑段務勿塵、烏桓羯朱及東嬴公騰同起兵討穎。2697

頡，胡結翻　執魏遼西太守那頡。3534

頡，戶結翻　監軍侍御史安頡曰。3799

頡，奚結翻　乙卯，突厥頡利可汗寇邊。5954

姐，劉德曰：蕩姐，羌屬。師古曰：姐，音紫。　藉蕩姐之場。1105

姐，且也翻，又音紫　護羌校尉段潁擊罕姐羌，破之。1780

姐，音紫　秋，七月，隴西羌彡姐旁種反。920

姐，音紫，又且也翻　燒當、燒何、當煎、勒姐等八種羌寇隴西金城塞。1752

姐，音紫，又子也翻　勒姐、燒何等十三種數萬人，皆詣恭降。1483

姐，子也翻，又音紫　種人恐見誅，遂共殺延而與勒姐、吾良二種相結為寇。

　　1481

姐，紫且翻，又音紫　於是勒姐、當煎大豪東岸等愈驚，遂同時奔潰。1570

解，丁度《集韻》，解，居隘翻，聞上也　臣所以不敢爲之，解上而已。4415

解，讀曰廨　詔凡後宮、樂府、西解、暴室諸婦女一皆放遣。4518

解，讀曰懈　臣恐朝廷之解弛，百官之墮於事也。449

解，讀曰懈，或如字　數月，京師吏民解弛。879

解，古買翻，曉也　諸將不解。2201

解，胡買翻　同曉解俗情，明練於事，觀達於政 3746

解，胡買翻，曉也　此誠老夫所不解也。1961

解，胡買翻，喻也，曉也　欲使欽解其旨。2424

解，戶買翻，曉也　裕笑曰此是兵機非卿所解。3619

解，戶買翻　己巳，以右御史大夫解琬爲朔方大總管。6666

解，戶買翻　宋白曰：漢臨晉縣在今臨晉縣東南十八里，故解城是也。101

解，戶買翻，曉也　練達故事，明解朝章。1828

解，戶買翻，姓也　將作大匠解萬年。994

解，佳買翻　遂體解荊軻以徇。228

解，佳買翻，釋也，說也　一旦爲羣小所構，禍出非意，此非辭說之所能解。

　　　9433

解，佳買翻，一作假音。　值我兵解時至，我應生梵摩天。5659

解，居隘翻　以解縣官。1854

解，師古曰：解，讀曰懈　有急名則少緩之。吏民小解，輒披籍。825

解，師古曰：解，音懈　祖母馮太后自養視，數禱祠解。1080

解，師古曰：解，音蟹　禹逆擊於解南，斬之。1279

解，下買翻　秦敗魏師於解。120

解，曉也，戶買翻　慧景性好談義，兼解佛理。4465

介，如字，獨也；又音戞　晉將陳祐弊卒千餘，介守孤城，不足取也。3188

疥，賢曰：疥，音介　夫邊垂之患，手足之疥搔；中國之困，胸背之癰疽。1842

齐，古拜翻　亂兵殺其妻，推都押牙李齐爲留後。7819

截，昨結翻　儉舉奏覽罪，而覽伺候遮截。1789

借，子夜翻　若借之朝政。1898

借，子夜翻；康資昔切　乃使其舍人之楚借使謂齊王曰。99

牜戒，史炤曰：牜戒，音戒，俗呼扇馬爲改馬，即牜戒馬也　大王他日得天下，騬馬亦不可乘。音註：騬，食陵翻，牜戒馬也。8952

誡，居拜翻　誡門下曰。200

誡，與戒同　天、地、人皆告矣，而王不知誡焉。127

藉，才夜翻，薦也　江淮間茅三脊爲神藉。679

藉，慈夜翻　步騎驅蹙，更相蹈藉。1912

藉，慈夜翻，假也，借也。　所謂藉寇兵，齎盜糧者也。217

藉，而亦翻　辛亥，上耕藉田。5333

藉，借也，音慈夜翻　雍州之事，且藉以相斃耳。4476

藉，晉灼曰：藉，蹈也。藉，慈夜翻，蹈也　今我在也，而人皆藉吾弟。585

藉，秦昔翻　浮江下，觀藉柯，渡海渚，過丹陽，至錢唐。247

藉，在亦翻　上感誼言，詔開藉田，上親耕以率天下之民。453

斤，音靳　及在朝廷，斤斤謹質，形於體貌。1398

矜，讀曰穜，其巾翻　然起窮巷，奮棘矜。602

衿，其鴆翻　掬指舟中，衿甲鼓下。4965

衿，音今　垂見光祚，流涕沾衿。3374

瑾，將鄰翻　先是平涼奴賊數萬圍扶風太守竇瑾。5759

瑾，將鄰翻，又即刃翻　犯與燕州刺史李瑾有隙。6672

瑾，將鄰翻，又則刃翻　久之，竟命將作大匠竇瑾修洛陽宮。6088

瑾，則鄰翻　以竇瑾爲工部尙書、燕國公。5767

瑾，資辛翻　宋故建平王景素主簿何昌宇、記室王摛及所舉秀才劉瑾。4251

堇，几隱翻　其後燕將秦開爲質於胡。音註：余按：左傳魯有秦堇父，秦姓其來尙矣。209

堇，居隱翻　草根木實皆盡，以堇泥爲餅食之。8363

厪，渠遴翻　司農卿韋厪欲求夏州節度使。8060

厪，與僅同　代，北邊匈奴，與強敵爲鄰，能自完則足矣；而淮陽之比大諸侯，厪如黑子之著面。483

瑾，渠吝翻　公瑾與伯符，同年，小一月耳。2048

謹，居忍翻　天性孝謹，在東宮，雖燕居，坐起恆西向。4807

近，附近之近，去聲　且人有好揚人之善者，王曰：「此君子也，」近之；好揚人之惡者，王曰：「此小人也，」遠之。53

近，巨靳翻　復極言諫唐主以不宜親近佞臣。9337

近，其靳翻　單于奔走，十餘歲不敢近趙邊。207

近，其靳翻　士民男女近十萬口。4493

祲，師古曰：祲，謂陰陽之氣相浸漸以成災祥者也，音子鴆翻　臣聞天人之際，精祲有以相盪。919

進，《索隱》曰：進者，財也，宜依小顏讀爲賮，古字多假借用之。進，音才刃翻　異人以庶孽孫質於諸侯，車乘進用不饒。183

進，則鄰翻　以隋民部尚書蕭瑀爲內史令，禮部尚書竇璡爲戶部尚書。5793

寖，師古曰：子祍翻。　蒙恬攻寢。音註：汝南郡有寖縣。229（編者按：胡三省《音註》：班《志》：汝南郡有寖縣。應劭曰：孫叔敖子所邑寖丘是也；世詛更名固始。徐廣曰：寖，今固始寢丘也。師古曰：子祍翻。劉仲馮曰：據後崔陽國已有固始，此寖疑自別地。余謂郡縣離合無常，蓋後來並寢入固始也。杜佑曰：潁州治汝陰縣，有寢丘，秦蒙恬攻寢即此。）

禁，居禽翻　上始使御史中丞、丞相長史督之，弗能禁。717

禁，居吟翻　渾曰爲吾謝張公柳渾頭可斷舌不可禁。7496

禁，音居吟翻，勝也　啜羹，寫胸上，手振不自禁。4206

靳，居欣翻　燕術士靳安言於太子寶曰。3423

靳，居愍翻　聰納中護軍靳準二女月光、月華。2821

靳，居焮翻　後詔使中黃門靳嚴從許美人取兒去，盛以葦篋。1073

靳，居焮翻，吝惜也　王或時須錢蒱博及給賜伶人，而承業靳之。8819

靳，居焮翻，姓也　且臣善其嬖臣靳尙。94

靳，賢曰：靳，固之也，居焮翻　帝顧謂親幸者曰：「悔不少靳，可至千萬！」1878

懂，音勤　詔以北地梁懂爲西域副校尉。1567

瑨，即刃翻　南陽太守成瑨以岑晊爲功曹。1787

殣，渠吝翻，瘞尸也　是歲蝗徧遠近，草木無遺，惟不食稻，大饑，道殣相望。
　　7450

殣，音覲　轉運萬里，道殣相望。3280

噤，巨禁翻　天下噤口，非臣誰敢有言。5179

噤，其禁翻　每欲陳聞，則口噤心悸。5206

噤，直禁翻，亦作齘　舉刃將下者三，噤齘良久。音註：噤齘，切齒怒也。4915

縉，音晉　東陽太守留異饋餉糧食，霸先以異爲縉州刺史。5142

賮，徐刃翻　積贈賮直數千緡。7981

潃，徐刃翻　盛遣軍臨潃口，敏退屯武興。3596

藎，徐刃翻　由是才能者怨於不任，忠藎者憂於見疑。7425

燼，徐刃翻　焚進奉兩樓數十間，寶貨悉爲煨燼。8354

璡，與瑨同，音津　十二月，封武陵王晞子璡爲梁王。3177

秔，音庚，稻之不黏者　是歲大稔，洛州粟米斗兩錢半，秔米斗十一錢。6286

旌，與旌同　武陵太守衛旌奏浚遣密使與琬相聞。2266

菁，音精　莽更授諸侯王茅土於明堂，親設文石之平，陳菁茅四色之土。1213

晶，楊正衡曰：晶，音精　李庠帥妹壻李含、天水任回、上官晶、扶風李攀、
　　始平費他。2649

睛，音精　或抉弘亮目，投睛於地。6188

睛，子盈翻　挑取眼睛，以蜜漬之，謂之鬼目粽。4076

鯨，巨京翻　詔曰：「今當掃除鯨鯢。」2799

鶄，咨盈翻　上嘗遣宦官詣江南取鸂鶄、鸂鶒等。6716

阱，才性翻　使入陷阱，孰多於此。464

阱，疾郢翻　燕主寶出中山與趙王麟遇於阱城。3446

阱，音才性翻　又以掖庭獄大爲亂阱。1009

剄，古頂翻　乃往見辟陽侯，自袖鐵椎，椎辟陽侯，令從者魏敬剄之。456

剄，古頂翻，斷首也　廷諤亦自剄。8767

剄，古頂翻，斷首也；康古定切，非　龐涓自知智窮兵敗，乃自剄曰：「遂成豎
　　子之名！」60

剄，古鼎翻　九月，下寬饒吏；寬饒引佩刀自剄北闕下。857

剈，師古曰：墮，毀也。抗，舉也。剈，割也。墮，許規翻。剈，工頂翻　不
　　肯蚤爲，已乃墮骨肉之屬而抗剈之。471

窅，才性翻　乃先爲窅，實以石灰。9023

窅，疾正翻　凌冒雨雪，不避阬窅。4456

憬，古迥翻　浩潜遣憬帥眾五千襲之。3134

憬，居永翻　進攻南平太守王憬於水洛城。3648

璟，居影翻　姚元之宋璟及御史大夫畢構上言先朝斜封官悉宜停廢。6655

璟，居永翻　隴右諸軍大使唐休璟與戰於洪源谷。6549

璟，俱永翻　安西副都護唐休璟收其餘眾撫安西土。6459

璟，於景翻，又古永翻　傳瓘兄傳璹、傳璙、傳璟皆推傳瓘。9022

璥，居影翻　己未殺宗室鄂州刺史嗣鄭王璥等六人。6461

頸，居郢翻　遂經其頸於樹枝，自奮絕脰而死。130

倞，音諒　兌則若莫若之利鋒，當之者潰。音註：楊倞曰：兌，猶聚也，讀與
　　隊同。倞，音諒。189

竟，讀曰境　故諸侯無竟外之助。602

竟，古境字，通用　右將軍馮奉世曰：「羌虜近在竟內背畔。」920

脛，胡定翻　一賊匿屍間，賢自按檢收鎧仗，賊欻起斫之，斷脛而卒。4886

脛，戶定翻　圓淨時年八十餘，捕者既得之，奮鎚擊其脛，不能折。7717

脛，戶定翻，腳脛。　一脛之大幾如要。472

脛，師古曰：脛脛，直貌也，音下頂翻　脛脛者未必全也。871

脛，形定翻　誅鉏先零，飛矢貫脛。1412

獍，讀如鏡　不意吾家生此梟獍。8686

靚，疾郢翻，又疾正翻　遣長史吳綱將少子靚至吳。2437

靚，疾正翻　王崩，子慎靚王定立。76

靚，疾正翻，又疾郢翻　因廢涼王玄靚而代之。3175

坰，古熒翻　彼引幽陵、回紇十萬之兵屯於郊坰。7387

扃，古熒翻　但以關扃嚴固，欲取莫從耳。3954

扃，古營翻　刺史左震晨至驛，門扃鎖，不可啓。7056

冏，居永翻　遣翊軍校尉齊王冏。2640

冏，俱永翻　詔即誅醫，以冏爲嗣。2585

迥，戶頂翻　鎧仗甚鮮，迥出陳前以誇眾。5914

迥，戶頃翻　以夏官尚書李迥秀同平章事。6555

烱，古迥翻　王褒、王克、劉轂、宗懍、殷不害及尚書右丞吳興沈烱至長安。
　　5124

煛，古迥翻　壬申，隋以尚書右僕射趙煛兼內史令。5462

煛，居永翻　丁卯，以太尉趙煛爲尚書右僕射。5435

煛，俱永翻　民部中大夫天水趙煛曰。5345

窘，巨隕翻　晝夜攻之，矢石如雨。淵窘急。2336

窘，巨隕翻，困也　初，楚人季布爲項籍將，數窘辱帝。359

窘，渠隕翻　顒窘急，必召張方以自救，此良策也。2690

頲，高迥翻　段頲擊之於鸞鳥。1797

頲，古迥翻　初，鮮卑寇遼東屬國都尉段頲率所領馳赴之。1734

頲，居迥翻　加高頲上柱國，進爵齊公。5518

頲，居永翻　遣尚書左僕射高頲安集遺民。5491

糾，渠黝翻　今欲與卿等糾合義男。5414

摎，《史記正義》：紀虯翻，康曰：居由切。　秦將軍摎伐韓。185

摎，紀虯翻　摎伐魏取吳城。195

樛，居蚪翻　封棟爲淮陰王，並其二弟橋、樛，同鎖於密室。5075

樛，居蚪翻　於是天子遣千秋與王太后弟樛樂將二千人往，入越境。667

樛，師古曰：樛，居蚪翻　在長安取邯鄲樛氏女。663

灸，居又翻　丈夫性命自有所在，豈能然艾灸頞，瓜蒂歕鼻，治黃不差，而臥
　　死兒女手中乎。5661

灸，居又翻，灼艾也　興陽爲風痹，灸灼滿身。7692

玖，舉有翻　帝以才人謝玖賜太子。2595

韭，舉有翻　屯於韭園。3341

咎，與皋同，古勞翻　誰非徇孝之人！展轉相讎，何有限極！咎繇作士。6811

柩，巨救翻　襄載其父弋仲之柩在軍中。3162

柩，其久翻　文公於是懼而不敢違。音註：諸侯皆縣柩而下。5

柩，音舊　燒其棺柩。1164

僦，即就翻　京師無邸，率僦屋與商賈雜居。6205

僦，即就翻，賃也　脚痛不能前，僦民露車自載。4019

僦，即就翻。賃居爲僦　執政請據屋爲率，無問士庶自居及僦者，預借五月僦直，從之。9116

僦，子就翻　昭帝之喪，大司農僦民車，延年詐增僦直。795

鷲，音就　生奇材箭笴、鷲羽。1043

拘，居足翻　見物如倉犬，攫太后腋。音註：師古曰：攫，謂拘持之也。429

泃，古侯翻　與儁會臨渠。音註：臨渠城臨泃渠。3103

泃，音句　曹操將擊之，鑿平虜渠、泉州渠以通運。音註：《操紀》云：鑿渠，自呼沱入泒水，名平虜渠；又從泃河口，鑿入潞河，名泉州渠，以通海。2069

狙，千恕翻，又千余翻　張良令力士操鐵椎狙擊始皇，誤中副車。241

狙，千余翻　賊地多馬，邀截無常。若淵狙詐，與北未絕，動眾之日，脣齒相濟。2288

苴，七余翻　每感念幽冥，而不得終苴絰之禮。2498

苴，如淳曰讀如租；稭，讀曰戛。……師古曰：茅藉也。「苴」本作「蒩」，假借用　始皇以其難施用，由此絀儒生。音註：「蒩稭」，班《志》作「苴稭」。239

苴，史炤曰：苴，音酢，又徐嗟切　異牟尋懼，築苴咩城。7271

苴，蜀《註》：苴，徐嗟翻　崔佐時至雲南所都羊苴咩城。7552

苴，子余翻　然用兵，司馬穰苴弗能過也。21

苴，子魚翻　己未，韋皋復與東蠻和義王苴那時書。7485

苴，子餘翻　陰爲萩苴侯。689

捄，與救同　王又舉甲而攻魏，杜魏之兵雲翔而不敢捄。150

疽，七余翻，癰也　卒有病疽者，起爲吮之。21

疽，千余翻　歸，未至彭城疽發背而死。335

疽，史炤曰：疽，千余切，又子與切，痒病。一本從「疒」從「旦」，音多但翻，又音旦，釋云瘴也　殷病風疽。8265

罝，音嗟　陷穽步設舉趾觸罘罝。1776

罝，咨邪翻，兔罟也　張羅罔罝罜。1039

媰，遵須翻　次妃媰訾氏，曰常義。5406

琚，音居　領護羌校尉衛琚追擊玄等，斬首八百餘級。1697

趄，七余翻　是以將帥趑趄，莫敢自決。3966

鞠，居六翻　鷄、鞠之會。592

鞠，居六翻，姓也　欲報之，以問其傅鞠武。224

鞫，居六翻　尚書令鞫譚僕射宗伯鳳以爲可許。1117

桔，古屑翻　蜀主聞王宗勳等敗，自利州倍道西走，斷桔柏津浮梁。8940

桔，吉屑翻　謹烽火，多間諜。音註：《漢書音義》：烽，如覆米篔，縣著桔橰
　　頭，有寇則舉之。206

淏，古闃翻　穎帥諸軍擊之，大戰於淏水。2659

跼，音局　於是部吏望風旨，爭以激切爲事，貴戚跼蹐。1494

咀，師古曰：咀，嚼也，音材汝翻　丞相豈兒女子邪！何謂咀藥而死！1118

咀，音在呂翻，嚼也　攸之聞之，怒，銜須咀之。4214

咀，在呂翻　生爲天下所咀嚼，死爲海內所歡快。1664

咀，莊助翻　封籍其家，得劭、濬書數百，紙皆呪咀、巫蠱之言。3977

沮，才汝翻，壞也　義縱以爲此亂民，部吏捕其爲可使者。天子以縱爲廢格沮
　　事。650

沮，才汝翻，止也　上怒罵劉敬曰：「齊虜以口舌得官，今乃妄言沮吾軍。」377

沮，慈呂翻　太后曰：「此誣罔天下，不可施行。」太保舜謂太后曰：「事已如
　　此，無可奈何沮之？」力不能止。1157

沮，將預翻　以河爲境，地固沮澤、鹹鹵，不生五穀。600

沮，將豫翻　又何必親屈鸞輅，遠幸沮澤乎。3288

沮，裴松之曰音菹。河朔間今猶有此姓。鵠，沮授子也。沮，子余翻　又擊尚
　　將沮鵠於邯鄲，拔之。2053

沮，七余翻　師古《註》云：《縣詩》自土、沮、漆。《齊詩》作「自杜」，言公
　　劉自狄而來居杜與沮、漆之地。122

沮，千余翻　儉遣玄菟太守王頎追之，過沃沮千有餘里。2366

沮，千余翻，又音諸，姓也。　紹以廣平沮授爲奮武將軍。1924

沮，師古曰：沮，千余翻　詔王基部分諸軍徑造沮水以迎之。2457

沮，師古曰：沮，止也，壞也，音材汝翻　湯怒，按劍叱延壽曰：「大眾已集會，孺子欲沮眾邪。」936

沮，師古曰：沮，子余翻　魏梁州刺史薛懷吉破叛氐於沮水。4615

沮，師古曰：沮音俎　左內史李沮為彊弩將軍。619

沮，賢曰：沮陽縣故城，在今媯州東。沮，音阻　卒於上谷之沮陽。3426

沮，音俎　左內史李沮為彊弩將軍。616

沮，在呂翻　為應侯所沮，故白起之計不得行耳。170

沮，在呂翻，止也　汝曹巧述閒事以沮我。8651

沮，子余翻　射聲校尉沮儁被創墜馬。1967

沮，子魚翻　戊子，安撫大使李大亮取王世充沮、華二州。5896

沮，子餘翻　於是天子遣浮沮將軍公孫賀將萬五千騎出九原二千餘里，至浮沮井而還。675

莒，居許翻　以周之民，則不眾於邾莒。5

莒，音居禦翻　齊王去，奔鄒、魯，有驕色。鄒、魯弗內，遂走莒。126

蒟，音矩　則建珠厓七郡，感蒟醬、竹杖，則開牂柯、越嶲。1403

虬，巨俱翻　初，巴山人黃法虬，有勇力。5050

齟，壯所翻　端居則互防飛謗，欲戰則遞恐分功，齟齬不和。7405

句，讀如鉤　乃與人言朕鳥喙如句踐，難與共安樂，有之乎。9237

句，讀曰鉤　錢穀有句，刑法有律。8571

句，伏儼音俱；包愷音鉤　今軌出軍，慎勿越塞過句注也。2285

句，古侯翻　陸璣曰：鶪似鶡，青黃色，燕頷句啄，123

句，古侯翻，考也，稽也　乞集吏部、中兵二局勳簿，對句奏案。4631

句，古侯翻，姓也　漢中人句方、白落帥吏民還守南鄭。2729

句，古侯翻，又古候翻　遂拔漢州進軍學射山，又敗西川將句惟立於蠶此。8367

句，古侯翻，又權俱翻，又音駒　北羌王盆句除附於趙。2934

句，古侯翻。今蜀人從去聲　蜀人羅渾擎、句胡僧、羅夫子各聚眾數千人以應阡能。8272

句，古候翻　御史中丞元載為戶部侍郎，充句當度支、鑄錢鹽鐵、兼江淮轉運等使。7117

句，巨俱翻　衮冕、衣裳、句履、鸞路、乘馬。1151

句，俱付翻，又音駒　其東出者至玄菟、樂浪、高句驪、夫餘。1176

句，如字　吳主遣校尉陳勳將屯田及作士三萬人鑿句容中道。2364

句，如字，又音鉤　又以船三百艘運穀三十萬斛詣高句麗。3021

句，如字，又音駒　喻告高句驪、烏桓、鮮卑攻其左。1417

句，如字，又音句　遼東張統據樂浪、帶方二郡，與高句麗王乙弗利相攻。2799

句，師古曰：句，音鉤　車師後王姑句以當道共給使者。1136

句，賢曰：句就，羌別种。句，音古侯翻　句就種羌滇吾以兵扞眾曰。1874

句，顏師古曰：音朐　冤句人黃巢亦聚眾數千人應仙芝。8180

句，音勾　以度支員外郎元友直爲河南、江淮、南句勘兩稅錢帛使。7492

句，音鉤　故楚相蘇意爲將軍，屯句注 506

句，音鉤　君獨不見夫秦之商君、楚之吳起、越之大夫种，何足愿与？音註：大夫種相越王句踐以雪會稽之恥，功成不退爲句踐所殺。187

句，音鉤，又古候翻，姓也　使牙門將句安、李歆等守之。2383

句，音鉤，又如字，又音拘　匈奴冒頓因引兵南踰句注。373

句，音鉤　越王句踐之後。自句踐至無彊，凡六世。65

句，音駒　今跨據全燕，地盡東海，北摠烏桓、鮮卑，東引句麗、百濟。3293

句，音朐　初，魏人范雎從中大夫賈須使於齊。音註：風俗通須姓，太昊之後，蓋本之須句。157

句，音如字，又音駒　乃陰說高句麗、段氏、宇文氏使共攻之。2872

句，音如字，又音駒，又巨俱翻　高句麗王遣使朝貢。1360

句，音昫　至是入朝於趙，趙以斌爲句町王。2977（編者按：「昫」，文淵閣本作「朐」）

句，音章句之句　一月，會稽妖賊許生起句章。1831

句町，音劬挺　南出者隃徼外，歷益州，改句町王爲侯。1176

拒，陸德明曰：拒，俱甫翻　背水東西爲陳，李弼爲右拒，趙貴爲左拒。音註：拒，方陣。4885

怚，《史記註》：怚，音麤。徐廣曰：一作「粗」。　王翦曰：「不然。王怚中而不信人。」230

秬，音巨　秬鬯二卣。1152

秬，音巨，黑黍也　臣謹如古法，以秬黍定尺，長九寸，徑三分，爲黃鍾之管。
　　9592

倨，居御翻　蔡澤見應侯，禮又倨。187

倨，與踞同　沛公方倨牀，使兩女子洗足而見酈生。288

距，猶拒也　乃起四邑之兵入距難。119

虡，其呂翻　先是，宮懸止有四鑄鍾，雜以編鍾、編磬、衡鍾，凡十六虡。4526

虡，音巨　使牙門張彌徙洛陽鍾虡、九龍、翁仲、銅駝、飛廉於鄴。3008

窶，其矩翻　初，李師古有異母弟曰師道，常疏斥在外，不免貧窶。7633

聚，《廣雅》曰：聚，聚居也，慈諭翻　并諸小鄉，聚集爲一縣，縣置令、丞。
　　57

聚，才喻翻　當此時，楚兵數千人爲聚者不可勝數。257

聚，才諭翻　有司請益封公以召陵、新息二縣及黃郵，聚新野田。1145

聚，材喻翻　司馬彪《志》：上黨郡涅縣有閼與聚。155

聚，慈喻翻　王使相國帥師討滅之，遷東周君於陽人聚。199

聚，慈喻翻，今人多讀如字，非也　焚其積聚。5867

聚，慈諭翻　邊城守候誠謹，越人有入伐材者，輒收捕，焚其積聚。572

聚，從遇翻，又慈庾翻　克用每夜令其將薛志勤、康君立潛入長安，燔積聚，
　　斬虜而還。8290

聚，從遇翻，又皆如字　朱玫欲朝廷討克用，數遣人潛入京城，燒積聚，或刺
　　殺近侍。8327

聚，師古曰：聚，音才喻翻　及郡國縣邑鄉聚皆置學官。1140

聚，賢曰：慈諭翻　秦人取其寶器遷西周公於𢠢狐之聚。195

劇，竭戟翻　樂毅自魏往，劇辛自趙往。93

劇，竭戟翻，姓也　劇辛曰：「齊大而燕小，……」125

勮，其據翻　行儉有知人之鑒，初爲吏部侍郎，前進士王勮。6407

懅，巨魚翻，急也　癸巳，國忠集百官於朝堂，惶懅流涕。6970

懅，賢曰：亦慙也，音遽　市人皆大笑，舉手邪揄之，霸慚懅而反。1259

懅，亦慙也，音遽　言畢，慘沮久之，用之憗懅而退。8351

窶，其羽翻　又，諸儒生多窶人子。817

遽，其庶翻　使我居中國何遽不若漢。396

遽，師古曰：遽，速也，音其庶翻　治土而防其川，猶止兒啼而塞其口，豈不遽止，然其死可立而待也。1065

鋸，居禦翻　錘鉗鋸鑿，可以害人之具。3151

瞿，紀具翻　上瞿然曰：「郊廟之禮，誠宜亟行，至於徽稱，非所敢當！」8012

瞿，九遇翻　上瞿然曰：「吾已悔之。」6040

瞿，九遇翻，驚視貌　上瞿然曰。6373

瞿，居具翻　膠西王瞿然駭曰。518

瞿，俱遇翻　願陛下無惑讒言。上瞿然曰。6662

瞿，權俱翻　絳州刺史瞿稹，亦沙陀也。8246

簴，其呂翻　臣已肅清宮禁，祗謁寢園，鍾簴不移。7436

簴，音巨　是歲，徙長安鐘簴、橐佗、銅人、承露盤於洛陽。2322

醵，其虐翻，合錢飲酒也　左拾遺華陰嚴挺之上疏諫，以為醵者因人所利，合醵為歡。6680

鐻，音渠　羌豪遺奐馬二十匹，金鐻八枚。1733

鐻，與虡同，音巨　收天下兵聚咸陽，銷以為鐘鐻。236

捐，于專翻　諸將繼至，眾及數萬，議捐東京，退保蒲陝。7070

捐，余專翻，棄也　遂捐燕歸趙。141

捐，余專翻，棄也，除去也　捐不急之官，廢公族疏遠者。30

捐，與專翻，棄也　山東之士被甲蒙胄以會戰，秦人捐甲徒裼以趨敵。95

涓，工玄翻　龐涓聞之，去韓而歸。59

涓，古玄翻　初，孫臏與龐涓俱學兵法。51

涓，古玄翻，又音如字　郭隗曰：「古之人君有以千金使涓人求千里馬者。」93

涓，圭淵翻　龐涓大喜曰：「我固知齊軍怯，入吾地三日，士卒亡者過半矣！」59

鋗，呼玄翻　還攻胡楊，遇番君別將梅鋗，與偕攻析酈皆降。290

鋗，火玄翻，鋗即銚也　索隱曰：鋗即鈴也。《埤蒼》云：鐎，溫器，有柄；斗，似銚，無緣。577

鄄，吉掾翻　孫子度其行，暮當至馬陵。59

鄄，音絹　右軍循河、濟，屯阿、鄄以連魏師。130

罥，古縣翻　桃枝與三力士以弓弦罥其頸，拉而殺之。5309

罥，古泫翻，繫取也，掛也　攜怒，拂衣起，袂罥硯墮地，破之。8204

麰，圭玄翻，《類篇》曰麥莖也　將作寺丞以課麥麰遲晚。5556

雋，辭兗翻　殺青州刺史雋不疑。750

雋，師古曰：雋，音徂兗翻，又辭兗翻。姓譜有雋姓　聞郡人雋不疑賢。718

雋，子兗翻　及援討武陵，蠻軍次下雋。1410

絹，吉掾翻　圓綾、紗、絹、綃、葛、布等九種。5380

絹，與掾翻　夫人常衣絹裙。7429

撅，其月翻　或以物絆其腰，引枷向前，謂之驢駒拔撅。6439

撅，與掘同，其月翻　撅豎小人，雖能縱暴一時，終當爲人所吞食耳。3706

掘，其月翻　吾懼燕人掘吾城外冢墓心。139

屩，居勺翻，草履也　躡屩徒步，足無完膚。4515

屩，居灼翻，草履也　竹籬徒跣，上賜屩而遣之。6227

抉，一決翻　馮氏反事明白，故欲摘抉以揚我惡。1081

抉，一決翻，挑也　尚書郎樂安廉昭以才能得幸，好抉摘羣臣細過以求媚於上。2279

抉，於決翻　長水校尉宗越臨決，皆先刳腸抉眼。4048

抉，於穴翻　剖林甫棺，抉取含珠，褫金紫。6918

決，康曰上音音缺；下丘逆翻。余謂決，如字，決，裂也　譬猶騁六驥過決隙也。252

決，與訣同，別也　共王辭去，上與相對涕泣而決。981

珏，古岳翻　詔以都統司馬寶鼎薛珏爲汴州刺史。7447

倔，其勿翻　終恐尾大於身，踵麤於股，倔強不掉。4965

倔，渠勿翻　無功猶倔強不法。7302

觖，古穴翻　否者息心，雖有厚薄之殊而無觖望之釁。7546

觖，古穴翻。師古曰：音決，觖謂相觖也望怨望也。韋昭曰：觖，猶冀也，音冀。《索隱》音企　羣臣往往有觖望自危之心。370

觖，古穴翻，怨望也　而賞賚懸殊，頗有觖望。8254

觖，苦穴翻　東西征討，老母留京師，風雨無所庇，實有觖望之心。5862

觖，窺瑞翻，又古穴翻，怨望也　恐藩鎮觖望。9415

觖，窺瑞翻，又於決翻，怨望也　自以為功，頗有觖望之色。6054

觖，賢曰：觖，音羌志翻。前書音義曰：觖，猶冀也，一音決，猶望之也。　而一家數人竝蒙爵土，令天下觖望。1363

觖，有二音，音窺瑞翻者，望也，言有所覬望也；音古穴翻者，怨望也，此當從入聲。　玠不但謗吾也，乃復為崔琰觖望。2145

訣，音決，別也　廉頗送至境，與王訣。135

傕，古岳翻　輔分遣校尉北地李傕、張掖郭汜、武威張濟將步騎數萬擊破朱儁於中牟。1931

傕，克角翻　堅還屯，卓遣將軍李傕說堅。1920

厥，九勿翻　築長城，自代並陰山下，至高闕為塞。音註：括地志：陰山在朔州北塞外突厥界。209

厥，居勿翻　突厥土門襲擊柔然，大破之。5077

厥，君勿翻　突厥伊利可汗卒，子科羅立，號乙息記可汗。5097

趉，渠詘翻，又九勿翻。杜佑：巨屈翻　乙卯，詔復其國，以慕容順為西平郡王，趉故呂烏甘豆可汗。6113

毅，古岳翻　王褒、王克、劉毅、宗懍、殷不害及尚書右丞吳興沈炯至長安。5124

毅，訖岳翻　御史中丞劉毅。5104

潏，食聿翻，又音聿，又音決　和州刺史秦彥使其子將兵數千襲宣州，逐觀察使竇潏而代之。8287

潏，音決　子儀與王思禮軍合於西渭橋，進屯潏西。7023

蕝，師古曰：蕝，與蕞同，子悅翻。……纂文曰：蕝，今之纂字，即悅翻，又音纂　為綿蕝，野外習之。音註：春秋傳曰：置茅蕝。374

噱，其虐翻　帝與綽臨觀，喜噱不已。5337

噱，師古曰：噱，笑聲也，音其略翻　談笑大噱。1011

橛，鉅月翻　且夫清道而後行，中路而馳，猶時有銜橛之變。566

譎，古穴翻　此非得脫也，白起之譎也。170

譎，古穴翻，詐也　今所以外揚此聲者，譎其行人。2333

蹶，居月翻　故近者謳謳而樂之，遠者竭蹶而趨之。194

蹶，其月翻，蹶，猶挫也　《兵法》：百里而趨利者蹶上將，五十里而趨利者軍半至此。59

蹶，師古曰：今之弩，以手張者爲擘張，以足蹹者爲蹶張。蹶，音厥。　故以材官蹶張從高帝。504

蹶，音厥　於是尉佗乃蹶然起坐。395

蹶，音厥，又音姑衛翻　師蹶然起曰：「我請興疾而東。」2420

蹷，音厥，傾竭也　天下財產何得不蹷。451

躩，九縛翻　太后躩然曰。6483

躩，居縛翻　處羅躩然而起，流涕再拜，跪受詔書。5637

躩，居縛翻　上躩然問之。8390

覺，古孝翻　須臾，上覺。4427

覺，古效翻，又如字　既而杜泰降於蒨，龕尙醉未覺。5141

覺，居效翻　上枕建膝而寢，既覺，始進食。8331

覺，居效翻，寤也　與劉琨俱爲司州主簿，同寢，中夜聞雞鳴，蹵琨覺曰。2801

覺，師古曰：覺，覺寐之寤也。覺，音工効翻。　上欲起，賢未覺。1095

爝，即略翻　重光日融，爝暉宜息。6295

貜，俱碧翻；康俱縛切　齊人公孫貜謂濟北王曰。528

貜，厥縛翻　《說文》：猶，貜屬，居山中，聞人聲，豫登木，無人乃下，世謂不決曰猶豫。84

钁，居縛翻，鋤也　李祐、李忠義钁其城，爲坎以先登，壯士從之。7741

袀，音均，又弋旬翻　莽紺袀服。1250

菌，巨隕翻，地蕈也　光上表以爲「此莊子所謂『氣蒸成菌』者也。」4551

菌，其隕翻　如此，則何異厲蕭斧而伐朝菌。4721

鈞，與均同　鈞其死也，無使汙於宮掖。2313

筠，俞輪翻　御史大夫李栖筠劾奏其狀。7220

皸，音軍　將軍士寒，手足皸瘃。848

捃，居隕翻　其捃獲則張百而成千。7546

捃，居運翻　引圖書讖緯，捃摭佛經。5547

捃，舉蘊翻，又居運翻　所以老奴三十餘年爲王捃拾財賦。8862

捃，居運翻　二人爭捃延政陰事告於曦。9211

晙，私潤翻，又音俊　殿中侍御史景城王晙。6566

晙，子峻翻　戊寅，廣州賊帥鄧文進、隋合浦太守甯宣、日南太守李晙並來降。
　　5951

晙，祖峻翻　六軍判官太子、詹事王居敏、推官郭晙並貶官。9095

浚，韋昭曰：煎也，讀曰醮。宋祁曰：浚，蘇俊翻。余謂浚讀當如宋音。浚者，
　　疏瀹也，淘也，深也　襄子曰：「浚民之膏澤以實之。」11

浚，音峻　遣浚稽將軍趙破奴將二萬餘騎，出朔方西北二千餘里。702

焌，音俊，又子寸翻　灼龜卜降，兆中坼。音註：《周禮》菙氏：凡卜，以明火
　　爇燋，又吹其焌，契以授卜師。1316

晙，音俊　孫權以從事中郎彭城嚴晙代肅。2153

晙，祖峻翻　桓溫遣督護滕晙帥交、廣之兵擊林邑王文於盧容。3087

竣，七倫翻　府主簿顏竣曰。3994

竣，七倫翻，又丑緣翻　散騎常侍裴昭明、散騎侍郎謝竣如魏弔。4307

緷，音困　古者以龜、貝爲貨，今以錢易之。音註：虵，博而頯，中廣，兩頭
　　銳。緷，大而儉，鱗小而惰。1078

僬，師古曰：僬，字兗翻，又辭兗翻　昌逃於下僬山，其眾悉降。2684

駿，音峻　緩急赴告，駿奔不難。音註：《書·武成》曰：「駿奔走」。《註》云：
　　駿，大也，言皆奔走也。3048